为了纪念我父亲

这本书热情地奉献给哈里·马歇尔·沃德

Harry Marshall Ward，S.C.D.，F.R.S. 剑桥大学植物学博士，1895—1906 年

行走中国丛书
主编◎张昌山 耿 昇

蓝花绿绒蒿的原乡

——清末英国博物学家的
滇西北及川康纪行

〔英〕金敦·沃德◎著

何大勇 杨家康 宋诗伊 孙辛悦容◎译

云南出版集团
云南人民出版社

图书在版编目（CIP）数据

蓝花绿绒蒿的原乡：清末英国博物学家的滇西北及川康纪行 /（英）金敦·沃德著；何大勇等译. -- 昆明：云南人民出版社，2020.2
（行走中国丛书）
ISBN 978-7-222-14480-4

Ⅰ.①蓝… Ⅱ.①金… ②何… Ⅲ.①游记—作品集—英国—现代 Ⅳ.①I561.65

中国版本图书馆CIP数据核字(2020)第010610号

出 品 人：赵石定
责任编辑：刘 焰 刘诚林
装帧设计：白 雪
责任校对：姚实名
责任印制：窦雪松

行走中国丛书
蓝花绿绒蒿的原乡——清末英国博物学家的滇西北及川康纪行
〔英〕金敦·沃德 著
何大勇 杨家康 宋诗伊 孙辛悦容 译

出版	云南出版集团 云南人民出版社
发行	云南人民出版社
社址	昆明市环城西路609号
邮编	650034
网址	www.ynpph.com.cn
E-mail	ynrms@sina.com
开本	787mm×1092mm 1/16
印张	17.5
字数	252千
版次	2020年2月第1版第1次印刷
印刷	云南出版印刷集团有限责任公司 云南新华印刷一厂
书号	ISBN 978-7-222-14480-4
定价	42.00元

如需购买图书、反馈意见，请与我社联系
总编室：0871-64109126 发行部：0871-64108507
审校部：0871-64164626 印制部：0871-64191534

云南人民出版社微信公众号

版权所有 侵权必究 印装差错 负责调换

总　序

张昌山

从黑格尔以来，传统中国长期被欧洲中心主义者视为一个"停滞的帝国"。这一观念出现几十年之后，国人终于认识到，中国正面临着前所未有的深刻变革。清同治十一年（1872年），李鸿章在《复议制造轮船未可裁撤折》中说："臣窃惟欧洲诸国，百十年来，由印度而南洋，由南洋而中国，闯入边界腹地，凡前史所未载，亘古所未通，无不款关而求互市。我皇上如天之度，概与立约通商，以牢笼之，合地球东西南朔九万里之遥，胥聚于中国，此三千余年一大变局也。"光绪元年（1875年），李氏又在《因台湾事变筹画海防折》中说："历代备边，多在西北。其强弱之势，主客之形，皆适相埒，且犹有中外界限。今则东南海疆万余里，各国通商传教，来往自如，麇集京师及各省腹地，阳托和好之名，阴怀吞噬之计，一国生事，数国构煽，实为数千年未有之变局。"李鸿章对世界和中国的这种认识还在多个场合说过。当时的中国，一下子从"普天之下，莫非王土；率土之滨，莫非王臣"的天下，迅速跌进五大洋、四大洲之中的世界，甚至只是亚洲东部一个落后的大国。

这数千年未有的大变局，就是以工业革命为主导的近代化及现代化，而中国从传统社会向现代社会转型的这一近代化及现代化过程，至今仍在进行之中。

百年间，一些中外人士行走在中国这片古老而又在变动的土地上。行走者中，既有外国的传教士、外交官、探险家，更有中国的文人、学者、科学家、商人、军人，甚至有家庭妇女。他们的游记、札记、考察报告、探险实录等，见证并记录了其自身行走的经历和中国近代化及现代化的过程。当时写下这些文字的人虽身份各异、目的不同，但每一部作品记录的都是作者个人的观察与体验，也记载了他们的所思所想和个性特征。

蓝花绿绒蒿的原乡
——清末英国博物学家的滇西北及川康纪行

而不同的作品拼合起来，则在横向空间上似画卷一般展现了中国各地的风土人情和社会面貌，而在纵向的时间上则有如电影一样显示了中国在不同历史时期社会变迁的细节与大势。在他们笔下，中国不再是故纸堆中的陈旧记忆，而是活生生展开的现实景象。

把历史还原到现场和实际生活，这大概是每一个想了解历史的人的最大愿望。我们从这些作者在中国的行走、体验之中看到了一种活态的中国历史，它们明显区别于以往的正史和官方档案之类的文献资料所记录的静态中国历史，而且，人生的丰富性、视角的差异性及社会的多元性，也尽在其中了。

德国学者赫尔德所倡导的"同情之理解"，作为一种历史研究方法，在中国学者中以陈寅恪等用得最深也最好。如今，我们把这些中外作者的各类作品作为历史文本来阅读、感受和研究，通过这些文本去体验他们在这片土地上的行走、见闻与思考，这也是一种"同情之理解"的实践。今天的人们可以从中感受这些作者所体验的中国社会，从而更具体、更深刻地观察了解中国近代化及现代化进程的艰辛与经验。

将中国放在整个世界大格局中来看，这一百多年的历史，大致就是摇摇晃晃、步履蹒跚地走向世界和走向现代的过程。鉴往才能识今和知来，但由于过去的观念、方法、习惯和经验等因素，有意无意地遮蔽和塑造了我们对于这段历史的认识与解释，因此，云南人民出版社推出的这套"行走中国"大型丛书，是在回头观看百年中国之动静，是在体会"我看人看我"的经验，其实质则是向前进，走向永恒的未来。

青山遮不住，毕竟东流去。历史的洪流和时代的浪潮虽然可能会被拖延，却不可能永远被遮挡。司马相如曾说："盖世必有非常之人，然后有非常之事；有非常之事，然后有非常之功。非常者，固常人之所异也。"李鸿章有言："处数千年未有之奇局，自应建数千年未有之奇业。"这两句话的时间相差2000年，表达的却是同一种心声，谨抄录于此，作为我们对国家和时代的期许。

是为序。

2015年5月

前 言

接下来的篇章中将记录我于1911年在中国西部和西藏东南部的经历和观察，当时我正在为英国利物浦蜜蜂园艺有限公司（Bees Ltd Liverpool）收集植物。

文中的素描图是从戴维斯（Davies）少校的云南地图上描画下来的，加上了我自己的补充和修改，后者并没有精确的测量，但我想它们将对读者，甚至对未来的旅行者有所帮助！此外，还有我自己拍的照片。

回顾在遥远的土地上多年来展开的工作，有所获得的巨大乐趣、与我所交朋友的记忆以及他们愿意给予我的帮助。

当我于1911年2月进入云南时，时任英国驻腾越（T'eng-yueh）[①]代理领事阿奇伯德·罗斯（Archibald Rose）先生给予我了帮助，我欠他的比我要说的还要多。当地是如此的让我心神不定，最初我预测似乎无法超出腾越。然而，罗斯先生认为阿墩子（A-tun-tsi，今德钦）可能是我寻找植物的中心，到目前为止我已经安全到达那里。阿墩子不仅是一个一流的植物采集地，而且一切进展都顺利。

腾越海关局长豪威尔（E. B. Howell）先生，给我写的信件，给我看的报纸，排解了我许多寂寞的时光，让我的生活充满了乐趣。此外，平均而言，约每五周与他们就有一次会面，其中有法国绅士白罗尼（M. Perronne），他在阿墩子收购麝香，还有巴塘（Batag）的英国传教士埃德加（Edgar）先生，我很感激他们对我的帮助。

最后，我必须记录对吉耶马尔（Guillemard）博士的感激之情，他

[①] 译注：今腾冲。

蓝花绿绒蒿的原乡
——清末英国博物学家的滇西北及川康纪行

编辑了这本书,在我不在的时候,他通读了这本书。吉耶马尔博士不仅在亚洲旅行,而且他对自然历史有广泛的了解,他尊重我的原意帮助我编辑了这本书,还用他的取之不尽,用之不竭的知识提出了很多宝贵的建议,并且让我来决定。如果他不愿意花时间去做这些工作,到那时我的作品将会变得更不像样了!当这些完美的书稿呈现出来的时候,我有一个希望,是让我能够再次回到绽放着蓝色花儿的绿绒蒿之地。

金敦·沃德(F.K.W.)
1913年于剑桥

目　　录

第一章　红色众神的召唤　/ 1

第二章　云南高原　/ 11

第三章　维西栗地坪高原　/ 18

第四章　澜沧江上流域山谷　/ 32

第五章　阿墩子　/ 48

第六章　怒江旅行　/ 61

第七章　穿过怒族之地到澜沧江　/ 78

第八章　神山——多克拉　/ 97

第九章　中国最深奥的汉区——往巴塘之道　/ 105

第十章　跨越汉藏的边地　/ 122

第十一章　精彩的澜沧江　/ 134

第十二章　山与寺——第二次金沙江之旅　/ 148

蓝花绿绒蒿的原乡
——清末英国博物学家的滇西北及川康纪行

第十三章 　翻越隆茨拉：第三次金沙江之旅 　/ 161

第十四章 　怒族之地，冬天之旅 　/ 173

第十五章 　弩弓大地 　/ 189

第十六章 　革命军占领喇鸡鸣井 　/ 201

第十七章 　告别澜沧江 　/ 211

第十八章 　重返缅甸 　/ 226

第十九章 　深侵蚀之地 　/ 235

附录一 　/ 253

附录二 　/ 261

译后记 　/ 263

第一章　红色众神的召唤

　　1910年9月，我从中国西部回来后生活安定了下来，每天过着无聊单调的生活，一心想要成为一个安静而受人尊敬的上海市民。但徒劳无功！旅行已经深深地刺进了我的灵魂，我很快又开始感到不安，所以享受了四个月的文明生活之后，我欣然地得到了去往滇藏边境收集植物的机会。虽然我对这个地域和采集方法非常模糊，但是在我还没有读完那封邀请信的时候，心里就已经决定去执行这个任务了。

　　三周后，也就是1911年1月的最后一天，我告别了在上海的朋友们，乘坐德里号又开始了我的旅行，该船要在一年后完成她的最后一次航行。不久，我乘船从长江驶入了汪洋大海，冒着刺骨的暴风雪，来到温暖的热带地区，我看到我们东方帝国遥远的前哨，好似印度群岛那顶神奇的王冠，两端用宝石串着线，守卫着通往南中国海的航道。环绕着香港和新加坡的诸多岛屿，由于社会的骚乱状态使居民们饱尝饥饿之苦，但至少对旅行者来说，它们是十分迷人的。

　　在槟城（Penang）①，除了偶尔有游客到寺庙或洋行以外，没有太多可以观赏的地方。的确，正如它的名字所暗示的那样，槟榔是热带植物中最奇特的一种植物。我坐上英属印度船去往仰光，三天后到达了那里。我花了一个星期的时间准备去熟悉这个国家，这不是一个真正迷人的城市。仰光大金塔的荣耀能够吸引人，弥补了一些缺失，而且寺庙和湖泊、大地和天空的绚丽色彩，都吸引了来到这里的旅行者的注意。在

---

① 译注：今槟城（滨州），位于马来西亚西北部，是马来西亚十三个联邦州之一。

蓝花绿绒蒿的原乡
——清末英国博物学家的滇西北及川康纪行

西南季风期间它是什么样的，我不知道，但我想，阳光对于缅甸的下游来说都是如此，下雨的时候，尽管生机盎然的绿色植被正在生长，但雨季的黑色天空必定会使整个大地蒙上一层灰暗的阴影，之后又使它恢复生机。

最后，我的工作完成了，我乘火车和船去了八莫（Bhamo）①，度过了三天的旅程，在曼德勒（Mandalay）等待了几个小时，我借此机会参观了古都的一些景点，这是一座拥有商店和寺庙的城。锡袍王（Thebaw）②的宫殿，现在存留了下来，直到今天仍然呈现出原始但被掠夺的辉煌，王座口的宝石镶嵌物已经不在了，而缅王狮子宝座的台座是唯一显眼的景象。这是我所能记得的最热的一天，我懒洋洋地审视了曼德勒的辉煌之后，及时回到车站赶上了火车。

然后又向北飞驰，经过了美丽的小湖，看见成群的野鸟有几百只，在那里盘旋。归巢之时，直到太阳在山后一片深红色的雾中落下，我们又进入了另一个漆黑的夜晚。第二天一早，我们换了衣服，坐上开往伊洛瓦底江流域杰沙（Katha）（这是一座拥有很多商店和寺庙的城）的当地列车。在那里，我们发现有一艘蒸汽船在等着我们，这艘汽船要完成这趟到八莫的旅程。现在河里几乎没有水了，春天还没有开始，我们在下午3点左右搁浅在那里，一直待到第二天早上9点钟我们登上了火车。因为这是整个旅程的一部分，我们在火车上度过了两个晚上，非常愉快。

第二天下午的晚些时候，我们在河道上的河岸边看到了八莫的白色房屋，不久我们就在那座充满沧桑的小村落下面的几英里处停了下来。我们的船走不了了，整个旅程是在陆路完成的。在中国人、缅甸人、英国人相继进入后，八莫人不容置疑地讲了一些关于边疆战争、袭

---

① 译注：八莫市，傣族语称"曼莫"，缅甸克钦邦的第二大城镇，华人称之为"新街"，位于缅甸北部。

② 译注：锡袍王（1859—1916年）名字记述为Thebaw、Theebaw、Thibaw Min，又译为底玻王。缅甸的末代国王，1878—1885年在位。

第一章 红色众神的召唤

击和它曲折又离奇的故事。库珀（Cooper）①，伟大的旅行家，他在这里被谋杀了，而命运多舛的马嘉理（Margary）②正是从八莫出发踏上了他最后的旅程。除了英国当局、本国人和军队之外，现在八莫的居民还包括缅甸人、中国人，掸（Shan）③族人、克钦（Kachin）④人、吉大港人⑤和从印度来的其他民族，偶尔会在那里看到大部分边境部落的民族样貌，尽管有法国铁路铺设到云南，但大量的贸易仍然需要通过这个边境小镇来完成。虽然缅甸与云南边境以北冲突，但此时的通商显得比平时更为热闹。

我在八莫待了五天，我们在河道上、河岸边看到了八莫的白色房屋，铁路公司对这些行李的迟来解释不太令人满意，就在下面的几英里处停了下来。我们的船走不了了，由于我的准备工作已经尽可能地完成了，我决定不再在八莫耽搁，而是立即越过边界。我找到了一个文明的克钦人服务生，他满足了我的需要，直到能让我和中国仆人一起走完这整个旅程。可是，他的妻子在最后一刻坚决不让他走（克钦邦的妇女也能在大事决定中有话语权）。因此，我只好听任一个相貌不太讨人喜欢的人摆布，这个人的出身可疑，但毫无疑问是个混血儿，没有什么经验，但他很忠实地为我服务，直到腾越。

---

① 译注：库珀在1869—1870间到川西雅安，到打箭炉（今康定）、巴塘等和滇西北阿墩子等地调查，撰写了《贸易先驱者旅行记及从中国到印度的陆路旅行》（*Travel of a Pioneer of Commerce in Pigtail and Petticoats*，*Or an Overland Journey from China towards India*，1871）。

② 译注：1875年1—2月，英人翻译马嘉理带路，柏郎率兵从缅甸侵略到我盈江县芒允等地，当地各族人民英勇抗敌，马嘉理等4人被打死。英国借"马嘉理案"强迫清政府在光绪二年（1876年）七月二十六日订立了不平等条约《烟台条约》，英国势力入侵进到云南、西藏地区。

③ 译注：中国称为傣族。

④ 译注：中国称为景颇族。

⑤ 译注：吉大港（Chattogram），孟加拉国第二大城市，天然良港，建于16世纪。在穆斯林统治前它不是属于阿拉干国就是属于缅甸王国。整个市区可延伸到印度。

蓝花绿绒蒿的原乡
——清末英国博物学家的滇西北及川康纪行

　　克钦人是多么令人愉快！我和他们的部落成员分别了，心里很难过。他们穿着整洁、温文尔雅，要么一动不动地站在我的椅子后面等着，要么安静地绕着平房走着，就像一流伦敦俱乐部里不出声音的服务生那样走来走去。

　　2月26日，骡子驮着货物向远处的山丘走去，一小时后，我也上了马，背对着被太阳烤焦了的八莫，在通往中国的长路上缓缓地慢行。

　　从八莫出发，第一个阶段只有9英里（15公里），这让我在旅途的第一个晚上感到格外孤独。下午很早就到了住宿地，当然除了拿出枪来四处打猎外，没有别的事可做。但是，尽我所能，我还是无法摆脱那种似乎要把我压垮的彻底的孤独和凄凉。即使是在河边芦苇丛中感受到的猎鹿的那种轻微兴奋，也无法缓解我的沮丧情绪。吃过晚饭，我就爬到床上，疲惫不堪地躺在床上睡着了。没有像第一天晚上那样，真切地感到一种令人麻痹的孤独，等待着我的一切考验似乎都已成形，我拿起武器，嘲笑自己的无知和软弱。

　　伊洛瓦底江谷平原的景色被遗留下来，道路逐渐在山边出现，穿过太平江（Taping river）[①]的峡谷冲，风景如画，激流滚滚，在我们脚下1000英尺（305米）的地方，随着道路扫过沟壑，忽闪忽现，然后很快又消失在我们的视线和声音中，直到只有我们马帮的锣声响彻沉闷的森林。骡子天性倔强、顽强地在悬崖的边缘上跋涉，尽管这条路在这里已算相当宽阔，但要想习惯于单腿悬在悬崖边缘还是需要一点时间，因为担心从悬崖上掉下去，一条腿就会挂到几百英尺以下的树梢上。

　　第四天，我们穿过了一座标志着两个帝国边界的桥。对我们这种生活在小岛上的英国人来说，国境听起来多少有些模糊，一些在地图上画得相当古怪的东西，以及国际社会长期以来小题大做的猜忌之源，就

[①] 译注：太平江是大盈江的古称。大盈江是伊洛瓦底江上流域的支流之一，发源于高黎贡山南麓。有发源于上游腾冲市的左支流南底河和右支流槟榔江入太平江。发源于上游腾冲市的胆扎河和槟榔江在德宏州盈江县旧城镇下拉相村交汇后称大盈江，流经腾冲、盈江。

第一章 红色众神的召唤

像产生这些猜忌的分界线一样难以界定。但是，当一个人越过英国海外领地的边界时，这种难以捉摸的想法几乎变成了一种现实，从而引起人们对过去的日子以及在新世界面前的一切的关注。尤其是在返程途中，当困难结束的时候，我永远不会忘记将近一年后的1月1日，当我越过滇缅边境，回首在远离我们东方英属缅甸地方度过的几个月时，那种激动人心的喜悦激励着我。并不是说未来比过去更加光明，因为我从来没有像现在这样快乐过。并不是说我发现公共工程部努力的成果——架起电线杆和绷紧的电线、可靠的桥梁、英里桩和由政府提供的休息所——抛弃了人们长久以来的渴望，但仅仅是再次跨越我们自己的边界，带着那个边界所代表的一切，让我的心跳加快了一点。

再往前走几英里，我惊奇地看到一个英国人坐在山边一间茅屋的门口，抽着烟斗，密切地注视着大约五十名苦力在修路。

我停下来聊天，很快就发现我的同伴是一位敏锐的博物学家。多年来，他在从事这类工作时，总是独自一人值班，这使他格外善于观察，能迅速察觉到最细微的动静。奥利弗（Oliver）先生，因为他是这么自称的。问我是否看到过猴子，我的回答是否定的，他只是说："那就看那棵树吧！"

我沿着他所指示的方向俯视山坡，一个高大的森林巨人伸展在公路上方的树枝上，等待着一分钟、两分钟，树叶纹丝不动，森林里一片寂静，似乎空无一人，甚至连小溪的叮咚声都打乱了深沉的宁静。然后，突然间，仿佛有一股空气在丛林中叹息，一股寒气似乎穿过树枝，一个棕色的影子几乎立刻从树叶中出现，沿着一根摇晃得头昏眼花、蜷缩着的树枝跑了过去。接着是另一个，再另一个，还有其他，现在已经明显可见了，它在有节奏地摇摆，那是"食草性灰叶猴"（*Semnopithecus phayrei*）。我的同伴欣喜地说："看，他们从一棵树跳到另一棵树上！"

就在那一刻，第一只猴子跳了起来，下面的树叶哗啦哗啦地响了起来，树枝上的一根树枝变轻了，向后缩了缩反弹起来，当它再下来的时候，第二只猴子跳了起来，手脚整齐地合在一起。所以他们继续前进，猴子一个接一个地从树枝上跳来跳去，直到剩下一个，这个时候的树枝在距离目标不远的地方摇摆着。他们的最后一个走了下去，尾巴从后面露了出来，跟在他的同伴们后面消失在丛林里。

我也要继续赶路，寻找我的马队了，让博物学家去监督他的苦力们吧，我走我的路，睁大眼睛，尝试观看更多的猴子。

直到第五天晚上，才发生了一件值得记录的事情。由于老板陈（Chiu-cheng）的好斗态度，晚上的友好气氛暂时中断了，出于不寻常的单一目的，他们都拒绝了我的投宿。最终，我被赶到村屋校舍的屋下寻求庇护，这里可以证明，在这里，他们以怎样的眼光看待教育。因为我可能附送无穷无尽的教科书，这一点与他们不希望我出现在他们家中相比，并没有给他们带来沉重的负担。我突然意识到，我现在开始感受到中国人对边疆片马事件的全部不满，但随后发生的事件使我对这一观点进行了彻底的修改。

此时我们已经离开河谷和身后的柚木林，在开阔的山谷中，太平江在光秃秃的没有树木的山岭之间流动。这时下起了雨，这条路很快就陷入了泥潭，农民们正在那里挖稻田，他们平整了稻田，而稻田的半流质泥土把路轨都填平了。

从八莫到腾越地有八日路程，这条路很有名，不需要在这里详细说明。但到了第八天，我注定要遇到一件小小的意外。我早早出发，丢下骡子，让它自由自在地跟在后面，结果我一个人迷了路。然而，我沿着大道以南的某个弯弯曲曲的小路走了一段后，终于在下午晚些时候到达了这座城市，尽管我的骡子把我甩了三次，但我还是觉得又热又恼怒。奇怪的是，虽然我从另一头开始走，但十个月以后，我又在同一个地方，在从腾越过来时走迷了路，又找到了第三条路，而且相当成功。所以，我还得继续找到这段路的正确路线。

到了城里，我直接走进了领事馆，与罗斯（Rose）领事在一起喝茶的六个欧洲人都吃了一惊。虽然我衣衫不整，罗斯也仍然热烈地欢迎了我。

毫无疑问，我是在局势紧张时期来到云南的，但是持续对上缅甸克钦邦边境的袭击，导致英国朝那个方向远征，事情并不像副领事长所描绘的那样毫无希望。当我回顾成功的前景时，有种疑虑可能会笼罩着我。不过，无论如何，现在领事在我背后，和他聊一会儿就足以驱散我心中的疑虑。罗斯先生建议阿墩子可能是我工作的一个很好的中心，并承诺如果我遇到任何困难，他将代表我采取一切必要的步骤。的确，刀傣（Tao tai）①腾越长官是一个令人讨厌的人，生性排外，由于边境纠纷而对英国人大发雷霆。但他身处在难局之中的处境也是相当难的，由于当地对英国商品的抵制，罗斯给他施加了压力。他苦笑着告诉领事，这样做的结果是，全省的人都写信给他，咒骂他偏袒英国人。因此，他想阻止我进一步进入云南。然而，他意识到这样做是徒劳无益的，便采取了安全措施，准许我去丽江，并仔细询问领事我在做什么。没有人提到阿墩子，因为在中国，不要过多地问，但可以一个个地，接近更友善的官员，根据情况忽略其他人，这是一件安全的事。对腾越的长官来说，阿墩子是一个野蛮

罗斯先生，腾越的代理领事

---

① 译注：当为干崖宣抚司傣族土司干崖宣抚司刀安仁时代，1891 年，19 岁的刀安仁（1872—1913 年）承袭第 24 任宣抚使。

蓝花绿绒蒿的原乡
——清末英国博物学家的滇西北及川康纪行

的地方，人们在那里互相割喉，欧洲人必死无疑，而对维西的官员来说，这是个好地方。一旦到了丽江，我就不受他的控制，虽然还没有脱离领事馆，但这一让步就目前而言是完全令人满意的，尽管我并不想去丽江。

我花了12天在腾越等待我的行李，作为罗斯先生的客人，然后是海关关长豪厄尔（Howell）先生的客人，我在那里度过了愉快的日子。他们骑着活力充沛的云南小矮马疾走，狙击射击，偶尔与男孩、厨师、园丁和几个家庭的其他成员一起玩游戏。在墓地山丘环绕的小山谷里，玩起了"围场"游戏，非常有趣，中国人热衷于这项运动。他们中的许多人经过小小的练习，便表现出了惊人的技巧。但是，在一场激动人心的国际比赛进行到一半时，有一点令人不安，7点钟来了，厨子们使双方的队伍突然停了下来，所有人都疯狂地跑去准备晚饭。

这时，由于将军的女儿快要结婚了，在腾越的欧洲人有一种小小的兴奋。将军是50年前平叛回乱时派来平定腾越的人，从那时起他就一直待在那儿，觉得很惬意。他是英国婚礼上最受欢迎的人，也是送礼物的人之一。令人遗憾的是，七个月后，他成为叛乱的第一批受害者之一。据目前的小道消息，这位为他女儿提供家当的赞助人只接受了四分之一的东西，恰恰相反，他的英国朋友们正忙着绞尽脑汁寻找他可以接受的礼物，让他有足够的自由，这也意味着这位老人喜欢行使他的选择权。领事走了出来，他手里拿着一瓶香水、一盒维诺利亚肥皂和一块丝绸手帕。第四个有点令人困惑，但他并没有被吓倒，最后想出了一个好主意，他从床上摸出一条漂亮的蓝色和红色条纹的毯子，把它和其他物品一起装在托盘里送了出去。后来，他懊悔不已，整个下午都沉浸在极度的痛苦之中，生怕老人会选那条毯子，让他每天晚上都被逼得冻僵，直到从八莫再弄来一条为止。但是这跟他现在感到的恐怖比起来，简直是小巫见大巫了。为了增加效果，领事用他最好的桌布盖住了托盘上的东西，结婚礼物刚一送到，他就产生了一个可怕的念头，设想一下这位老人，不是像人们想象的那样，把目光

第一章 红色众神的召唤

从桌布上移开，全神贯注地凝视着下面的宝藏，而是在桌布拉开之前停止凝视，也就是说，他应该有良好的辨别力，在有机会爱上香味或肥皂之前，自己选择桌布本身。领事因这种可能性呻吟起来，这是退休将军可能会做的那种不得体的事。

然而，老人却高高兴兴地站了起来，避开了桌布和毛毯，并选择了丝绸手帕。那天晚上，领事温暖地睡了一觉，第二天又铺了桌布，所有人出席了婚礼宴会，从下午5点直到9点。他脸色苍白，但很满意。

3月15日，我遗失的行李从八莫运来，得以在18日向东出发。我同时雇用了一位厨师做饭。他的名字叫和兴（Ho-shing），以前为欧洲人服务，有过一些经验。

虽然我很遗憾，要与腾越的朋友们说再见，他们尽了最大的努力来让我玩得很开心，但一想到要走，我的心情就不是很好。天空是蓝绿色的，在阳光下，斑驳的残雪在瑞丽江和怒江之间的黑色山脊高峰处闪闪发光。尽管早春下起了雨，高原上连绵起伏的群山仍然显得光秃秃的，慢慢地骑过这些山丘，你会发现灿烂的龙胆草从草丛中探出头来，紫色的兰花和白色的野蔷薇在巷子里的篱笆上，一簇簇粉红色的桃花正绽放

腾越瀑布

蓝花绿绒蒿的原乡
——清末英国博物学家的滇西北及川康纪行

着,与深红的日本海棠(*Chaenomeles japonica*)交织在一起,到处都是绿叶覆盖的树林。简而言之,当我终于启程上路时,杂树林和灌木林已经洋溢着春天那种欢乐的气息。

腾越的佛寺与宝塔

大理府附近的观音塘寺

第二章　云南高原

在中国内地，对于大多数旅行者来说，同样的事情只是发生的背景和细节各不相同而已，我记得在离开腾越到达大理府（Tali-fu）之间的十四天里没有发生什么特别的事情。众所周知，这条驿道也被称为"大使之路"（The Ambassadors' Road），驿道上发生的故事已经被描述过很多次，尽管将一种描述与另一种描述进行比较，并且注意到，对于那些对生活的兴趣或多或少不同的人来说，相同的旅程可能会有很大的不同，这是很有趣的。

对于我而言，我不仅对植物很有鉴赏力，而且对人和事物也不是一时的兴趣；在我看来，在深谷之间的高原上，红色的杜鹃花和粉红色的山茶花在冲刷得像沟渠一样的山谷中闪闪发光，呈现出如此迷人的景观，这几乎让我把其他的一切都忘记了。

在中午停歇之后，我会让人去给骡马们喂食，然后拿起我的枪，转向一边，独自在像公园一样起伏的小山中漫步，在绿绿的山坡上发现一片盛开的淡紫色的报春花，黄白相间的野玫瑰，淡蓝色的鸢尾花和其他令人愉快的花朵。成群的绿鹦鹉猛地尖叫起来，寻找在松树上生长的一种槲寄生的红色浆果；华丽的小捕猎者（指正在觅食的鸟类），在灌木丛和灌木丛之间羞怯地飞行；有时，我还会打着一只阿默斯特种的野鸡，也许是这个部落里最华丽的野鸡了，它有着漂亮的尾巴和彩虹般的脖子。沿着小溪往下走，人们通常会发现一只大卫的松鼠在岩石间觅食，但我没有看到其他哺乳动物，当然也没指望在白天看到。

蓝花绿绒蒿的原乡
—— 清末英国博物学家的滇西北及川康纪行

在一个不起眼的小村落蒲缥（P'u-p'iao）里，发生了一件非常不愉快的事，打断了旅途的单调乏味。我搭帐篷的时候，村民们对我的做法表现出极大的好奇心，以致我和他们中的一个人发生了分歧。

与此同时，有相当多的人聚集过来围观这场争吵，这充分说明云南人没有偏袒任何一方的理智和充满和平的气氛。有可能有几个结果，很少的人认为，这个人罪有应得；更少的人可能真的害怕外国人；但毫无疑问，绝大多数人对此漠不关心——这不关他们的事。

这是一个温暖的夜晚，所以我未把帐篷的门给关起来。当我躺在床上时，我能看得到月亮从东方淡黑的山脉处升起。夜深了，我帐篷里的物品被偷了！我平常在桌子上放着一个装满热茶的保温瓶，早起第一件事就是穿上衣服，拿一条毛巾去洗漱；第二天早上我发现桌子上什么东西都没有了，我的保温瓶、酒桶和毛巾都不见了。不管小偷是谁，他都只是把胳膊伸进帐篷里，偷出了他所能摸到的东西，没有任何困难，也不会发出任何的声响。我强烈怀疑昨天下午过来的朋友，因为偶然路过的流浪汉不太可能随随便便地走进来——他的进出会被村里的狗叫声所警示。此外，在中国，一只胳膊上挎着毛巾，另一只胳膊下面夹着保温瓶的乞丐，绝不可能在没有引起任何注意的情况下到处乞讨。

这一切都变得非常烦人。毛巾并没有那么重要，因为我还有其他备用的。在这样的旅途中，保温瓶是一件小奢侈品，能够增加我旅行的舒适感，失去它对我来说是一种严重的损失。这还不是全部的意思，因为它是上海公立学校的孩子们送给我的告别礼物，我很不愿意失去它。然而，直到那天晚上，我们到了永昌（Yung-ch'ang，今保山），我才把自己打扮得体面些，骑着马去见地方官员，首先由和兴（Ho-shing，音译）带着我的名片和护照去衙门报告，随后我骑着马前往衙门，在穿过两个院子后，在一扇紧闭的大门前停下，等候着。从门缝里隐约能够看到一条用石头铺成的小路穿过院子。几分钟后，有人大声呼喊道，大人已经准备好了，大门被打开了。我走上台阶，俯身跨过门槛，穿过内

第二章 云南高原

院，看到一位看起来很善良，面貌和蔼可亲，双手细嫩，留着长胡子的文官，他正站在那里等着迎接我。我向他低头鞠躬致敬，他把我领到一间小房间里，虽然不是很干净，但陈设布局十分雅致。在房间的中央是一个圆桌，上面覆盖着厚重的红布，另一头是一个低矮的沙发椅，上面有两个靠垫，用类似的方式做了一个软垫。靠墙摆放着两张四四方方的桌子，用深色的漆木做的，两旁摆着几把椅子，但全都是呆滞的、僵硬的、不舒服的。墙上挂着长长的卷轴，有些是粗犷的风景素描，有些是谚语或经典名言。格子化的窗框上覆盖着坚硬的半透明纸，除了充足的空气外，还有充足的光线供日常使用。这就是全部——地板是粗糙的木板，既没有涂漆也没有铺地毯，尘土飞扬，到处都是先前访客留下的足迹、烧焦的火柴棍、坚果壳、香烟的烟头以及大量咳痰。这就是一个典型的本地衙门客堂。"请坐！"大人示意我坐在主台的左边座位上——一个荣誉的座位，他在右手边坐下，而在下段处且也不舒适的座位上坐着和兴，侍从们站在门口，期待着会面。然后和兴向大人解释了我来访的目的，在大人询问了我几个问题后，我喝下那杯表示离别的茶后，站起身来告辞了。

这次面谈的唯一实际结果是，我在永昌待了一天，有两名士兵去蒲缥寻找我丢失的财产；不用说，他们当天晚上空手而归。

在中国，不幸的是，无辜的人常常被当成罪犯，因此，受到惩罚的不一定是罪犯，却被当成犯罪人。我猜想在蒲缥这个可怜的村落里有可能存在着某种报复，我确定即使派出了士兵，也拿不回来我的物品。我可以推测士兵们从交易中获利，而会把什么也没有发现这个报告带回给官吏；推测士兵们利用职务便利，索取了某种好处。

第二天，我发现自己被配备了三个"勇敢者"作为护卫，尽管他们除了一把扇子和一根水烟筒之外一无所有。但这些笨拙的家伙照例悠闲自在地走在后面，每当我们遇到其他骡队时就会大声喊叫，把交通完全弄乱，尽管他们公开宣称这样做的目的是让我优先通行。

云南高原从北到南被深沟状的山谷划得伤痕累累，在山谷的底部

蓝花绿绒蒿的原乡
—— 清末英国博物学家的滇西北及川康纪行

流淌着瑞丽（Shweli）江①、怒江—萨尔温（Salween）江、澜沧江—湄公（Mekong）河和其他鲜为人知的河流，所有这些河流都是通过铁索吊桥来跨越的，曾经在这条路上的旅行者描述过这些桥梁。相对宽阔的、森林覆盖的怒江流域和狭窄的裂谷之间有着惊人的差异，以及在澜沧江所流经的地方，几乎是没有植被的陡峭悬崖，预感在更北的地方能够看到这样的景观。

跨过澜沧江之后是顺平（Shun-pi）河，又下了两天雨。当我们再次爬上山脉时，这里有红色和绿色的斑岩，有趣的是我发现洪流源头所在的沟壑不是随着溪流越来越小而收缩，而是越来越突出。当大岩石及碎石被水流冲下而过小溪时，在河的漏斗状的狭窄处岩石碎片被卡住，横贯在河道中，这很好地证明了狂暴的夏雨降临在山顶上后，席卷了一切。

桤木和桦树现在都长出了新叶，道路上也开了新花——呈高大金字塔形状带有黄色花朵的小檗属（Berberis）植物的灌木丛，以及香味浓郁的白色茉莉花。有时我们遇到的孩子们拿着这些令人愉快的茉莉花球，这些花被剪短，每一个花球都悬在一根线上，用这种方法扎起来形成一个香味四散的实心球体，夫人们买了它们来缠绕纽扣，或者装饰头发。

在永平（Yang-pi），我们在这条路上的第五座也是最后一座链桥上跨过一条大河。云南西部的小河流上一定会有很多这样的壮观建筑——我独自在瑞丽江上跨过了两次，但我对它们的历史一无所知，尽管它们无疑从古代就开始使用了。

第二天继续沿着永平河下行，我们终于看到了高耸的大理府的雪峰。据说，在六十年前的回民起义，大理被攻破时为了躲避屠杀，许多逃出来的人试图越过这些锯齿状的雪峰，来逃避战乱。但在找到一条切实可行的南下永平的路线之前，大多数人因饥寒交迫而惨死。

下午，我沿着永平河前行，遇到了一个非常奇特的扭曲连接桥

---

① 译注：瑞丽江是伊洛瓦底江上流域的支流之一，发源于高黎贡山西麓。在潞西（今为芒市）南部与芒市河交汇后称为瑞丽江，流经腾冲、龙陵、潞西等地，在腾冲境内称为龙川江。

第二章 云南高原

（兰津桥，即霁虹桥），就像克钦人和其他丛林部落建造的那样。它实际上是一座藤索吊桥，两根主要的藤本线缆被固定在两岸粗壮的竹柱上，支撑着一个由类似藤本做成的浅吊床，吊床之间交错着骨架，沿着中线，只用6英寸（15厘米）宽的木板铺成一条狭窄小路，看起来很脆弱。我想不出哪还有比这座桥更不稳定的了。它在中间至少下垂了6英尺（1.88米）——它只有35码（32米）距离——哪怕最微弱的气流都能使整座桥以最令人作呕的方式摇摆。更糟的是，一个人刚踏上木板，吊桥就开始在他的脚下扭动起来，一会儿这边，一会儿那边，它是那么灵活。安全穿过这座桥梁的唯一方法就是不要从如船舷那样的边上掉下来，也不要从如篮筐那样的缝隙里掉下去，而是要沿着用木板铺设的小路中间小心翼翼地向前滑动。河水在30英尺（9米）以下的岩石上汹涌拍打，空气中充满了波涛汹涌声，在这样的情况下，你要努力保持良好的平衡状态过桥。

过了一会儿，看见三个背着沉重担子的女人沿着河岸走下来，一个接一个地渡过了河。于是，我满怀雄心，想亲自走上那座疯狂的桥，并迅速上了桥。还没走到一半，我就后悔自己的鲁莽。但是我不敢回头，所以我不得不走下去。尽管我觉得自己更像是爬过去而不是走过去。我真希望有个扶手可以抓着，也希望桥不要摇晃，停下一会儿！最糟糕的是我回程还得过这座桥！

3月31日，我们到达大理府，没有骡子立即可用，我们在那里住了一个星期。虽然有点乏味，但这让我们有机会看到这座美丽的城市在阳光和风暴中的不同面貌——乌云滚滚，从雪峰向西翻腾；蔚蓝的大湖，像一片玻璃，在阳光下波光粼粼；水面上倒映着群山，日出时分是金黄色和红色的，夕阳西下时显得格外红润。

距离城市几英里的地方是一座精美的观音塘寺庙①，建在一块可能从山上滚下来的巨石上，不过当地的观音背石传说并不那么平淡。我不

---

① 译注：大理观音塘，地名一是因寺是观音庙而得名，二是因为位置地处大理古城南边交通的首个驿邮塘汛。

蓝花绿绒蒿的原乡
——清末英国博物学家的滇西北及川康纪行

知道这个完整的故事，但是观音菩萨，即慈悲女神（Kwan-nin），显然是负责把它带来，并把它放置在这里。因此，古老的宗教时代，在这里建一座寺庙来纪念这样一个奇迹并不奇怪。一个风景如画的神龛中，上面刻着整个故事，在寺院庭院内的巨石上建立了一座大理石亭阁，几棵柏树为这座被人遗忘的老建筑增添了一丝忧伤。

有一天，我走在城墙上，在那里我遇到了一个穿着漂亮衣服的中国人，他带着一个鸟笼出来遛鸟，小鸟需要吸新鲜空气，这是中国人的习惯做法。令我大为吃惊的是，这位绅士用法语对我说话，他带着一口纯正的巴黎口音。我从片刻的惊讶中恢复过来，正要回答，突然发现我一个法语单词也记不住了，或者至少我说不出话来！很奇怪，一个人在学习第二语言并每天听人说的时候，是如何在一门过去从未完全掌握的语言中摸索出最简单的单词的。一想到我能用中文回答他的问题，却不能使用法语，我就心烦意乱；而另一方面，如果我用中文回答，当他用自己的语言说话时，我就会感到更加羞辱。当然，学习一种语言的最大困难就是让这些单词立即可以使用，这只有在本地人中间长期练习之后才能实现，而不是从书籍中习得。

最后，我找了一些我自己都不太理解的词语来表达我的意思，但这是一种可悲的失败，他用无可挑剔的口音纠正了我的错误。我从来没有像现在这样不懂法语而懊恼。然后他抱歉地摇摇头说："你是英国人！我不会讲英语！"我不相信他，继续保持沉默。我怕如果我说得不得体，他可能也会纠正我的英语。

这名男子是天主教徒，并在大理被法国传教士教授法语。我这时希望我国传教士能不辞辛劳地来这里教他们英语。

在大理，我获得了另外两个人的服务，雇用了金（Kin）和宋（Sung），他们俩都是中国人，他们的命运注定要在今年余下的时间里跟随我，尤其是金能够为我提供特别优质的服务。4月7日，骡子来了，我们又出发了，向北前进。

第二章 云南高原

大理府街道和城门

蓝花绿绒蒿的原乡
——清末英国博物学家的滇西北及川康纪行

第三章 维西栗地坪高原

　　大理北部是光秃秃的圆形红土山岭，在群山之间有富饶的平原，绵延数英里，芸豆、小麦和蓝色小花亚麻的波浪田映入眼中。

　　有时候，我们会接连遇到一些妇女，他们带着大量的盐、棉花、豆子和大米去当地市场，赶着满载木板和柴火的马车。奇怪的是，这些女人就像丛林里的部落和矮人种族那样，用一根绕着前额的皮带来背负重物，这样她们就必须弯着腰、缩着胸走路了。当然，除了她们的衣服外，这里的人们一点儿也不像是中国人，大多是民家人（Minchia），脸上都有一种非常明显的表情。

　　一天晚上，我们来到一座孤零零的石灰岩山上，上面雕刻着许多奇形怪状的孔，从它的底部涌出两股非常热的泉水，闻起来有浓厚的硫黄味。在中国西部，每个大山脚下都有这样的泉水。在离开大理后的第四天，我们来到了一个重要的贸易城市剑川。这个小城市坐落在山间的一片小平原处，平原上有一个湖，湖在永平河的上游地。继续向北，山岚起伏，高原乡村的景观开始越来越明显。虽然我们被两边的群山包围，但是东边仍然被冬雪所覆盖，我们行走缓慢。现在，当地的土地已经没有耕种了，谷底常常是沼泽地，主要用于放牧。而未开垦的山坡下面长满了灌木丛，上面则是松树林。

　　突然来到了通道的入口，狭窄的高原似乎很突然地掉进了一个蓝色的大山谷。在那山谷深处，森林的另一边，隐藏着扬子（Yang-tze）江（长江），或者在当地叫作金沙江，这就是著名的金沙江。丽江

第三章 维西栗地坪高原

（Lichiang）山脉远远超出了现在无云的天空——一群被雪覆盖的壮丽群山，它挡住了河的去路，把它推到另一边，从而使它在北方的一个巨大的河湾中流过，并且在它最终开始前往中国海岸的漫长旅程之前，在一个狭窄的环路中几乎又自行返回。这个环路使长江的长度增加了数百英里。那些高耸入云的冰山和雪峰在太阳的照射下闪闪发光，融入无限的蔚蓝色的天空，那实在是一幅壮丽的景象！

在山口的最顶端，海拔8000多英尺（2438米）的地方，有一个美丽的小湖依偎在东部山脊树木繁茂的悬崖下。那是水流横扫山谷，从山上飞流直下，把水冲回原处，冲击形成的一个堰塞湖。

这一分水岭将直接流入金沙江的河流与流入澜沧江支流的永平河分开。在分水岭北部不远的地方，这一侧的山谷被猛烈的骤雨冲垮了，怒江、澜沧江和金沙江这三条大河平行地流过山谷，流向海拔更低的远方，险峻异常。然而，石鼓（Shih-kow）这个地方离河边不远，我们在这里停下来吃午饭，下午继续朝三江口（San-kow）村①方向前进。

金沙江，或称为长江的长度从这里到入海口有2500英里（4023公里），两岸的宽度平均距离约是100码（91米）。虽然在这个低水位的季节，它的水流依然很强劲，靠河心岛而流，携带着大量的沙粒。然而，这已经是4月的第二个星期了，在遥远的北方，雪已经开始融化，尽管这里阳光明媚，似水晶般的水还是冷得刺骨！这个我有充分的理由知道：为了拍摄一只落在河心岛上的赤麻鸭（Brahminy duck），我被迫脱掉衣服，游过一个狭窄的河面，以确保能够拍摄成功。当夏天来临的时候，青藏高原（Tibetan plateau）上持续着连绵不绝的雨水，一股棕色的洪流在这里奔腾而下，冲刷着两岸宽阔的河道，淹没了岛屿，淹没了眼前的一切。然后，随着秋高气爽的天气和秋霜的再次来临，水位逐渐下降，变得越来越清澈，淘金人又重新回来整理砾石坑，鸭子也回到了岛屿上。这只是影响深远的季风气候的另一个阶段。

---

① 译注：三江口村当为今云南省迪庆州维西县五境乡其宗村。

蓝花绿绒蒿的原乡
——清末英国博物学家的滇西北及川康纪行

紧密相连的山脉高出河流数千英尺，但河谷足够宽广，可以在右岸进行大量耕作。右岸有一个平均1/4英里（402米）宽的平台，将河岸与山脚分隔开来。然而，左岸没有这样的地貌，而左岸的村落实际上仅限于相对较宽的区域。在这个季节，是没有激流的，但是在当地湍急的水流使得这条河，除了用于渡船和捕鱼之外，对航行毫无用处。

至于居住在这片金沙江流域的人们来说，他们似乎主要是汉族和藏族的混血儿。他们的血液中，有相当多的一部分来自北部的麽些人（今纳西族）和西部澜沧江流域的民家人。女人的脸形特别宽，给人一种愉快、美好的表情。她们喜欢小巧玲珑的由银和翡翠玉所构成的耳环，还喜欢戴着一个宽大的翡翠玉手镯，除此之外，身上再无其他首饰物。

我们每天都能遇到一群群淘金的人，淘金的方法是这样的：

在旱季，河床暴露的特定地点，砾石被铲进一个篮子里，淘金人用手在倾斜的长筛子边缘摇晃篮子，水被倒入篮子的缝隙中，洗净细泥浆，剩下的石头被扔到一边。当泥和水经过筛子时，水从筛子上滴落下来，黄泥在筛子里面聚集，然后被带到河边，放在一个浅木摇篮里摇晃。轻质的泥浆很快就悬浮在水中，逐渐从侧面倾斜，在摇篮的底部留下一层沉甸甸的黑色沙子，其中还有较重的金色薄片。这些黑色的沙子被小心翼翼地放在摇篮里。最后，我看到摇篮里只有金光闪闪的斑点。

操作最好由7人或8人进行，其中一半人负责提取含金沙。

金沙江河床上淘金

第三章 维西栗地坪高原

这种沙通常位于地表下几英尺,另一半人负责过滤筛选。但有时只有三四个人在淘金,男人、女人、孩子都是受雇的。当然,这不是特别辛苦的工作。收入差异很大,但是每人每天平均能够采金约150金。

云南高原的湖景

我从来没有见过这种生意在奔子栏(Pang-tsi-la)北部进行。不过我记得,当我第二次看见金沙江的时候,河水还是夏天的水位。然而,在巴塘(Batang)附近确实有淘金设施。我相信,我的猜测没错,它从来没有使用过。因此,我倾向于认为黄金起源于当地。

在怒江上淘金似乎完全不为人知,尽管我听说过它靠近独龙江——伊洛瓦底(Irrawaddy)江的源头,在澜沧江上我只看到过几处废弃的矿场。因此,几乎有理由认为,这些黄金来自遥远的西藏地区的大型矿脉,否则人们可能会在澜沧江和怒江流域发现含金沙。然而,我还是倾向于认为,在这一局部地区,金沙江沿岸存在着大量的黄金。因为即使使用这些原始的器具,人们也能在几分钟内将足够的黄金从淤泥中淘洗出来。

金块很少被发现,原因很明显,因为大部分金沙都在河床的底部。如果能更迅速、更彻底地处理再加工,将是一项有利可图的事业。但是,这类创新方法不太可能得到当地家庭的青睐,因为他们没有权利利用河床,或者在任何情况下都认为他们无法拥有这样的权利。

4月14日,我决定让他们休息一天。我们在河边的一片树林里扎营。天气晴朗,我和金出发去爬紧靠我们西边的山脊。然而,当我们到达10000多英尺(3048多米)的高度时,却被山脊顶上的石灰岩峭壁

蓝花绿绒蒿的原乡
——清末英国博物学家的滇西北及川康纪行

挡住了去路。我们发现岩石中还有厚厚的积雪,还没有春天的迹象,于是我们又回到了温暖的山谷中。

在接下来的旅程中,我们遇到了一些在世界许多地方都能看到的相似捕具——一个套在弯曲的竹竿上的绳套,上面拴着一根钩子,一松开绳套,看到一只挣扎的野鸡想飞逃,而悬在空中。

第二天,就是我们在金沙江的最后的日子。我们继续前往其宗(Chi-tien)村,这是一个居住着有一半藏族人的小村落,穿过一片茂盛的流苏树(*Chionanthus retusus*)林,盛开的花儿呈现一派壮丽的景象。它们似乎喜欢河边最崎岖的地方,经常可以看到它们的枝条垂挂在湖面上。

在过去的三天里,我们经过了大量的罂粟种植地——不是像我在腾越和大理之间的一两个地方看到的那样,即使在主干道上,也有分散的罂粟出现在白色和暗色的田野中。这就掩盖了它们的存在。毫无疑问,这些罂粟是故意播种在豌豆地里的,以便它可以更好地种植而不被发现。在一个干练而有力的巡抚领导下,云南像帝国的其他几个省份一样,几乎摆脱了鸦片,但他的禁烟工作还未结束之前,他就被调任了。现任巡抚不仅是一个弱小的统治者,而且也是鸦片吸食者之一。因此,尽管自禁种鸦片法令颁布以来,罂粟种植就在大幅度减少,但在上一季中又呈现出相当大的发展。将云南与其他鸦片种植省份进行比较是不公平的,因为情况完全不同。不是所有的作物都适合在云南高原种植,尤其是棉花,而且毫无疑问,罂粟比任何其他经济品种都更适合这里的气候。因此,大部分鸦片过去被卖给广东和湖南(Hunnanese)的商人,四川和贵州的棉布是用这些银子买来的。因此,鲁莽地对罂粟采取禁种方法使得该省面临严重的财政危机,导致白银短缺和耕地不耕种的问题出现。

同样,在高原的深谷中,疟疾是在雨季中最容易传染的,居住在深谷的山人和其他部落就使用鸦片作为预防措施。还有一定不能忘了,除了沿主要道路之外,滇西的汉族很少。虽然许多部落或多或少地被主要种族所统治,但吸食鸦片等基本习俗是不容易动摇的。他们以确保增强对发烧的免疫力。直到最近,它才被如此广泛地应用于医疗方面。云

第三章 维西栗地坪高原

南西部可能在中国种植罂粟之前很久就从印度进口了鸦片。

最后，鸦片非常轻。而且几乎每个人都可以接受，在一个人烟稀少、道路崎岖的国家里，它是一种方便的交换媒介，常用来代替白银。考虑到这一切，我们可以很容易地承认，云南人在试图消灭一种对他们来说意味着衣服和药品的植物时，他们是很不情愿的。目前的革命将如何影响更多和更容易进入省份的罂粟种植，很难说。虽然这是一种不允许种植的作物，但随着地方当局的设立，当前云南鸦片种植还将大幅度增加。

一般情况下，从金沙江到澜沧江流域向西到我们现在要去的维西厅（Wei-hsi-ting），需要两天的路程。离开其宗村后，我们走进了一个小山谷。虽然山谷里面有耕地，但是现在到处都是森林，溪水在许多地方都积满了原木。这些原木是从上面的森林里砍下来的，沿河顺着陡峭的山坡往其宗村流去。第二天，我们在暴风雪中艰难地爬了一段路，从森林里出来，来到了被称为栗地坪（Li-ti-ping）①的分水岭顶端——一个由草地、森林和沼泽组成的荒凉高原。变色的水流缓缓地沿着草地低洼处流下来，但山顶上却长满了冷杉林，一片片白色的雪还紧紧地藏在那里。一阵狂风掠过山口，吹过浅浅的山谷。

与金离开马帮继续穿越开阔的田野，爬上山坡，来到一片森林的边缘。没过多久，金就抱怨身体不舒服，于是我让他回到帐篷里去休息，而我拿起枪，独自在森林里四处乱窜。在大约一个小时后，我从一

---

① 译注：清余庆远《维西见闻记》中对栗地坪有这样的概述："在城东四十里，适维西之路经焉。高三十里，峻岭重复，缘溪为径，如阶如梯，险仄通人，乔木壅蔽，昼不见景，云岚往复，常多雨雾，虽盛夏天晴必衣裘衣。九月雨雪，冬春之际，则积雪一二丈。十年前，至秋暮，路旁每一丈远，竖一高竿，每三尺高，系一横栏。路或二三旬不通，视天稍霁，乃督兵卒夷人二百，循竿扶栏，往还践之，雪涸如溪，人由溪内，新雪复积，仍前践之；至二三月，晴霁日久，雪半融而柔脆，人犹可行，马至则陷；立夏之后雪融路出，而深岩之雪，容有嵌自太始者。近年雪微减，兵卒于雪中亦能识路，践雪成路如故，不复立竿栏也。"（方国瑜主编：《云南史料丛刊》第12卷，徐文德、木芹、郑志惠纂录校订，云南大学出版社2001年版，第60页）

蓝花绿绒蒿的原乡
——清末英国博物学家的滇西北及川康纪行

片森林转到另一片森林，我对在周围的植物世界中发生的不计其数的生存竞争感到非常兴奋。冷杉林以及野竹林的潮湿和暗黑是苔藓的美妙滋生地，而苍白的地衣缠绕在每棵树周围并掀起阴险的触手，慢慢地扼杀它们的生命。在这片高原上，没有什么比看到宿主和无动于衷的斗争更让人难过的了——一种是巨大的、笔直的，另一种是微不足道的、蠕动着的、致命的。在森林的边缘，巨大的光秃秃的树干，被这令人痛苦的死亡气息所笼罩，枯死的地衣挂在树桩上悄悄地随风升上天空。在森林里，巨大的树干枯死后哗啦哗啦地倒下来，深埋在苔藓里，进入了最后一次最长时间的睡眠。

沿着几座森林覆盖的山顶走了一圈后，我回到了开阔的山谷，离山口还有一段距离。这条路本身很好，虽然走了一个小时也没有看到骡子的痕迹，也没有看到动物的踪迹，也没有人陪着我，但我几乎没有意识到是我走错路了。

现在发生了一件事，我开始感觉有些紧张。我回头望着小山谷，望着我们走过的山口，看见一辆西藏马车向我驶来，也许有半英里（0.8公里）远，但几分钟后我再看时，它已经不见了，我再也没有看见它。

这时，我开始意识到我可能走错路了，因为我的马车在哪儿呢？为什么那些人没有停下来吃午饭呢？我大约在10点钟的时候和他们分开了，现在已经过了中午。最重要的是，这条路走到了尽头，我不愿再沿途走回去，决定采取一个新的、致命的行动计划。

我已经说过，我们已经越过了一个山口，我有充分

栗地坪：草地和冷杉林

第三章 维西栗地坪高原

的理由相信，从这一边流下来的水，已经流到维西。因此，我认为，沿着其中一条小溪走下去，我最终会到达这座城市。当然，这会花费相当长的时间。我为什么不沿着山谷往回走，走到我和马帮分开的地方，小心地沿着骡子的足迹走呢？有几十辆马车在这条路上行驶，如果我稍微想一下，我根本就不会走错路。我想，有一部分是因为我喜欢投身于任何能带来一定新奇感的事物，另一部分则是因为纯粹的懒惰。我没有预见到任何难以克服的困难，虽然我很清楚，我离主干道有一段距离，但我记得地图，朦胧的想法是通过迂回的路线重回原地的计划，没有走回头路遇到的麻烦多。我从小路尽头的山顶上转身下了坡，一分钟后我冲进了森林，以便尽快到达一条小溪，我想那里的路途可能会更容易些。然而，我越往前走，就越困难，因为高原的山顶被抛在了身后，深深的山谷被茂密的竹子堵塞了，其他的一切都消失了。

我在这片丛林里盲目地挣扎了两个小时，竹子长到 15～20 英尺高（4.6～6.1 米），长得非常粗壮，我不得不把竹子的茎分开，偶尔爬过一根树干，跳进齐膝深的冰冷的激流中，汗水从身上滚落。有时我突然从茂盛的植物丛中钻出来，又热又生气。当我找到一条路时，就不顾一切地跟着它，直到它消失，但我总是回到这堵围墙般的丛林前，它正慢慢地把我的力气给消耗殆尽。即使是在森林最潮湿的部分，有时在冰雪融化的冰冷水中生长的蓝色的报春花（*Primula malacoides*）呈现出的美丽景象，也未能弥补我的痛苦，或激起我的热情。

大约在这个时候，一个大山谷出现了，所有这些从山脉上流下来的急流都把水冲进了这个山谷。我决心在夜幕降临以前赶到那里去。虽然太阳被遮得严严实实，但我大致知道自己的方位，我方向感很好，我面前的山谷肯定是东西走向的。

如果小溪像我想的那样向西奔流，我一定很快就能回到城里，因为此时我已经向南走了一段距离。但如果它向东流动呢？我突然产生了一种可怕的怀疑。

这是一个疲惫的日子，但现在暮色渐浓，大雨倾盆而下。天很早

蓝花绿绒蒿的原乡
——清末英国博物学家的滇西北及川康纪行

就黑了，因为即使在夏天，在这个纬度上白天也很短，而且阴云密布，更加深了黑暗。沿着小路，我又爬上了一座长满青草的小山，从山顶上可以看到广阔的景色，我希望在黎明时分能够确定自己的方位。但是，尽管这个位置很明显，天气却没有任何好转的迹象，软绵绵的云正在我周围沉淀下来。我在森林的边缘坐下来，等待黎明的到来，观察着周围的一切，心里忐忑不安地想，在这样的夜晚，会不会有狼出没。当我穿过茂密的丛林时，我的雨衣被撕得破烂不堪，但我用剩下的东西盖住了头；还有我的枪和最后一颗子弹，我把它放在手边，以防狼来偷袭。我没有火柴，也不可能在这样的一个晚上生起火来。我没有吃的，除了觉得饥肠辘辘之外，为了避免身体被丛林里的枝叶刮伤，我从急流中涉水而过，弄得浑身湿透。

我在傍晚看到的那个大山谷离我还有一段距离，但我满怀希望，希望它能证明我的烦恼已经结束，我决定天一亮就继续赶路。于是我躺下来休息，把脑袋埋在雨衣里，像猫一样蜷曲着身子来御寒。雨不停地倾盆而下，在我身下形成了一个水塘。

我不知道我的随从们在做什么，他们是否向城里报告说我在高原上迷路了。也许士兵们已经开始找我了——他们很容易就能追踪我的足迹到那条路的尽头。但在这之后，一些人可能会搜索这些森林，却找不到我的任何踪迹，因为没有任何迹象表明我走的是哪个方向。

黑夜似乎很漫长，但快到早晨的时候，我打了几次瞌睡。最后当我醒来的时候，天已经破晓了，一道寒冷的灰色光线逐渐散布在阴沉的天空中。乌云笼罩着森林覆盖的山顶漂浮在深深的山谷里，但是雨水变成了雪，雪落在地上就融化了。这样一个沉闷的黎明对我的遭遇几乎没有什么鼓励。

然而，为了暖和身子，摆脱过去几个小时不活动所带来的麻木僵硬，我立刻动身了。这一次，命运似乎对我微笑了，因为我一直保持着这样的乐观心态。在视线所能看到的范围内，径直朝山谷走去，几乎立刻就找到了一条老路。我在一望无际的山丘上爬上爬下，爬了将近三个

第三章 维西栗地坪高原

小时，终于到了一个地方。从那里我可以直接看到下面的大山谷，确定溪流方向。

小溪向东流——我错了！

这一不幸的事实，在过去的一段时间里，确已逐渐得到证实——山脉的轮廓。我几乎不允许有别的解释，尽管我不愿意向自己承认；我对自己的希望破灭感到无比的厌恶，但我并没有完全感到吃惊。

同时，这条路并没有变得更好，而是变得更糟了。不久就在森林的边缘又走到了尽头，这种情况使整件事情变得没有那么复杂，因为它只剩下一条合理的确实可行的路可走。

我必须再次挣脱束缚，尝试一个新的方向，希望能找到另一条路，或者在我比以前更投入之前，找到回到起点的路。

令人沮丧的是后一刻，似乎是因为我很清楚自己在丛林中的挣扎，我终于听天由命了。我马上就决定沿路回去，这是我唯一明智的做法。

在草地上有一些花朵一样的海葵，除了森林边缘的许多杜鹃花外，在白雪中看上去很凄凉。我高兴地想起，在每个杜鹃花冠的底部都有一滴大的蜂蜜。然而，在吮吸了一撮鲜花而没有获得多少营养之后，我开始吃整个东西，虽然黏稠无味，但并不完全令人讨厌。

经过疲惫的攀登，我现在开始感到沮丧，并回到了睡觉的地方，然后下到溪边，准备长途跋涉到高原。首先，我吃了一顿酸樱桃和我能找到的任何植物嫩叶，虽然它们大部分都是软绵不易咀嚼、覆盖着毛茸茸的皮，但是，在我喝了寒冷的清水后，我感觉好多了，尽管吃杜鹃花冠给我带来了剧烈的胃痛。

我的计划是顺着这条最大的小溪往前走，这条小溪从高原的方向流到它的源头。我尽了最大的努力要把它牢牢记在心里，同时又发誓，不管发生什么事，我都不会再想穿越丛林了。

从我前一天走过的众多小路中的一条开始，我仔细地观察着它，虽然它需要在山脊上爬上爬下很长一段路，但我满意地注意到，它沿着几片竹林蜿蜒而行，那是我在下山的路上故意开辟的小道。

这些小路曾被傈僳（Lissus）族人使用，他们居住在澜沧江东部或左岸的山区，维西位于北纬27°～28°之间，它们从上怒江的保护区蔓延开来。夏天的时候，他们来到栗地坪放牧，挑选弩弓木头、制作弓箭和毒液，收集野生蜂蜜和其他林地产品作为生活用品。如果我沿着溪流走得足够远，我无疑会很快遇到傈僳族的小屋。

　　地标一个接一个地回来了，我沿着山谷向上走得很顺利。只有一点困扰着我，前一天，我在密林处挣扎了大约两个小时后冲进了这个山谷，我不想再经历第二次。但我能找到一条不走回头路就能回到高原的路吗？不能！即使我再试着穿越密林，我能追溯我的脚步吗？对于后一个问题，答案显然也是否定的！因此，唯一的方法就是继续沿着源头前进，而不考虑我曾通过的密林及支流。无论如何，这个计划和其他计划一样，都是有希望的。这是一种残酷的命运，当我到达我的最后一个地标时，我要按计划去观察，去追逐一只雪雉（Snow pheasant），也是我在栗地坪逗留两天期间唯一看到的一只。不用说，我没有及时拿出枪来射击，但我突然想到，由于周围有几只鸟，为了不浪费最后一颗子弹，能够一枪命中，我向一只坐在灌木丛上的不幸的小雀开了一枪。当我去拾起我的战利品时，我发现6号子弹不仅打中了它，几乎把它打死，除了羽毛、内脏和鸟嘴，我把它全吃掉了。经过短暂的休息后，我感觉好多了，继续往目的地走去。由于全程沿着一条路走，我到达的时间比我预想的要快得多。

　　现在我遇到了一个临时的障碍，因为我找不到接下来的小路，蹚过几条溪流，在努力攀越主山谷之后，我再次遭遇栅栏般的密林。

　　追溯我的脚步，踏上了一个开阔的草地山谷。这条山谷呈现了一条更容易的路线——草地的存在是高原的一个受欢迎的暗示——它或多或少地进入了开阔的地带。我穿过了一条山脊，仍然蜿蜒绕行在我想象的那个山口的方向上。我想，现在是下午的早些时候。

　　穿过山脊后，我从森林地带出来，来到一个开阔的山谷里，四周环绕着几座小山，那里有一间古老的羊圈。我在上一次通过了那间羊圈。

第三章 维西栗地坪高原

就在第一条路走到尽头的前一天，我一头扎进了密林。我当时很愉快。

在小路上的赤泥里，我能分辨出我前一天的足迹，现在几乎被雨水抹去了，但也能清楚地看到另外两个人的脚印。这肯定是以前没有的，可能是那些一直在寻找我的士兵，并且大喊了我好几次，但没有得到任何答复。

要不是我知道从这里到关隘要花些时间，从那里到维西要花几个小时，我的消极的情绪会更强烈。尽管如此，我还是带着轻松的心情，但一种沉重的感觉从我的脑海中浮现出来。我试着走一条捷径，但迷失了方向，回到了小路上，终于发现自己又回到了主干道上。这一次肯定没有错，因为骡子走过的轨迹显而易见，它向西摆动穿过山谷，而我一直跟着向南和向东。

一段长时间的攀爬越过高原，穿过最浑浊的泥泞路段，路程走完了一半。融化的雪花被骡马的车辙彻底碾压，终于把我带到了第二个隘口。这时，森林覆盖的高原突然从我脚下消失了，在一片肥沃的山谷里出现了高大的坡尖（spur）。

雨停了，太阳穿过云层照了几分钟，然后落在山谷对面的一个高山峻岭后面，这使我振作了起来。在遥远的地方，维西闪耀在夕阳的金色光芒中。值得注意的是，我们穿过的第一个通道是在金沙江和澜沧江水系之间的主要分水岭；更高的第二道山口把流经维西的水和汇集在栗地坪一带的溪水分隔开，从嘎嘎塘（Ka-ka-t'ang）流出，汇入距城下15英里（24公里）的维西。因此，如果我继续沿着那些看似无穷无尽的山谷走下去，我最终一定会来到嘎嘎塘，就像我已经说过的那样，我很有可能在最终从山里出来之前就遇到了傈僳族人。

我从山口尽可能快地走下这条极其险峻的路，这座城市看上去离我很近，实际上却有一段距离，而且天色已晚，我很快就意识到天黑之前是不可能进城的。

现在，我可以看见城中的灯光，也能听到流浪狗的号叫。在树木环绕的山谷里，随着山谷的临近，光线越来越暗，黑暗变得漫无边际，

蓝花绿绒蒿的原乡
——清末英国博物学家的滇西北及川康纪行

周围一片漆黑。

前进的速度变慢了，我突然产生了异乎寻常的幻觉，我发现自己不能停下来，小心翼翼地跨过除了我想象之外不存在的巨石。在这样做的过程中，我笨拙地撞上了小路上的每一个障碍物，从一边滑过了河岸，走到了另一边的灌木丛里。无助的鸟儿在我前方的地面上翩翩起舞，我（不止一次）弯下腰去捡起一只；奇怪的动物在灌木丛中移动，城市里每一盏可见的光，都像一些跳来跳去的小精灵；几棵杨树在右边的天际线上摇晃，好像被大风刮弯了腰，而夜晚却寂静无声。

在我跌跌撞撞的时候，我双臂张开，小心翼翼地向前移动，虽然有些疲倦，但精神很好。星星在头顶上眨眼，比起高原上的寒冷潮湿，这里的空气让我感觉到温暖。我的衣服也干了，这增加了我的舒适度。

突然间，一座房子的黑暗轮廓隐约出现在我面前，同时，几只狗开始狂吠起来。

我走进院子，向门口走去，大声地敲门，狗已经注意到我了，甚至有人正在接近我。就在这时，门开了，一位老太太站了起来。在我面前，她凝视着夜幕，一支火红的火把高高地举过她的头顶。

"是洋大人！"她惊奇地叫了一声，跑回去把她的丈夫带来。他们在见到我之前就对我早有耳闻。

那个半盲的老人，现在出现了，牵着我的手把我带进来，然后上梯子到了一个大房间。几分钟后他生着了火，同时他的妻子端来了热水、一些鸡蛋和一床被子，而他们的儿子（一个身材魁梧的年轻人）立即出发前往 1 英里（1.6 公里）外的城市，告知官员我的安全返回，并且通知我的随从们。

我该如何描述这些贫困的傈傈族人怎样以最诚挚的方式来接待我，他们把所拥有的一切都给我使用，并表现出的那种善意呢？然而，我太累了，不太想吃饭，吩咐老人给我一块中国制造的软红糖砖，我切下一部分吃了。可是这甜甜的东西灼伤了我的舌头，有一两天都很难受，以至于让我吃什么都很痛苦。

第三章 维西栗地坪高原

我现在唯一的愿望就是睡觉，我自己像个老人一样，慢慢地解开我的绑腿，脱掉我的靴子，把自己裹在被子里，躺在火炉边的硬纸板上，很快就进入了无梦的沉睡。

大约9点钟，我突然醒来，发现房间里充满了光和嘈杂声。然而，只有金和宋带着食物和毯子从营地赶来，但我太疲倦了，不能移动。我叫他们给我加盖毯子后，把火弄灭。我翻了翻身，又很快地睡着了。

第二天早上，我早早醒来，吃完丰盛的早餐后，骑马前往随从们搭帐篷的地方，就在外面的稻田边上，可俯瞰整个城市。这是一个阳光明媚的早晨，令人愉快的温暖，我感到心旷神怡。

我的傈傈朋友起初拒绝接受我的谢礼，后来我支付给他们一份钱，他们感激地接受了；果然不出所料，在这一天，有几个士兵回来了，他们是那个官员派来找我的——这是他好心好意的举动。士兵们告诉我，他们沿着我的足迹一直走到小路的尽头，却不知道该走哪条路；因为再没有别的东西可以指示我的路线了。

这位官员亲自送来了礼貌的问候，表示他很高兴见到我。第二天，我和和兴一起去了衙门。在路上，尽管和兴粗俗的土话让人难以理解，但我还是让他告诉我应该做的事情，以及我可能期望收到的答案。

丁（Ting）官员，一位稳重的中年人，但相当英俊，举止有些矜持。在我首次感谢他派遣士兵去寻找我的时候，他彬彬有礼地向我打招呼。他对我进入阿墩子一点儿也不感到麻烦，并且确实向他的下属写下了指示，安排三名士兵护送我，路途中一切必需品都准备妥当。但是他和所有的中国人一样，把路上的困难夸大得很可笑。

作为临别的礼物，他送给我一块腊肉、一只鸡和一些鸡蛋。为了表示礼节，我用两块维诺利亚香皂（scented Vinolia soap）作为答谢。这是我所能做到的。随着时间的推移，我们之间变得很友好，这种情况对我后来的处境很有利。

第四章 澜沧江上流域山谷

我们在维西县休息了4天。这是一座没有城墙的小城市，街道铺着鹅卵石，用木头或泥砖砌成的瓦房随意散落在一片片的耕地之间。现在，盛开的梨花给破旧的寺庙和简陋的小巷增添了一抹亮色。

山谷本身距离这里只有1英里（1.6公里）多一点，去其他地方就近得多了。东边栗地坪高原和西边高耸的山脊笼罩着山谷，它的下面是灌木丛和松树，里面栖息着两到三种野鸡。山谷的上面是杉林。除了紧靠河边的地方外，这里没有平坦的地面。在那里，灌木丛点缀着的河岸地带提供了狩猎鸭子和鹬的机会。虽然水流湍急，但这条小溪的面积很小，在这个季节里人们几乎可以随时随地渡过，小溪上面有一座毫无意义的木桥横跨其间。山谷平缓的斜坡上遍布着梯田，水稻是整个地区的主要作物。甚至连城市都建在山坡上。戴维斯（Davies）[①]少校认为它的海拔是8000英尺（2438米），我的无液气压计读数与之非常接近。

考虑到季节已经接近4月底了，这里正好是植被生长的时间。当然数量是比不上相同月份第一个周末的英格兰的，而且西边的山脊上还有积雪，可能距离城市不超过2000英尺（610米）。但是山谷本身就像

[①] 译注：英国人戴维斯在1894—1900年，为修建中缅铁路，4次进入云南进行考察线路，撰写了 *Yunnan: The Link Between the India and Yangtze River*。翻译本有两个，一是在2000年，李安泰等译：《云南：联结印度和扬子江的链环——19世纪一个英国人眼中的云南社会状况及民族风情》，云南教育出版社2001年版。二是和少英等译：《云南：联结印度和扬子江的链环（完整版）》，云南大学出版社2017年版。

下游的澜沧江流域那样干燥，我在几次漫步中遇到的最有趣的植物是一株深紫红色的报春花，它正在沼泽中绽放。

像所有的边境城市一样，维西是一个有名的贸易中心，熙熙攘攘的人群中有面色蜡黄的汉族人、皮肤白皙的麽些人、皮肤黝黑的藏族人，还有在集市上挤满大街的面带忧郁的傈僳族人。

从宿营地看维西厅

周围的地方主要居住着麽些人的部落，中心是被金沙江（前面曾提到过）所环绕的狭长地带，向西最远可以延伸到维西和澜沧江河谷上游地带的茨姑（Tsu-kou）。在他们的古都附近，现在是中国的县城丽江府，分布着很多麽些部落。

我想不出还有什么会比一个衣着讲究的麽些女孩更迷人、更有品位的了。她们穿着一条白色的或者深蓝色的裙子，长长的裙褶紧紧地折叠在一起，就像一个长裙舞者的服装，一直垂到膝盖以下。一件深蓝色的衬衫系在腰间，头上还戴有一条暗红色的头巾，上面绑着一串项链，上面有粗糙工艺的珠宝装饰，镶着珊瑚和绿松石的银首饰，与垂下来的长发相衬托。可说麽些族姑娘长得非常漂亮一点都不过分，她们脸蛋圆圆的，心地善良，五官端正，容易被人描述成被晒黑了的肤色，一双梦幻般的大眼睛，她们的表情都很活泼。

他们经常用狭窄的布带来束缚他们的脚踝，这是一种难以解答的习俗。我最终得出的结论是它可能是一个祖先遗留的习俗，与那些现在没有用，但在许多动物中存在的基本结构相比，这对解剖学家来说是一个痛苦的谜题。解剖学家在他们身上看到了一些先前器官的残余，这些废弃的器官已经减少到仅仅是一串串复杂的密码，其中仍然可能留下一

些历史线索。如果是这样的话，这些没有实用性的脚踝布带，虽然具有装饰性，但它能代表什么呢？可能是踝关节的手镯，比如亚洲这个地区的缅甸人和其他人都穿着到今天。显然，对于像麽些人这样在陡峭的山坡上行走，还要搬很重的货物到很远的市场去，在脚踝上绑上布带就像是在精神上戴紧箍咒一样，是很不方便的。

如上所述，妇女们忠实地遵守着部落的习俗，尤其是在衣着方面，而男子们则常常采用汉族服装，这无疑在很大程度上是为了方便。不管怎么说，在主干道上遇到的所有麽些人，他们的中文都比大多数自称是麽些人的部落成员要好。男人和女人都是这样，虽然通常一个部落的男人或多或少会说汉语，但他们的女人却不会。在西藏许多地方的人也是如此。

麽些人是一个中等规模的种族，女性比汉族女性体型更大，看起来更健康。不过，她们尽管四肢强健——在回程中，我让几个麽些妇女做搬运工，她们用一根绕在她们前额上的皮带搬运货物——她们的身材依然苗条。她们可能有藏族血统，这是普遍认同的，尽管从表面的特征来看这一事实并不明显。就我个人而言，我相信他们是从西方越过高山而来的，他们与怒族和傈僳族的关系比与藏族人的关系更为密切。在我看来，他们在一个移民部落的演变过程中达到了最高点。众所周知，他们已经在现在的家园生活了几个世纪。另一方面他们会说藏语，就像我相信的那样，在某种程度上，特别是在服装和珠宝上，如同奔子栏（Pang-tsi-la）的藏族地区，尽管奔子栏的藏族人不是麽些人，这可能是由于他们居住在金沙江河谷地带相互之间交往的结果。

麽些人在举止上自由奔放，但给他们拍照就变得完全是另一回事。他们不容易被说服站起来面对镜头，至少在这个被嘲笑的中国人眼中的城市里是这样。我相信这些小孩儿知道自己长得很漂亮，并意识到我是想把这一事实给记录下来。因为当我带着相机进入这座城市时，他们用会说话的眼睛竭力避开我，而孩子们则直接跑走。然而，藏族人却不是这样，他们是不受束缚的家伙，他们总是面对着镜头，追逐着那纯粹的

冒险，相互轻推着对方，放声大笑；为了几个钱，他们甚至会在吱吱作响的弹拨乐器竹制琴的伴奏下跳舞。

我们在 4 月 22 日离开了维西，顺流而下，在嘎嘎塘下面露营过夜。当我们下山时，山坡变得更加干燥和裸露，大量的紫色页岩暴露出来。有浓密的小橡树，奇异的槲寄生属扁枝槲寄生（*Viscum articulatum*），而大部分植物是松树和杜鹃花。这趟旅程并不有趣，尽管那些横跨嘎嘎塘支流的石拱桥显得有些古雅，能引起一些兴趣。

第二天，我们继续沿着激流上方的一条狭窄小道往前走，看到了仍然覆盖着冬雪的澜沧江—怒江流域，它被框在峡谷的交界处。

我们在同一天晚上到达小维西（Hsiao-wei-hsi），这里几乎标志着澜沧江上游雨季带的南部边界。我们从南部进入干旱地区，小维西与北部真正的干旱地区的区别主要在于茅草和一些灌木的存在。但是，由于降雨量的特殊分布，澜沧江上游自然分布的这三个地区，我们必须稍后再说。

这里的河流流经一个相对宽阔的山谷和峡谷，山谷两侧有两三重山脉，降雨比北部和南部更强。在道路的左岸，人们广泛耕种，水稻是目前最有价值的作物。而在这一边，所有被激流冲下来的冲积扇都巧妙地成了梯田。小麦、烟草、棉花、豆类、豌豆、荞麦、辣椒属（*Capsicum*）红灯笼椒和几种蔬菜的种植量都较低；篱笆围起来的石榴树以及大面积的核桃树、橘子树、柿子树和梨树散布在山坡上，这些树能给村落遮阴。

为了爬上山去观察深沟里的植物，我在小维西停了一天。与除了矮栎、松树、杜鹃花和其他一些杜鹃科植物外几乎没有其他植物的斜坡相比，这里有品种丰富的树木、蕨类植物和岩石植物。在沟壑中，我发现了藏报春（*Primula sinensis*）、虎耳草（*Saxifraga stolonifera*）、淫羊藿属（*Epimedium*）、几棵青锁龙属（*Crassula*）植物和许许多多的兰花，但还未开花。还有绣球花（*Hydrangea macrophylla*）、山梅花（*Philadelphus incanus*）、丁香属（*Syringa*）、猫儿屎属（*Decaisnea*）、无

蓝花绿绒蒿的原乡
——清末英国博物学家的滇西北及川康纪行

数的忍冬科（Caprifoliaceae）、卫矛科（Celastraceae）等木本植物，它们是一个完全不同的种类，并且是繁多的植物群。

在小维西稍微下面一点的地方，我们第一次看到了已经听过很多次的溜索桥，但由于这种结构在我们到达茨姑之前还没有看到它最巧妙的构造，这里只有一根双向的绳索，而不是两根单向的绳索，所以我暂时先不对它进行描述。

在第二天晚上到达康普（Kang-p'u）后不久，听到我对鲜花感兴趣，村长送给我一些香气扑鼻的粉色芍药（*Paeonia lactiflora*）和一种兰花——我认为是石斛（*Dendrobium nobile*）。然后我和他一起喝茶，除了优质的石榴外，我还品尝了一些我尝过的最多汁的橘子。小衙门后面的花园里种满了粉红色和黄色的玫瑰、芍药和兰花，它们装在大陶罐里，整齐地排

从小维西到澜沧江峡谷：澜沧江—怒江分水岭

列到小径的尽头。再往前，是一片杂草丛生、种着卷心菜的旷野。在缓坡的稻田上面，是一片幽暗的森林，山顶上还覆盖着冬雪。

天气现在已经转好了，没有什么比这更令人愉快的了。在澜沧江流域上，因为我们很容易就解决了问题，从小维西到茨姑经过了四个路程。有时，这条狭窄的小路被盛开的灌木和核桃树的阴影所笼罩。我们骑马时，树枝挡住了我们的去路，空气中弥漫着玫瑰的芳香，黄色的

花朵像瀑布一样从 30 英尺（9.1 米）高的树梢上掠过，使空气变得更加甜美。有时候我们陷入深深的石灰岩峡谷，悬崖上挂满了蕨类植物和兰花。我们的马帮沿着粗糙的石阶向上攀爬，来回曲折，直到我们听不见下面河水湍急的声音；有时路完全被一声碎石声打断了，看起来很危险，尽管看上去很危险，岩石从树丛中滚下掉进河里，但骡子们还是非常平静地走过。

在我们经过的一个峡谷里，在冬季和夏季的水位线之间，河上可以看到大的坑洞，而其他的坑洞则更高，形成了一个突出的特征。一方面，这些光秃秃的悬崖是光滑的，直伸入河中，但在左边，树木、灌木或岩石植物能够扎根的地方，到处都是茂密的植被。我们越往北走，雨带上的植被就越丰富多样。除了在沟壑深处，森林中树木的匮乏总是很明显的。

页岩和石板以非常高的角度垂直倾斜，并与石灰石交替，河水通过石灰石直接向下冲刷。但是，在一个形成了巨大急流的地方，有一块深绿色的火山岩，像熔岩那样夹杂着大块的碎片，沿着河岸排列着，杂乱地堆积在石板峭壁下面。

日落时分，这个美丽山谷的魅力尽收眼底。太阳已经从西边的山岭后面消失了，但仍然发出一道道彩色的光柱，它们在山谷中跳动，玫瑰、绿松石和淡绿色慢慢地在天空中追逐着对方，直到夜幕降临，星星开始灿烂地闪烁。黎明之后的很长时间，沉睡的山谷又被阳光唤醒，耸立在山谷上方的山峰覆盖了南北方的景色，朦胧苍白的积雪消失了。

第三天，我注意到其中一个随从，他是傈僳族人，一瘸一拐地走得很不稳。晚上我看了看他的脚，他的脚底被一块石头严重地划伤了。因为这些人多半是赤脚行走，脚底有一层坚硬的角质层保护着，有 3/8 英寸（21.1 厘米）厚，满是污垢，非常坚硬，我很难把它切开，把伤口冲洗干净后涂了一点碘后，我用绷带为其包扎好。第二天早晨就把那个人送回家去了，因为他几乎不能走路了。这件事的结果是，当我的药箱第一次亮相时，我发现所有的人都出现了不对劲——不是因为他们想回

去，而是因为他们想看看我的药。甚至和兴也参加了这场群众活动，先是请我医治他朋友（在接到通知后不久就从村里过来的）的哮喘，然后沮丧地告诉我，他自己也流鼻涕了。最后的混乱使我不知所措，所以为了维护毫无经验的我的名声，我一笑置之，叫他走开。

在第四天晚上5点左右，我们穿过几条长满高大杜松树的峡谷，来到茨姑对面，沿着河岸向上走了1英里（1.6公里），到达下一座溜索桥，就在茨中这个更大的村落的正下方，我们第一次体验到了单程溜索桥。溜索桥根本就不是真正的桥梁，尽管它是一根钢绳索，由扭曲的竹丝做成，它的直径只有3/4英寸（11厘米），所以一根绳索，大约50码（46米）长，只有20磅（9.1公斤）重。像许多其他巧妙的东西一样，溜索桥的原理——我必须继续这样称呼它——简单得令人愉快。绳索在河岸一边一根高高固定的直立的木柱上缠绕了几圈，一个小平台被开挖出来作为登陆平台，穿过河流到达另一边的另一根固定的柱子，那里也有一个登陆平台。因此，从河岸到一边到另一边的坡度很陡，尽管事实上这一坡度并不像看上去那么陡峭，但两个柱子之间的水平差可能永远不会超过20英尺（6.1米），而河流可能有30码（27米）宽。

在绳索的顶部有一个滑块，它由相当于半圆形的坚硬木材组成，长度为9英寸~1英尺（2.54~3.10厘米），直径在1~2英寸（2.54~5.08厘米）之间，内部抛光光滑，使用前要涂上润滑脂。在靠近每一端的半圆柱体的凸面上横向切槽，在把手下面被堵住的是带螺纹的皮革拉绳。如果绳索的倾斜度很小，滑块的摩擦力也很小，绳索的重量使它向远端下垂，那么绳索开始下沉的速度比刚开始下降的速度要快。因此，在开始时获得的动力足以将一根绳索穿过河流。由于人的体重进一步加重了绳索的下坠，绳索的末端会向降落台倾斜，所以过桥的人通常要把自己拉到离终点几码远的地方下来。

很容易看出，这是一座单向溜索桥，每个交叉口必须有两座溜索桥，来回各一个。此外，只有在河岸陡峭且河流较窄的情况下，该方法才可行。在看到的几十座单向溜索桥中，我想其中一座溜索桥的跨度不

会超过30码（27米）。

考虑到狭窄的河流和陡峭的悬崖，绳索悬挂在河流上方的高度没有限制，最低点从冬季水位以上几英尺不等——夏季上升时部分处于水下，因此无法通过——高达80（24米）或100英尺（31米）以上，就像澜沧江上的桑巴杜卡（Samba-dhuka，音译）一样，要横跨一个非常大的峡谷，从悬崖到悬崖大约有20码（18米）。然而，当这些高度很高的绳索出现时，无论是从100英尺的高度还是5英尺（1.5米）的高度落下澜沧江时，都会令人十分恐慌。

就自己的感受而言，过桥似乎是以特快列车的速度来完成的。但巴塘县的埃德加先生，他仔细地安排了几次行程，平均时速只有10英里（16公里），而动物可能会以2倍的速度行进。当然，不同的绳索情况是不同的，但是速度和人们想象的完全不同。

重新说我们过桥的经历。我先派了两个士兵到前面去从最近的房子里拿滑块。我到达桥上时，发现他们已经在现场了。然而，从维西护送我出来的士兵们，现在都被溜索桥吓坏了。他们发现自己正面对着溜索桥，和兴在过

澜沧江的茨姑

澜沧江上的急流，在茨姑下面

蓝花绿绒蒿的原乡
——清末英国博物学家的滇西北及川康纪行

溜索桥的时候几乎要哭了。我们再也不能这样下去了，于是我决定独自前往。尽管我觉得自己和任何人一样胆怯，但一个士兵的表现使我变得更加痛苦，他让藏族人把他绑起来后，就在藏族人要放手的时候可怜地乞求着想要解开它。[1]

我现在走上前去，藏族人巧妙地给我抹了润滑油，把我在滑竿上给吊起来，一条皮带在我大腿下面穿过去，另一条在我腋窝下面穿过去，所以我被紧紧地挂在绳索下面，从而确保我能够顺利进入平台的边缘。每个人都围在我身边，给了我一个我不理解的极好的建议，告诉我具体是怎么做的。但很明显，唯一重要的一点是要牢牢抓紧绳索。而为了舒适起见，我把一只手放在滑索的顶部，我没有太多地注意它们。

"放开我！"听到这句话，我已经被旋在了空中。空气急速旋转，呼吸急促，一股烧焦的味道——绳索变得很烫——滑块在扭曲的绳索上发出嗡嗡声，混浊的河水在下面泛起泡沫，我放慢了速度。不一会儿，一切都结束了，我把自己拉到离平台仅剩的几英尺高的地方，松开绳索，站在对岸。在那第一次经历之后，我最喜欢的事情莫过于在溜索桥上旅行了。

行李以完全相同的方式悬挂在上面，但由于它们无法将自己拖到平台上，因此有时需要一个人将自己固定在吊索上，沿着绳索缓慢地前进，把腿缠绕在重物上，然后在他后面把它推上去。登陆后，我爬上河岸，开始四处寻找最近的露营地。因为天越来越黑，快要下大雨了。就在这时，一个藏族人走过来，看见我，他停了下来，友好地微笑着欢迎

---

[1] 译注：关于跨越澜沧江的溜索桥，对人们来说不言而喻是具有恐惧心理的。清余庆远《维西见闻记》中对澜沧江溜筒江的溜索桥的情况有这样的概述："溜筒江，维西以金沙、浪沧江为天堑，水湍急，舟不可渡，乃设溜绳。其法：对岸栽石，横江系竹缆，江阳自上而下，江阴自下而上以通往来之渡。渡则携一竹片如瓦者，两旁有孔系绳，人畜缚于绳，竹冒于缆，如梭织而渡之，或止可系一缆，两岸高悬，中堧而低，往来皆渡于此，至低处则以手挽缆，递引而上；渡物，则人前物后，引而渡焉，《史记》所谓筰也。筰非一处，以夷语译之，每遇筰，皆曰'溜筒江'。"（方国瑜主编：《云南史料丛刊》第12卷，徐文德、木芹、郑志惠纂录校订，云南大学出版社2001年版，第61页）

第四章　澜沧江上流域山谷

我，问我要去哪里。我告诉他，我刚从下游过来，打算在茨姑露营几天。无论如何，我从他那里得到了许多很好的建议。他指出了一个很好的营地，是在附近的一条沟里，说完他便前往离他家几百码远的地方去牵一头骡子了。

根据他的建议，我选择的露营地是一块平整的角落，周围有树木和巨石，靠近藏族人所指的深沟底部，一股激流从西边呼啸而下。这儿有足够的地方放两顶帐篷，附近有一块大石块，上面有一个很深的凹处，箱子可以放在里面避雨。于是，我又重新下到了登陆台，发现有些箱子已经到了，我和金开始把悬崖上的行李运到选定的地方。天刚黑，雨开始下得很大，所以我们匆忙地把所有东西，包括柴火，都捆在岩石下面。不久，我的藏族朋友带着骡子过来了，剩下的行李很快就从下面搬上来，所有的人都在藏族人提供的松枝火把的照耀下帮忙搭帐篷、生火、烧水，我在营地周围做一些零活。这时雨已经停了，星星闪着明亮的光。晚饭后，由于旅途劳累及设置营地的重体力工作，使得我上床睡觉后，很快就在激流的轰鸣声中睡着了。

第二天早晨，我很早就醒了。在准备早饭的时候，我出去看了看四周。我们安营扎寨的平地被一道高高的峭壁保护着，很好地挡住了来自河流的冲积物，周围是一些被急流卷起的大石头。激流之上的溪谷，密密麻麻地覆盖着灌木，有荚蒾属（*Viburnum*）、忍冬科金银花（*Lonicera japonica*）、忍冬科锦带花属（*Weigela*）、大戟属（*Euphorbia*）植物、卫矛科（*Celastraceae*）、小檗属（*Berberis*）植物，以及满树白花优美的流苏树、高大的核桃树、梨属（*Pyrus*）、枫树、桤木和更多的植物，与上面裸露的山坡形成强烈的对比。高处的是木本攀缘植物，美丽的铁线莲属（*Clematis*）、开着深红色花朵的五味子属（*Schisandra*）、花朵很像荷兰人的烟斗的马兜铃（*Aristolochia debilis*）、稀奇的木通属（*Akebia*）、铁线莲属威灵仙（*Clematis chinensis*）和其他一些令人愉快的植物，美丽的花儿包含杓兰属（*Cypripedium*）在内，还有美丽的白杜鹃花和无数的兰花。

蓝花绿绒蒿的原乡
——清末英国博物学家的滇西北及川康纪行

在这个低海拔的干燥山坡上，却没有多少人感兴趣。最引人注目的是熟悉的黄色的毛蕊花属（*Verbascum*）、漂亮的紫花列当属（*Orobanche*），以及色彩艳丽的紫草科紫草属（Boraginaceae *Lithospermum*）。澜沧江上方约1500英尺（457米）处，隐藏着一片美丽的白罂粟，避开了世俗的目光；它占地75平方码（62.7平方米），现在正盛开着。

在河的西面，有两重山把河给遮挡起来，只有下面那座山还看得见，它比河高出大约3000英尺（914米），在陡峭的山坡上耸立着高高的石灰石塔和悬崖峭壁。据我所知，同样的物理特征也发生在东部或左岸。在河流和山坡之间，延伸出一个排状平台地，沿着这个平台地，从茨姑到茨中分散着一些木屋。茨中种植水稻，这是澜沧江上最北一个为人所知的种稻村落，因为它北面的气候突然发生了变化。随着社会的发展，人们对大米的需求也发生了变化。这里现在已经没有麽些人或傈僳族人居住了，只有藏族人，以及定居在大型贸易中心的中国商人。

然而，刚才提到只有几百码宽的台地并不代表可以种植所有的植物，因为第一个山脉的斜坡在很大程度上已经清除了大范围的松林和杜鹃花灌木丛，这里被用来种植小麦和大麦。看到藏族人用牛拉着木犁在山坡上犁地，真是太棒了。在一天的工作结束时，使用它的人会把木犁捡起来，然后带着它走回家。山坡太陡了，每翻一道沟，石头就从山坡上滚落下来；土壤太贫瘠，被大块的页岩堵塞，按人口则耕地面积需要量很大，小麦作物收获量不高，广种薄收。

茨姑本身就只有不到十几个木屋，零散分布，耕地斜坡上是一些小村落。1905年以前，天主教在茨姑建立了教堂，但是由于巴塘县（今四川省甘孜藏族自治州）南部边界的藏族反抗清政府，他们焚烧了这个教堂和洗劫了这个村落之后，现在重建了这个更为重要的教堂。除了驻军的30名中国人外，还有约20户居住在这里。教堂烧焦的墙壁仍然矗立在茨姑，在旁边有在灾难中丧生的两位法国牧师的坟墓。

河流上方的屏障已被从上游向澜沧江垂直流动的急流从主范围内

第四章　澜沧江上流域山谷

阻断，从而在它们前面切割出一道岩石墙。通过这道墙，它们最终被迫看到一条通往河流的深峡，其中一些人随急流跳过悬崖。这些河流曲折的流向，伴随着屏障范围的不断形成，似乎主要是由于降雨在山区和山谷中的不均匀分布，以及地层的南北倾斜度造成的。整个夏季，澜沧江—怒江流域的降雨量非常大，而山谷的降雨量适中。但是，当我们继续向北行走时，分水岭上的降雨量也同样大，而半沙漠山谷中的降雨量却微乎其微。巨大的支线支撑着分水岭从一条河流到另一条河流，没

澜沧江畔的茨姑，向北看，澜沧江—金沙江在远处分开

有任何屏障。同样的构造在怒江上也有发生，但规模更大，分别发生在多雨地区和干旱地区。

　　与三个随从在营地待了四天之后，当地村长要求我们搬到他地或其他的村落，因为他担心我们可能在晚上会被山贼抢劫。与此同时，和住在茨中的两位天主教神父蒙贝格（Pères Mombeig）[①]和莱斯格尔格斯（Lesguergues）交了朋友。他们来到营地里拜访了我，几次邀请我和他们一起吃晚餐，带我参观了大教堂——一座使用该地区有限建材而建

[①] 译注：法人蒙贝格也是一位植物采集家，1907年命名了球花溲疏（*Deutzia glomeruliflora* Franch.）、毛枝山梅花（*Philadelphus delavayi*）和马先蒿属（*Pedicularis*）等。

成奇妙的法式（哥特式）建筑，并帮助了我很多次。蒙贝格神父经历了1905年的叛乱，他从追捕者那里逃到荒山上，目睹了他的家和教堂被烧毁。然后，他在山上和怒江山谷的怒族（Lutzus）人和傈僳族部落之间徘徊了好几天，半饥半渴，最终逃到了南方。也是通过蒙贝格神父，我获得了藏族人岗通（Gan-ton）的服务，就是我第一次过河时遇到的那个人，他在我的一些旅程中作为向导和翻译。尽管我不能说他十分令人满意，然而，由于他在我前两次旅行中起着重要作用，我必须对他说些什么。

他首先是一个相当奇特的混合体，一个信奉天主教的藏族人，能流利地说汉话和怒语，还会讲麽些语和傈僳语，几乎对我们遇到的任何一个部落的人都能说些逗乐的话语。但他没有认真对待他的宗教信仰，而且根据他被要求执行的任务的性质来看，他是一个易教者或是一个虔诚的喇嘛教徒。尽管如此，他还是聪明而足智多谋，总是很开朗，虽然在某些方面像一个无赖，但在两次旅程中，我发现他作为导游、翻译和伙伴都是无可代替的。

法国神父在茨姑给我安排了一个属于藏族天主教徒的小屋，我的随从住在另一个房间里。像怒江流域的怒族人一样，藏族贫困家庭的房屋通常由一个单独的房间组成，有时还有一个隔断。这与其他地方遇到的大型两层建筑的藏族房屋非常的不同，其他的房间，如牛棚、粮仓等，都是分开建造的。

我不得不解雇和兴！我们还没有到过这里之前，有一段时间，我注意到我的食物存货在迅速减少。于是通过调查，发现是和兴接近了它们。另外，金和宋，他们都是优秀的伙伴，根本不与和兴相处。我个人也从来没有和他交往过，所以他不受欢迎。宋取代他做饭，而金陪我去山上探险。

在我们住在这附近的十二天里，我们探索了峡谷和山脉屏障范围，但没有取得多大成功。由于有悬崖和峡谷，人们不可能走到小溪上游很远的地方，那里生长着许多有趣的植物。另外，裸露的山坡几乎没有什

第四章 澜沧江上流域山谷

么新奇的植物。然而，有一天岗通带着我们越过了山脉障碍物的范围，就这样下到了山谷的另一边，来到了瀑布之上，我们立刻进入了一个新的世界。从山口［10000英尺（3048米）］，我们俯视着茂密的杜鹃花森林，大树高达30英尺（9.1米），其中许多都盛开着花朵；在更高的地方，有更多的冷杉林仿佛伸出黑色的舌头，山峰仍然白雪皑皑。在东面，我们可以看到澜沧江—金沙江流域对面白雪皑皑的群山。我们沿着一条陡峭的小路往下走，发现一丛茂密的矮树丛拔地而起，适合花朵的生长，但是那里几乎没有什么花儿。最后我们走到一片空地上，在激流旁边发现了一间小茅屋，我们停下来吃午饭。

岗通告诉我们，沿着这条山谷，我们可以穿过澜沧江—怒江分水岭，然后可以到达怒江的支流菖蒲桶（Tsam-p'u-t'ong）河。我立刻决定，大约在6月的第一个星期，只要这个关口能够通过，我就动身。因为很明显，在我们面前的这片土地上，开满了如阿尔卑斯山上那样的奇花异草。

在下山的路上，我们在一个山间小屋停下来吃点心。这是一间简陋的一居室木屋，我看着人们泡茶，尽管我个人喝的是牦牛奶。泡茶的方法如下：

水在一个悬在火上的大铁锅里煮沸，把从圆砖茶上切下来的粗茶叶倒进去。搅拌后，将液体通过锥形篮状漏斗倒入一个用竹箍捆扎的木制圆柱体中。漏斗里放着一块黄油，把它融化后与茶叶一起搅拌，一大片油滴在茶叶表面上漂浮着。然后把篮子和茶叶一起拿出来，放一撮粗盐进去，用一个有孔的木盘搅拌器在圆筒里使劲地上下抽打。这个木盘连着一个长柄，长柄前部紧紧地挨着桶壁像一个活塞。这样，油滴状的黄油就被彻底地分解和乳化，咸味被均匀地分配，即可饮用。英国人用茶杯喝热饮（比如茶），很容易感到恶心，尤其是当黄油中大量分布着牦牛毛时；但是用勺子喝，就像喝汤一样，就感觉非常美味。这就是联想的力量。

但藏族人自己通常不喝，他们从宽大的衣袍褶裥里拿出皮带中装

着的糌粑（将大麦烤后磨成粉状）和一个木碗——藏族人随身携带的众多物品中的两件，很多超级蓬松的衣袍能够装下它们——他把一点糌粑和茶混合在一起，揉成团，然后沾沾自喜地咀嚼它。在这个过程中，他的嘴巴边沾上了一团白色的糌粑粉。然后拿出长长的烟斗，从堆放在角落里的烟叶中摘下一片干烟叶，捏在手里，烟斗里的灰尘掉了下来，烟斗顶上压着一层滚烫的炭灰。那些人盘腿坐在屋子中央的壁炉旁，心满意足地抽着烟。

就在我们离开茨姑之前，发生了一件不幸的事。一天晚上，我的房东带着他最小的孩子来我处找我拿药。小男孩只有一岁左右，显然是着凉了，他在发烧，咳嗽得很厉害。为了减轻咳嗽，我立刻给了他几滴氯氮。我给孩子的父母一些奎宁类药物，并告诉他们要小心地把他包裹起来，让他待在一个温暖的房间里，用热牛奶轻轻地喂他！交代完后，我就没有把这件事放在心上。但是第二天下午，那对早上告诉我孩子好些了的父母，似乎突然做出了最坏的打算，非常愚蠢地把生病的孩子抱到茨中去受洗礼！可怜无知的人们是更着急于拯救他的灵魂，而不是保护他的身体吧！

就在那天晚上，我正在房间里吃晚饭，突然听到一个女人的哭声。过了一会儿，金走进来告诉我，婴儿刚刚在他母亲怀里平静地死去了。我走出去看一看能不能做点什么，但我没有发现任何呼吸的迹象，婴儿嘴里还含着一面镜子。我断定父母的判断是对的，受洗的小灵魂已经得到解脱。

这位母亲是藏族妇女，和所有藏族妇女一样，热情善良。她感到非常痛苦，但是她那更加迟钝的汉族丈夫却没有表现出明显的感情；三个小孩静静地站在旁边，手指放在嘴里，黑色的小眼睛睁得大大的。也许他们是平生第一次看到死亡，我不知道他们在想些什么。第二天早晨，我很早就被敲门声吵醒了。那天下午，他正在给他的孩子做棺材。孩子静静地躺在山坡上，埋在了白色的杜鹃花下面。

岗通已经承诺为我们找到背夫并为我们前往怒江的旅程做出一切

第四章 澜沧江上流域山谷

安排；但不幸的是他并没有把计划藏在心里，这个消息很快在茨中的士兵中传开。几天后，从阿墩子来了一名信差，带着来自官方的一张纸条，请我不要去怒江。因为怒族部落非常狂野，政府不能保证我的安全，所以告知不能前往怒江。在这种情况下，似乎最好立即开始前往阿墩子为好。因为他们怀疑我有间谍的身份，并因此用不必要的严厉措辞描述了怒族人。根据奥尔良王子（Henri d' Orléans）①的说法，怒族人是非常友好的民族，虽然他们在言语上较为严厉、野蛮。中国官员在外交问题上，更倾向于与其说采取直接行动，还不如说是喜欢采用暧昧的说法。于是，我们收拾好行李，从等待我归来的岗通那儿牵来骡子，5月11日动身前往阿墩子。

---

① 译注：中文译本有注释：〔法〕亨利·奥尔良著：《云南游记——从东京湾到印度》，龙云译，云南人民出版社2001年版。

第五章　阿墩子

　　我们现在必须从茨姑跨越到澜沧江流域，尽管跨越河流的通道需要花将近三个小时，但藏族人对此感到毫不费力。

　　一开始，铁索被拉得紧紧的，因为骡子们必须降落到对岸，在感觉到地面之前它们感到非常无助。当然，铁索在使用一段时间后会开始变得松弛和下垂，骡马的沉重导致它进一步下垂，所以除非铁索被拉紧，否则还没走到一半，骡子就有可能被卡住，进退不得，变得危险万分。

　　因此，有几个人把皮带绕在铁索上，另一个人则松开绕在柱子上的线圈，在一声令下后，他们就一起用力拉，拉起的铁索很快就绕到柱子上，铁索的一端就被绑紧了。现在这根铁索几乎是沿直线从一排拉到另一排。

　　接着，一些人走过去，把一大坨的润滑脂抹到铁索的两头，然后快速地把箱子吊到上面，使它们能够安全着陆。

　　现在该轮到骡马了。它们一个一个地被牵引到铁索下方的平台上，并通过两个环，用单个滑块将它们吊起，一个在腹部下方穿过，另一个在胸部下方，皮带穿过骡马的背部将它们固定，并用打了结的棍子加固；与此同时，两个人已经准备好挡住滑块，以防止它提早滑走。

　　在另一边等待的人看到发出的信号后，把骡马推到平台的边缘。当骡马意识到自己要滑入半空中时，它绝望地踏着地面，被所掀起的一团尘土所覆盖。看到可怜的骡马无力地在河的上方荡来荡去，并且徒劳地踢着，真是滑稽。最后，所有人都安全地到达另一边。当他们再次感

第五章　阿墩子

一头骡子正在茨姑渡口通过　　从铁索上越过怒江的傈僳族人
澜沧江上的溜索桥

觉到坚实的地面触手可及时，他们再次拼命地抓住岸边陡峭的岩石，有两个人准备将皮带缠绕在铁索上，以阻止滑块并解开骡马——有时候这是个危险的动作，因为受到惊吓的骡马会不分青红皂白地猛烈地踢打，直到它们的脚能再次落在岸上。

把许多骡马吊着滑过这些溜索桥会把铁索磨得很厉害。岗通告诉我，茨姑的铁索每年要换3次。如果平均每天有5个人通过，那么以整数计算，通过600个人就代表了一根铁索的寿命。我很怀疑是否真的有那么多人渡桥。另外，在上午会有很多人来更换铁索，而且由于每对铁索只需要银2.5两（7先令），每个村落可以自己支付铁索的保养费用，

所以这并不是一笔非常昂贵的开支。当来自中国西藏的大喇嘛要来往拉萨（Lhasa）时，他们经常随身携带铁索，这是一种必要的预防措施。因为这些骡队有时会携带超过一百匹骡马和二三十个人。

在澜沧江上，藏族人发现了溜索桥的另一种用途，即测量时间。他们将一天分为四个时间段，第一个时间段太阳在东边山脊以下，第二个时间段太阳在山脊上直到中午，第三个时间段从中午开始直到它位于西部山脊的顶部，最后时间段消失在西部山脊以下直到天空变黑暗。根据太阳与东西山脊之间明显的高度进一步细分第二和第三时期，这之间的距离被描述为溜索桥的长度。尽管这种方法听起来很不严谨，但令人惊讶的是，一个懂得这种方法的藏族人看一眼太阳就能准确地报时。如果不是因为阴天，岗通可以在一天中的任意半小时内说出准确的时间。

如前面所述，在小维西的下方，河流变宽，河岸通常倾斜得更平缓。因此乘客在滑到索道中间时，剩下的距离只能被迫拉自己上去。

与汉族人不同，藏族人不使用包装架。虽然通过一个环简单地将行李固定在马鞍两侧的习惯有其缺点，但当每一个箱子都必须分开取下并重新系上时，它确实可以避免耽搁时间。的确，这种方法会使箱子摇晃得厉害，偶尔会有一个箱子掉下来，但并不像汉族人所预想的那样频繁发生。总的来说，我倾向于认为中国人精心打结这一行为是夸大了包装架的重要性。

从小维西到茨姑，悬崖边上的路很不好走。在后一个村落的远处，它变得非常危险，穿越峡谷，蜿蜒曲折，通过陡峭的石阶上了又下，跳过碎石、枯枝，或通过树干桥穿过峡谷。那些跟在后面闲逛的士兵不但没有什么用处，反而更糟。因为远处的峡谷回响出悠扬的铃声，最糟糕的是领头的骡马会在那里碰头。在那里，士兵们如果去得太晚，只会加剧场面的混乱使情况。

骡子不仅顽固，而且愚蠢。当无人看管的时候，它们有时会在 2 英尺（0.6 米）宽的小路上试图超过对方。当然，这些箱子是固定着的，但是这些骡马并没有乖乖地后退，而是低下头，尽可能用力地往前走。

第五章 阿墩子

这样箱子会被挤压，当碰撞到悬崖上时外面的骡子就有可能掉落悬崖。

茨姑以北的地方只有藏族居住。在所有的村落里，风马旗在高高的柱子上飘扬着。江对岸的羊咱（Yang-tsa），有一座小喇嘛庙。竹子被用来做渡索以渡桥，同样那里有风马旗来做装饰。

这里的河流两旁生长有大杜松，下面的峡谷雨量充沛，植被茂密，臭椿（*Ailanthus altissima*）引人注目。然而，在通过羊咱后，气候的变化是非常显著的。值得注意的是，已经提到的种族变化与气候变化密切相关。正如我将要指出的那样，怒江流域也发生了类似的双重变化。

西藏东南部或康巴地区的本地人都长得非常高，身高平均不低于6英尺（1.8米）。因为他们身材苗条，所以他们看起来给人的感觉会更高——除非确实是他的身高使他看起来苗条，否则当他脱光衣服时，他那肌肉发达的胸膛和强壮的肩膀会显示出他拥有不同寻常的力量。

我发现他们和蔼可亲，很友好。当地人见到我的时候，把双手伸到我面前，手掌朝上。也许这是某种形式的问候，表明他的手里没有隐藏武器。他们很少用舌头和我打招呼，但是当他们需要某种东西的时候，他们总是紧握拳头，竖起大拇指。因此，我开始把伸出的手看作是一种在路边的普通问候，把舌头伸出来当作是一种更低贱的方式，竖起大拇指作为一种表示有人要我帮忙的标志。

男人们穿着一件长袍，就像一件麻布做的连衣袍，还有一双皮革底的长筒过膝靴；白天，披风系在腰部，露出膝盖，形成一条超短裙或是苏格兰短裙。有一只肩膀通常是露出来的，或者在夏天是露双肩的，然后大衣的袖子绑在腰部。晚上，躺下睡觉时藏族人把自己裹在这件大衣里，不管是在野外的星空下，还是在房子里。年复一年，日夜如此，这件粗糙的麻大衣为藏族人提供了多样的服务。

在白天，藏族人会将这件衣服松弛的部分给绑起来。里面装着各种各样的东西，看到他拿出诸如刀、糌粑碗、鸡蛋、烟斗和松明火炬之类的东西，就像从大肚子的凹处变出一个怪诞的魔术那样。我看见一个藏族人的腰带上挂着打火石、钢制品和鼻烟壶，除了上面提到的东西之

蓝花绿绒蒿的原乡
—— 清末英国博物学家的滇西北及川康纪行

外,他还经常随身带着烟草和一袋糌粑。他把乱蓬蓬的头发扎成一排,绑在头顶上,还经常戴上几个粗糙的银戒指,每个戒指上都镶着一颗大绿松石或珊瑚。事实上,藏族男子非常喜欢珠宝,他们的手指上戴着几枚这样的戒指。然而,这些妇女却并不会这样配饰,她们很少戴戒指,耳环也很小。最常见的珠宝是一枚银质胸针,分成两部分将夹克领口扣紧。

更奇怪的是,男人总是在辫发处装饰有一段象牙。我不禁纳闷,为什么藏族人和傈僳族人都戴着从他地带来的特色饰品,而不是他们本族的饰品?藏族人将象牙戴在头发上,而傈僳族妇女戴着的头饰,形状类似于婴儿的太阳帽,上面覆盖着贝。毫无疑问,这最后一个是傈僳族所特有的,这是他们明显的特征。

在农村,藏族妇女把头发编成许多细辫子垂在后面,在腰部以下的地方排成一列;但在城里,妇女的辫子很普通地盘在头顶上,其中一半是假发,最后面用两条红色或绿色的流苏丝巾绑着,随风飘动。

但是与其说他们是澜沧江流域的藏族人,还不如说是康巴的藏族人,这样也许更正确,因为他们在不同地区有很大的不同。阿墩子是一种类型,奔子栏是另一种非常独特的类型,巴塘是第三种类型,尽管很明显所有这些人都是藏族人,而且都很相似。例如,他们之间的相似点上,与怒族人和麼些人相比有相似点,有共同的相似性,或者说这些部落中的任何一个都具有明显的民族特征。

在羊咱,一个女人向我问医,我量了她的体温,一

澜沧江流域北部干旱地区羊咱的一片绿洲

第五章 阿墩子

个士兵告诉我她的情况，我就给她开了一些药方，效果很好。因为第二天早上她好多了，还专门到我的帐篷里来感谢我。这位年轻女子23岁，有3个孩子，最大的有7岁。

我们现在进入的干旱地区，是位于澜沧江—怒江流域的上游地区。在分水岭羊咱从北向西面眺望，可以看到一个非常漂亮的三峰雪域。奇怪的是，奥尔良王子把于1895年看到的这座白雪皑皑的山脉叫作多克拉（Doker-la）山，这一错误甚至被住在此地的天主教神父们延续了下来。毫无疑问，这肯定是一个错误，因为我和埃德加（Edgar）先生从藏族人那里获知，这座壮丽的山峰名字叫作卡瓦格博①。我独自越过了这座神圣的多克拉，这座山并没有永恒地被积雪所覆盖，在戴维斯少校的云南地图上，雪峰卡瓦格博位于正南方。

维西的藏族商人

戴维斯少校说，他从阿墩子下面的澜沧江畔看到了同样的雪山，赖德（Ryder）上尉计算出它的高度约为海拔20000英尺（6096米）。但我从同一位置注意到，从这里看不到最高的山峰如金字塔状那样的形状，所以我认为高度将更接近海拔22000英尺（6706米）。这一大片雪山凝结了从西南部穿过怒江的大部分水分，以东是澜沧江与金沙江的分水岭。它就像一个通向澜沧江流域和东边下一段山脉的雨幕——澜沧江和金沙江之间的水汇处。因此导致了澜沧江流域以北的干旱地区的年降雨量只有几英尺，可能不到10英寸（25.4厘米），降雨量大大减少，或者说澜沧江—金沙江的分水岭导致雪线的高度升高。

干旱地区很少有树木，只有零星的岩石植物，矮小的狼牙刺（*Sophora*

---

① 译注：今梅里雪山的主峰。

viciifolia），和其他一些灌木与干旱做斗争。但在这个季节几乎没有什么花，我只注意到一些景天科（Crassulaceae）、卷柏（*Selaginella tamariscina*）成千上万地生长着。它们中的大多数卷成了像刺猬一样的圆球，在叶子的表面下闪闪发光，而蕨科（Pteridiaceae）植物的叶子在表面下呈银白色，卷曲着，引人注目。

从远处看，这个干旱的山谷现在呈现出一座座凸起的沙漠山，只有偶尔出现的一片绿洲——绿油油的麦田和郁郁葱葱的核桃树，从这片绿洲后面可以看到近处和远处的白色大房子。这些绿洲存在于山洪形成冲积扇的地方。冲积扇是灌溉的来源，因为除了河流带来的水之外，几乎没有其他可用的水来灌溉农作物。

第三天吃午饭的时候，一个藏族老人从村落里过来，恳求我进去诊看一个病得很重的孩子。我必须承认，我不喜欢给这么年幼的孩子开处方，但是穷人对我总是很有信心。他们总是苦苦哀求我，给我送鸡蛋和牛奶。每当我为他们做了什么事，他们就跪下来感谢我，所以拒绝他们似乎比做错事更残忍。我看到了那个孩子，他只有三岁，看上去很小，光着身子躺在房间一个角落里的破布上。许多男男女女蹲在中间的火塘旁，边吃边谈。我永远也忘不了那孩子四肢无力地仰躺着在房屋的一角，小拳头紧握着、嘴巴半张着的可怕情景。这是裸体吗？这很难说，因为事实上他身上几乎全是苍蝇。当我们走近时，苍蝇似有成百上千只嗡嗡叫着，但他似乎完全无视。我在这孩子的嘴里就数到有五只，这事如果发生在一个白人孩子身上，肯定会让他的父母发狂半个小时。那是炎热的一天，到处都是苍蝇，这些人居住的房子招来数以百万计的苍蝇——藏族人对此似乎完全漠不关心。我的病人看上去饿得半死，又瘦又弱，几乎只剩下一副骨架。我打听了一下，得知他拒绝了父母给他的任何食物。此外，他还在发烧，不知道该怎么办。虽然明显是肠胃不适，很可能是痢疾的病态，但我还是给了他一点氯氮，并且留了一些在他的家里，告诉他的家人如何用煮过的牛奶喂他。但我从未打听这孩子是否痊愈！

第五章 阿墩子

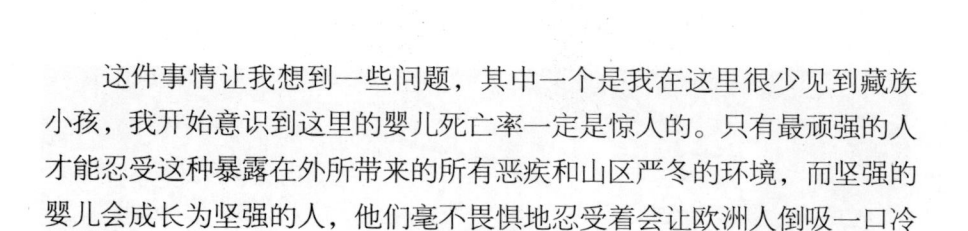

　　这件事情让我想到一些问题，其中一个是我在这里很少见到藏族小孩，我开始意识到这里的婴儿死亡率一定是惊人的。只有最顽强的人才能忍受这种暴露在外所带来的所有恶疾和山区严冬的环境，而坚强的婴儿会成长为坚强的人，他们毫不畏惧地忍受着会让欧洲人倒吸一口冷气的痛苦。

　　离开澜沧江，我们登上狭窄的山谷，向阿墩子走去。看见更高处的小溪上长满了柽柳（*Tamarix chinensis*），在我们到达城市之前，我们可以望到卡瓦格博山峰的壮丽景色，它的三座山峰仿佛屹立在深山的入口处，此时我明显感觉到已经攀爬到了一个惊人的高度。但是当一个人没有持有最普通的角度测量仪器时，继续往前进是不明智的。

　　我在阿墩子遇到的第一个人是白罗尼，他是一位法国绅士，他从藏族人那里收购麝香。过去六年来他一直待在阿墩子度过夏季，知道村里每个人的重要性。他总是非常热情好客。因此，在阿墩子，我很享受和他相处做伴的时光。他介绍人给我，这样也可以供我在困难中使用。那天晚上我和他一起吃饭，了解了很多关于这个村落的情况。这个村落将成为我今后几个月的大本营，作为回报，我把从腾越和欧洲所知的消息全部告诉了他。

　　在接下来的两周里，天气晴朗，阳光灿烂，我探索了周围的群山。但为了使对植物的描述变得易懂，有必要对这个地区做一些初步的了解。

　　这个村落大约有250户人家，位于澜沧江—金沙江分界线上较低斜坡上的一个狭窄山谷的顶端，山谷的主要部分向东延伸构成一个高岩石的山脉。据戴维斯少校说，其高度为11500英尺（3505米），比奥尔良王子给出的数字还要高。村内一座古老的寺院在1905年被摧毁，成为一片废墟，但自那以后，它被重建在可以俯瞰村落的山上。因此，就我们所能目及之处，它再次受到喇嘛们的支配。

　　在阿墩子和澜沧江之间的西面是一座高山，它耸立在陡峭的碎石和没有植被的悬崖峭壁上。在村落上方4000英尺（1219米）处有一座

蓝花绿绒蒿的原乡
——清末英国博物学家的滇西北及川康纪行

从南边眺望阿墩子被烧毁的德钦寺遗迹

岩石山脊,当夏雨来临时,大量的砾石和泥土被冲下山谷,淹没了下端的村落房屋。这种泥石流倾泻会周期性发生,每年都会有堆积如山的石、泥倾泻下来,造成不小的破坏。1911年8月,由于下了一个星期的大雨,大量的山体被冲走,形成了一条由液体泥浆组成的泥石流,毁坏了几所房子,其中一所被完全毁坏。

在东面的高山上有许多深谷,高山上直到15000英尺(4572米)高的地方上覆盖着植被。在这个高度上,朝南的斜坡暴露在阳光的照射和风的吹动下,呈现出高度化的裸地,一些特殊的植物有分散生长的样态。而朝北的斜坡覆盖着草皮,形成了所谓的高山草地。在12000英尺(3658米)以下的狭窄山谷中,没有真正的森林。村落正上方的山坡上覆盖着灌木橡树和大量的杜鹃花,有许多正在盛开,还有各种灌木和小树,如山梅花、伏牛花(虎刺)、沙棘(*Hippophae rhamnoides*)、栒子属(*Cotoneaster*)和异色溲疏(*Deutzia discolor*)、木蓝属(*Indigofera*)、锦鸡儿(*Caragana sinica*)、山蚂蝗属(*Desmodium*)和其他灌木。豆科植物很常见,有蔷薇科绣线菊属落叶灌木的楔叶绣线菊(*Spiraea*

第五章　阿墩子

canescens）和无数的玫瑰。山坡上部覆盖着大量的白色和黄色的铁线莲，它们主要是绣球藤（*Clematis montana*）品种，以及铁线莲（*Clematis florida*）。

　　森林主要由冷杉组成，但有些地方有杨树、枫树和桦树，这里也有一些五味子属（*Schisandra*）、葡萄属（*Vitis*）和猕猴桃属（*Actinidia*）的攀缘植物。美丽的粉红色花的桃儿七属（*Sinopodophyllum*）生长在灌木带的阴暗角落，连同两个令人愉悦的杓兰属（*Cypripedium*）——西藏杓兰（*C.tibeticum*）和淡黄的黄花杓兰（*C.tlavum*）。在更高处，海拔13000 英尺（3962 米）高的地方，开白花的黄三七（*Souliea vaginata*）刚刚开花，就像许多遮阴植物一样，它的花几乎在叶子出现之前就已经开放了。在干燥的地方有一朵大理独花报春（*Paeonia delavayi*）和一朵蓝色的矮鸢尾属（*Iris kobayashii*）。一些报春属植物已经开花了，主要是阴凉和喜湿的植物，如菊薯（*Smallanthus sonchifolins*），最近发现的多脉报春（*Primula lichiangen*）和七指报春（*Primula septemloba*）。

　　在海拔 15000 英尺（4572 米）高的地方，至少可看到在朝北的斜坡上仍然存在有大量的积雪，因此还没有看见有多少花在开放。

　　在这个季节，藏族人仍占阿墩子一半以上的人口，不包括士兵——因为几乎每一个汉族士兵都有一个藏族妻子。他们都在为节日做准备，和孩子一样欢呼雀跃地参加他们一年一度的节日，这个节日是在 6 月的头三天举行。

　　藏族人总是让我觉得，他们比那些在享受假期时和其他任何时候一样安静和忧郁的汉族人更快活，更不负责任。汉族人似乎一刻也无法摆脱生活是一种必须忍受的、狂热的观念，因此他们从不冒险。每一个政策问题都要从所有可能发生的角度进行仔细的辩论，然后才能决定具体的行动方针；每个人在做出决定之前都要征求别人的意见，为了不出事，大家都不作为，除非他得到大多数人的支持。如果有天才敢于承担自己的责任，那么他将会遭到大家严厉的斥责，没有感情用事的余地。乡村生活中的这种共产主义原则，坦率地说，与高级行政当局的一人专

蓝花绿绒蒿的原乡
——清末英国博物学家的滇西北及川康纪行

制制度格格不入。如果人们没有意识到这个矛盾就是这个国家的特征，那么，对于一个如此实际的民族来说，这将是令人惊讶的。每一个等级都与它自身相一致，这就是所有能说的。然而，这种做法使村民们能够提出简单的补救办法来对付一切罪恶，并向他们灌输一种管理自己事务的巨大能力，而不用以最接近的官吏的形式来束缚他们的权威。

与喇嘛（Lamaism）教相比，藏族节日的作用更接近于自然崇拜，会给人带来安抚感，会使人感到愉快。接着人们会被喇嘛领去东、北、西三座最近的山顶，依次烧香祈福，然后吃饼。然而，第一天完全是为了孩子们的娱乐，因为藏族母亲，正如我经常观察到的，她们十分热情，对她们的后代有着深厚的感情。

她们穿着最好看的藏袍，佩戴着家传的珠宝，下午走进树林，像英国孩子们喜欢的那样摘了几束花，嬉戏玩耍，荡秋千，最后坐下来吃饼。这是他们一周来所忙着做的事情的回报。

正如不同动物的幼崽，它们的相似性比它们成年后更为明显。全世界的儿童也是这样，他们在游戏中十分相似。野餐不仅限于英国伦敦汉普斯特德荒原，也不限于植物学家的采花活动。

晚上，他们成群结队回到村里，然后在拴骡子的广场上跳起舞来。三四个小姑娘挽着胳膊，面对着另一个姑娘，她们之间轮流进退，两步一踢，唱着歌。尽管她们的声音很刺耳，但却很和谐。对方也会回唱，她们就这样不停地转啊转地跳舞。

阿墩子的藏族妇女　　　　阿墩子穿着节日盛装的汉族和藏族男孩

第五章 阿墩子

这是如同我们那个有趣的圣诞小游戏"五月我们到这收集坚果",一个非常类似的节目。我喜欢看它,虽然我不明白那不够直白的歌词。可是姑娘们那穿着深蓝色的长连衣裙,一边扣着纽扣,边上配上一件白色的窄边长袖,红布靴子和头发带穗的流苏的样子,是那么迷人。除了耳环和大胸针外,他们都戴着几个银手镯,这几乎是他们能找到的所有珠宝。男孩们也在一起玩,但却不如女孩们足智多谋,而且就和世界上的其他地方一样,他们在这种情形下似乎无所适从。他们穿着漂亮的白外套参加这个盛大的场合,他们可能更喜欢穿中式服装,而且很可能是在阿墩子的学校里做的,因为我在村里从来没有见过穿藏族服装的男孩。然而,有一种在男孩之间玩的游戏值得一提,他们叫它"鸡蛋"。游戏如下:一个男孩站在中间——这是几乎所有孩子嬉闹的基本需要——四肢着地趴在几块鹅卵石上,这代表一只母鸡孵坐在一窝蛋上,其他孩子围着蛋跳舞,因为他们想把蛋抢过来。当一个有利的机会出现的时候,其中一个男孩会向鸡蛋扑去。如果他没有被踢或打到,就能得到一个鸡蛋,那么他就被认为是赢了;而相反,如果被敏捷的母鸡前后左右地踢,那么他只能暂时停止行动。——打个比喻,他暂时死去了。

我的女房东给了我一盘美味的小圆饼,她的妹妹是节日的狂欢者之一。小圆饼里面附着大量的猪油,还有一些碎核桃和香料——晚上,她用一排小小的黄油灯照亮了家族的祭坛,然后又把装满谷物的小杯子放在神灵的面前,再次回忆起自然崇拜的恩赐!

节日最后一个下午,我去山上的喇嘛寺观看了半个小时的仪式。喇嘛寺并不是一个很奇妙的地方,它的内部装饰只留下以前辉煌时期的遗迹。一位活佛,作为转世者盘腿坐在寺庙尽头的台子上,在场有七八十名僧人,其中许多只是小男孩,他们一排一排地坐在地板上,喃喃自语念经。乐队不时地发出一阵猛烈的撞击声,法螺贝的回荡声,铜钹的叮当声,以及在灯光暗淡的大厅里发出的奇怪的长笛声。许多人像我一样,站在周围观看,年轻的喇嘛更倾向于观察人群,注意人群是不

是在祈祷。

不久，一位脸上长满皱纹、面带微笑的老喇嘛站在佛座后面，以他的动作为指引，人们开始绕着寺庙排队。依次经过佛像时，在一堆如小山那样已经放好的哈达上再供放上一条哈达，以此来交换一份来自佛陀的祝福。这个祝福仪式除了老喇嘛用他的左手掌心轻拍祈福人的头部以外，什么也没有。朝圣者必须以一种极其不舒服的弯曲式的姿势从他面前经过。朝圣者大部分都保持着严肃，直到他们走出圣殿往回家的途中，这时才开始以一种极不得体的方式傻笑起来，显然是在考虑他们将要对老喇嘛开一个玩笑。在寺院至少有一半的人又重新加入了这个参拜队列，第二次绕场一周。这样再供一条哈达，就得到了两份祝福，就像《圣经》人物以扫（Esau）那样，毫无必要地挥霍着这位可怜老人的财产。许多跟着祈福队伍走来走去的孩子，虽然没有任何物品来上供，但他们能继续往前走，心里确实非常高兴，能够得到一些敷衍的祝福。

6月2日，我向驻地官员打报告，请求允许返回茨姑三个星期，因为阿墩子周围的高山上的鲜花还没有开放。在我逗留的两个星期里，我对山中的植物进行了相当彻底的勘察，不仅发现了一些不错的植物，而且发现再等一个月，我应该会有一些丰富的收获。与此同时，我急于穿过澜沧江—怒江流域，继续向西搜寻。

官员曹（Chao，音译）不反对我回茨姑，并答应我第二天早晨把必要的骡马送过来。于是，宋被我留下来照看我的行李，而金和我则带着一周的食物、帐篷、药箱、照相机和一些其他必需品于6月3日的早晨出发了。

第六章　怒江旅行

　　返回茨姑的旅程只花费了三天时间，而且也没有发生什么惊奇的事。澜沧江峡谷现在变得越来越干燥，因为夏季的暖风已经随着河谷的升温而越来越狂躁起来。冷空气从悬垂的山上吹下来，但被从烤热的岩石上所冒起来的热气流所取代。

　　然而，夜晚是令人愉快的。我的帐篷总是搭在一些如雷鸣般的激流附近。对我来说，这就是音乐。我躺在床上，可以眺望新月在山上画出的那种明亮的弧线。我带着从衙门那里弄来的乌拉护照，开始旅行。我的随从轮流从每个村落征用必要数量的骡马和乌拉人夫，他们必须把我带到下一个村落，薪酬由衙门规定。在西藏的主干道上和来往西藏的马帮中，为了方便官员因公出差，实行这种中转运输制度——藏族人要准备一定数量的运输骡马在一定的地点给朝廷征用，作为朝廷则要确保藏族人对土

我的马帮去往怒江的路上：穿过澜沧江峡谷

地所拥有的权利。就运输成本和运输的确定性而言，这个制度有其优点。但从其他角度来看，它往往是非常令人不满意的，有时会浪费一两个小时来更换骡马，而其他人则无法立即得到可以使用的骡马。当这种情况一天发生几次时，就会变得令人恼火。

在澜沧江和怒江流域，货物通常是由妇女和男孩搬运的。在我所有的旅行中，当我和乌拉一起旅行时，我发现人们更愿意自己搬运货物，而不是去寻找必要的骡马；可能是因为所在地太穷了，附近的牧场又太少，所以运输用的骡马很稀缺。西藏东南部很少使用骡马，即使在像阿墩子这样的大型村落里，小马也很少。此外，骡马也很难买到，它主要给前往拉萨朝圣的大喇嘛的马帮使用。

在羊咱这个地方，我碰到了曾在路上给她看过病的那个女人。她现在身体恢复得很好，还非常友好地跟我打招呼，邀请我到她家那间又大又黑的厨房里吃午饭，我在那里看到了一种新的温茶方法。几块厚大的石头，每一块中间都钻了个洞，放在火塘边的架子上，直到它们烧得通红才取出来，一个接一个地放进木制的桶里。我们坐在旁边，能听到茶在木桶里欢快地冒泡。

一天晚上，我们在一棵开满马利筋属（Asclepias）花的地方，一棵大树的背风处宿营。这棵树在夜晚的空气中散发着芳香。到处都是蝉鸣声，可以听到在村落下面的澜沧江的波涛冲击岩石砰砰作响，月光是如此明亮，我可以在户外写日记。坐在那里，我听到了自然之外的另一种声音，那就是大鼓被疯狂地敲打着，传来了鼓声。不久，我们看到了由祭司带领的村民队伍，他们拿着松木火把、燃着的香烛、鼓、锣，以及写着各种汉字的红色招牌。他们在村落里的小庙外立了一座祭坛，入口处燃烧的火噼啪作响，浓烟滚滚，直冲云霄。祭坛上是献给神的少量谷物祭品，毫无疑问，许多写着祈祷文的纸被焚烧，随风飘散。然后，祭祀队伍绕着祭坛走了一圈又一圈，穿过田野，疯狂地挥舞着火把，声音越来越嘈杂。他们在乞求下雨。整个仪式是一种混合了汉族文化和部落习俗的奇怪仪式，因为其中不止有一种与自然求和解的迹象。

第六章　怒江旅行

在过去的三个星期里，河水上涨了很多，水的颜色不再是橄榄绿，而是变为像巧克力那样的红色。我们进入了茨姑上方的多雨地带，但天空仍然没有一丝下雨的迹象，窥见蔚蓝的天空似一条蓝色的丝带顺着河流的流向蜿蜒曲折。每天早晨，风渐渐地刮动起来，在正午时愈刮愈猛，到傍晚时又悄无声息地消失了。在斜坡处有光秃秃的岩石，在阳光下闪闪发光，风似在颤动。

一天早晨，我抓到一只颜色鲜艳的半翅目（Hemiptera）大虫子，把它挂在茂盛的灌木上，其身体散发出特别浓烈的气味，我很快又把它放了回去。同时，一只苍蝇飞进了我的眼睛，我不加思索地伸出手指，开始揉搓眼睛。我的上帝啊！我的眼睛快瞎了！这就仿佛一滴硫酸喷到我的眼睛里那样。几分钟后，我的眼睛依然流着泪水，这使我感到很痛。虽然在我的手指上只沾有最微量的排泄液痕迹，但它显然是一种最强大的酸性液体。毫无疑问，一滴就能让人变成盲人。过了一段时间，疼痛消失了，但在那天剩下的时间里，我的眼睛肿胀充血。

6月5日清晨，我们到达了茨姑的溜索桥。顺利过桥后，在溪谷里露营。我立刻去找岗通，告诉他我们必须马上动身。因此，他答应帮忙找乌拉人夫，并在第二天尽可能迅速、安静地离开。

那天晚上，我看见萤火虫的亮光，听见牛蛙在激流中吟唱，但第二天早上又下起了雨，第一道山峦顶上的石灰岩峭壁被雾气笼罩着。我花了一上午的时间爬上隘谷，来到峡谷脚下，在石灰岩上发现了几朵盛开着的美丽的兰花。我也看见了几只普通的野鸡，还听见雪雉在灌木丛中叫着。漂亮的蝴蝶，包括英国凤蝶、金凤蝶（Papilio machaon），或一种近亲蝴蝶，都栖息在山谷里。它们在我的帐篷里成了相当讨厌的东西，经常在牛奶和黄油罐头的香气中打转。在这次短途旅行中，我还看到了一条黑色的小蛇，它的样子像眼镜蛇那样。还有一条大水蛇，这是我这一年的记忆中唯一看到的两条蛇。蜥蜴在干旱地区的干燥岩石上很常见。

中午，岗通带着他找的六名乌拉人夫来了。午餐后，我们冒雨上

蓝花绿绒蒿的原乡
——清末英国博物学家的滇西北及川康纪行

山。命运就掌握在我自己手里,因为驻扎茨中的小军官已经离开了,没有人阻止我们。

我们一行人包括岗通(他是导游兼翻译)、金、六个乌拉人夫、阿波(我的看门狗)和我自己。阿波(Ah-poh)是一只藏獒,它很喜欢我,虽然我教它最多的就是我叫它的时候它就过来。我们穿过松林,跨过所有障碍,到达最后一个村落。村落位于陡峭的石坡上,在石坡上开垦了一小片土地,种上了少量的大麦,我们在石坡最顶部的小屋里停下来过夜。我们在离山口不远的地方,这里距离澜沧江大约2000英尺(610米)。

雨下了一整夜。我把帐篷搭在其中一间小屋的平屋顶上,不幸的是,屋顶根本不是平的,而是向中心倾斜的。第二天早上我醒来时,帐篷里到处是积水,我从床上起来,没想到脚就踩进了水里。

整个上午都在下雨,乌拉人夫说,在这种情况下,这条路又陡又滑,他们根本没办法继续前行。因此,我用尽所有的耐心忍受了这样的耽搁,把时间全部用来抽干帐篷里的水。午饭后,雨停了一会儿,我们又出发了,穿过坡口[海拔9000英尺(2743米)],进入茂密的杜鹃花(*Rhododendron simsii*)林中。在山顶上,黄花杓兰(*Cypripedium flavum*)最为显眼,还有一些白色的堇菜属(*Viola*)鲜花,一些鬼灯檠(*Rodgersia podophylla*)、紫萁属(*Osmunda*)的植物和其他遮阴植物。一条陡峭而湿滑的小路从山口一直延伸到激流的河边,然后我们沿着小路向山谷上游开始漫长的旅程。途中经常被树根藤蔓绊倒,踩到爬行的虫子,有时还需要翻越横在路上的原木。就这样,我们在泥泞的小路上东倒西歪地滑来滑去,艰难地向前走。

我已经把面向澜沧江流域、松树覆盖的、干燥的障壁山脉斜坡与沟壑中更丰富的植被进行了比较。还有障壁山脊后面的深谷,在那里,我们发现自己所处的森林和灌木丛比我们所见过的任何地方都要丰富。

在浓密的杜鹃花丛中,有许多30英尺(10米)高的大树,现在没有一棵开着花。除了枫树、白桦树和椴木以外,还有一棵美丽的云杉。在树

第六章 怒江旅行

木和草本灌木丛之间,是第二层灌木植被,包括忍冬科(Caprifoliaceae),如忍冬(*Lonicera japonica*)、荚蒾(*Viburnum dilatatum*)、黄锦带属(*Diervilla*)、虎耳草科(Saxifragaceae),如茶藨子属(*Ribes*)、溲疏属(*Deutzia*)、蔷薇科(Rosaceae),如蔷薇属(*Rosa*)、悬钩子属(*Rubus*)、李子属(*Prunus*)、绣线菊(*Spiraea salicifdia*),还有绣球藤(*Clematis montana*)和竹丛。

  根据森林的性质,灌木丛本身就有很大的差别,其中一个地方主要分布着蕨类植物,另一个地方分布着开黄花的紫堇属(*corydalis*)植物,生长非常茂盛,但就在这里,它的变化要大得多。一种漂亮的粉红色的酢浆草属(*Oxalis*)很显眼,还有几种天南星属(*Arisaema*)。在这附近有一些对叶兰(*Listera puberula*),其中乌头类的数量偏多,并且许多大百合属(*Cardiocrinum*)植物正在展示它们的叶子。事实上,百合科植物就像其他任何一种植物一样有着丰富的代表性,包括一些非常甜美的粉红色和白色的变种花,如巴黎百合、山谷百合和其他一些百合。如前所述,蕨类植物也有,主要是叉蕨属(*Tectaria*)和铁角蕨属(*Asplenium*),但这些仅限于在森林的潮湿部分。

  天南星是所有物种中最奇特的,因为这些天南星里,有很大一部分将穗状花序抽出几英寸长的鞭毛,被一个类似于猪笼草(*Nepenthes mirabilis*)的盖子的东西覆盖,使得肉穗花序本身变得不起眼。然而,肉穗花序不是直的,而穗状花序是向下急剧弯曲的,这意味着它从花苞中被拉出来,然后又朝原来的方向向上倾斜。毫无疑问,这种有色的外部穗状花序的目的是想要吸引和引导昆虫到花上,双弯仅仅是暴露穗状花序,而不需要抬起盖子的构造。至于后者,它只是弯曲的三角形尖端,并被拉成长鞭毛,这也许是有用的,因为在这些疆南星属(*Arum*)植物生长的森林里经常下雨。鞭毛本身的使用是来适应这样的降雨,这是植物最显著的特征,并不是那么容易确定。它的作用仅仅是将弹性襟翼保持在孔径上方,并且从上方有效地关闭它,只留下一轮狭缝边缘。然而,这个狭缝对昆虫来说不是很容易接近,因为它的边缘是

蓝花绿绒蒿的原乡
——清末英国博物学家的滇西北及川康纪行

澜沧江—怒江分水岭，从锡西拉河下游看

向下和向外的。在我看来，昆虫唯一的入口方式是沿着穗状花序向下爬。

如果鞭毛确实受到天气的影响，可以根据大气湿度升高或降低襟翼，我们就应该清楚地定义它的用途。尽管我是这样认为的，我倾向于把这样的作用归因于它。但是，我从来没有看到它以这种方式运作，因为我在这些森林里的时候，这里总是下着雨。

当我们爬得更高时，混交林首先被桦树所取代，最后是桤木林，那里有茂密的紫堇属灌木丛。杜鹃花、云杉和其他树木都生长在山谷底部，从现在的位置很难看到，尽管在更高的地方，它们仍然覆盖着山坡。

在这里，我们发现了一个樵夫的小屋。当再次下雨的时候，夜晚非常寒冷，我们挤在一起休息。由于雨一直不停地下，水从屋檐上滴落，水花四溅，因此，当天亮的时候我很高兴能从湿毛毯里爬出来，穿上湿衣服。这一天的前景，看起来非常痛苦，但在7点钟，天开始放晴了，当我们一个小时后出发时，雨已经停了。我们穿过湿漉漉的桤木树林，树木开始变得少了起来。我们很快就来到了一片开阔的地带。山谷里覆盖着高山草甸，上面长着高大的草和花，交替生长着一丛丛竹子和杉树。现在我们涉水蹚过寒冷的溪流（其他人是蹚水而过的，但我是被背过去的），用一棵不稳定的树干做支撑，辅助我们爬到更高的地方，在长满竹子的灌木丛中的陡峭处攀爬。跨过一座雪桥，在这座桥下，洪

第六章 怒江旅行

流已经切断了原有的道路。我们爬到山谷的顶端,坐下来吃午餐。在我们面前矗立着澜沧江—怒江流域积雪所覆盖的岩壁。

我们脚下开满了美丽的高山花卉——美丽的硫黄色全缘叶绿绒蒿（*Meconopsis integrifolia*）、钟花报春（*Primula sikkimensis*）、唐松草属（*Thalictrum*）、驴蹄草（*Caltha palustris*）、银莲花（*Anemone cathayensis*）、靛蓝穗花报春（*Primula watsonii*）以及矮小的蓝色大碗花菜、深红色杜鹃花、紫花楼斗菜（*Aquilegia viridiflora*）等等，形成一片绚丽的颜色。每一块岩石都支撑着一座小花园，花园里长满了樱草和丛生的高山树；每一片沼泽地都展示了一些稀有的花卉，如缺裂报春（*Primula souliei*），还有莎草（*Cyperus rotundus*）、龙胆草（*Adenophora capillaris*）和泥炭藓（*Sphagnum palustre*）。

从前面山上流下来的小溪，冲下来许多碎石把路堵了，因此形成了沼泽。瀑布从我们前面的悬崖上滚滚而下，跌落在山谷底部光滑的圆形岩石上，在急流冲过的碎石堆或冰碛物中，显示有冰川留下的痕迹。

我们在松软的雪地里挣扎了将近三个小时，不时陷在淹没膝盖的雪地里，乌拉人夫甚至陷到了腰际，需要同伴把他们拉出来。最后我们到达山顶，点燃了一堆火。我煮了一些水，我发现水在85.5℃就沸腾了。以海拔14500英尺（4419米）作为山口的大致高度，但这可能太过了，海拔14000英尺（4267米）可能更接近它的实际高度。

在山口的顶部，雪堆积得很高。在另一面，突然就无积雪。山口的南侧非常陡峭，有1000英尺（304米）左右的断崖峭壁，但在它的下方，能够清晰地看到有一个

人夫穿过锡拉（Sie-la），海拔14000英尺（4267.2米）

大雪堆。我们在这里解释了这样一个事实，那就是，山口左右两边吹起的寒风，导致山坳的斜坡不能生长树木。但是，云杉向上延伸到了实际山口的高度，寒风从山谷底部向上吹，两边刮来的风在山峰处集中碰撞，而风压力量对两侧的森林没有造成影响。

这山顶通道被称为锡拉，曾多次被法国军官和旅行者穿越，也经常被行走在澜沧江和怒江河谷地带的天主教牧师们穿越，他们从不因为天气状况而改变行程。据说这个地方一年里只有两三个月不下雪，不过当我 11 月穿过它的时候，积雪已经比 6 月更深了。如果没有雪，骑骡马过去也不会有什么大的困难。虽然这是个缓慢的过程，但是雪像我们现在发现的这样又深又软，那就太危险了。我很高兴我们没有进行尝试。

我们在山顶上休息了半个小时。虽然东面是澜沧江和金沙江的分界线，它被厚厚的冰雪覆盖，但是我们看不到任何景色，而西边我们只能看到一个深深的山谷。

通道面向东北东（ENE）和西南西（WSW），两个斜坡的植被有相当大的差异；因为南边的雪融化得比较早，山坡较为陡峭，所以比较干燥。它覆盖着一小片高山草皮，上面点缀着数百朵淡紫色的丽花报春（*Primula pulchella*）。在夏天晚些时候，其他的花也出现了，包括一种绿绒蒿属（*Meconopsis*），五个月后我发现了它的种子。

然而，在雪坡上，有灌木，主要是杜鹃花、刺柏树和柳树，它们在这里和那里突然出现，棕色的蕨类植物还尚未长出新叶，还有一片委陵菜属（*Potentilla*）植物的银色叶子。显然，从 7 月到 9 月，这个斜坡上长满了各种各样的植物。但当我再次看到它时，雪比以往任何时候都深，连一根树枝都没有露出来。

岩石似乎是一块灰色带状、带有大量石英的片麻岩，许多是褶皱的、倾斜的。因此上面有锋利的边缘，下面有陡峭的悬崖。

我们从通道走下来，发现处在一个更大的山谷里，山谷有点儿像是南北走向。再次穿过高山草甸，在黄昏时分，我们到了森林边上的第二间小屋。雨停了一整天，突然又下起来了。我们周围都是高山草甸，散落

着柳树、桤木和白桦树，树干上面覆盖着地衣，在风中凄凉地拍打着。这里有一棵高大的十字花科植物大叶碎米荠（*Cardamine macrophylla*），长得很尖。岗通告诉我，怒族人和藏族人用它的叶子和茎来煮吃。他还告诉我，一些棕色的贝母属（*Fritillaria*）和风信子属（*Hyacinthus*）的球茎被当地人食用，伞形科的叶子也被食用，还有一些可食用的菌，之外还有用来制作毒箭的乌头（*Aconitum carmichaeli*）。

晚上，两个穿越群山去茨姑的怒族人来到了小屋，并和我们的人一起围着火堆取暖。他们带着几只田鼠（Microtus Wardi），这些田鼠是他们在高山处捕得的。这两个怒族人剥去它们的皮，把它们煮熟当晚饭吃。当然，我也加入了，必须承认这味道的确不错。岗通告诉我，怒族人为抓捕这些田鼠而制作了特殊的竹制陷阱，他们因此捕获到很多田鼠。后来，我看到了许多捕捉田鼠的陷阱，也慢慢参透了其中的奥妙——这是一种巧妙的设计，其原理与前面描述的捕雉器相同，田鼠从洞里爬出来，把头伸进套索里，套索立刻被一根竹竿拉紧。

第二天早上，我们直接从山谷爬上了西部山脊，穿过茂密的竹林，再向上穿过云杉和杜鹃林。从通道（水的沸腾温度为87℃，海拔大约13000英尺）的高度方向，我们可以清楚地看到，西行越过怒江峡谷，到达远处的怒江—独龙江流域，但不幸的是，天空已经乌云密布。从这里所能看到的景观描述如下。

从南到北，一座座被雪覆盖的山脉高耸入云，其中有一座山峰格外引人注目，在湿漉漉

在树林的边缘，澜沧江—怒江分水岭：冷杉森林在13000英尺（3962.4米）处逐渐变稀疏

蓝花绿绒蒿的原乡
——清末英国博物学家的滇西北及川康纪行

的空气中，雪原和冰川清晰可见。这是西藏人所熟知的山，叫作高黎贡山克尼冲普（Ke-ni-ch'un-pu）①山，它就在怒江上的菖蒲桶（T'sam-p'u-t'ong）②村的正上方。在这个范围内，我们来到伊洛瓦底江的东部支流恩梅开（Nmai-kha）江，那里居住着俅子（Ch'utzu，今独龙族），这是一个鲜为人知的部落。有人告诉我，部落里的人脸上有刺青，我不记得奥尔良王子在他的《云南游记——从东京到印度》中有没有这样提过。总之，没有其他人对其了解，就是贝利（Bailey）上尉，也还没有认识到这个部落。

根据我在11月从另一个通道得到的观察结果来看，无论在主峰的北面还是南面，都没有永久的积雪覆盖。它显然长期受到吹过阿萨姆平原的西南季风的影响，从而形成我们正在深谷中面临着的第一个雨雾的困难。因此，在这个纬度上，西部的雪线可能没有更高的范围，而怒江—独龙江分水岭上的雪线可能比澜沧江—怒江分水岭上的雪线还

---

① 译注：关于怒江与伊洛瓦底江的分水岭高黎贡山的克尼冲普山，美国洛克与沃德的标记音略有不同，前二音标记近音，后二音与沃德的不同。洛克调查记述为"克尼朱波"（Ke-nyi-chum-po），认为："怒江与伊洛瓦底江的分水岭只有菖蒲桶西北的一个雪峰，名字叫克尼朱波，这个山比起澜沧江与怒江分水岭的任何一个峰都矮。……要爬上终年积雪的克尼朱波山峰，即这个地区怒江、伊洛瓦底江分水岭的最高峰，必须越过菖蒲桶迤北的一条小河，沿着这条小河走到一条较大河流的附近，这两条河把这个高原与其他区域分开。……我们登上一个海拔9100英尺（2774米）的高丘，从这里可以看见整个克尼朱波山群（高黎贡山）包围在纯洁的白色中，那新月形的冰川像一件斗篷似的覆盖着它。……克尼朱波的主峰是带黑色的岩石，可能是石灰岩层的斑岩。在山中央的关险处，升起一个像壁垒样的顶峰延伸向北，遮蔽着冰川。在岩石的东南面，岩石被风雨凿成石阶和凹槽，这是以前冰川冲击的结果，现在冰川正逐步减退。"（洛克：《中国西南古纳西王国》，刘宗岳等译，云南美术出版社1999年版，第226、230页）

② 译注：菖蒲桶为藏语称呼，为今云南贡山独龙族怒族自治县。关于菖蒲桶这个石灰岩断崖，在《征集菖蒲桶沿边志》"关隘"载："菖属处滇极边，为西北第一道门户。……一区境内青拉桶及石门关江边，居（尽）系悬崖陡坎，均有一夫当关，万夫莫开之势。""险要"载："一区之石门关岩，居怒江西岸，原属通衢，顺江二十余丈，壁屹立，高三十丈，横插江心，上有崇山，无路可绕，冬春水涸，行人攀藤附葛而过；夏秋阻滞不通，较之达拉底岩尤险峻。"（吴光范校注：《怒江地区历史上的九部地情书校注》，云南人民出版社2014年版，第45页）

第六章 怒江旅行

要低。

在同一个月，贝利上尉向北越过印度。他提到从独龙江的上方可以看到以东的雪域，可能是澜沧江和怒江之间的大木雅贡嘎（Ta-miu，音译）山脉，我稍后将会提到。然后，他穿过怒江和独龙江之间的一个通道，那里海拔 15676 英尺（4778 米）。6 月 17 日，那里下了大量软绵绵的雪。从他的叙述中可以推测，这个垭口通道，这一通道并没有像我在更南边看到的那样高。

然而，令我震惊的是，在银色云层的水平层上，这片野性的雪覆盖着的山脉，与其他山脉是完全不同的。它几乎垂直于地面，直冲云霄——那就是东方和西方——当我竭力眺望它的尽头，由于角度的原因，很难确定这一范围的方向，而遥远的西部被云层掩埋的事实使它更加不可靠。后来我才知道，已故的李顿（Lytton）[①]先生相信他已经看到了从怒江山谷再往南的这么一个范围，所以我的说法有一定的根据。贝利上尉没有说过横向的范围，如果有人知道的话，应该能够推测出他走过的具体位置。

这种以高崖的形式结束青藏高原的交叉山脉是真的存在吗？如果是这样的话，独龙江的东部支流很可能是从它的南部斜坡上流下来的。

在通道附近，长满青草的山坡上布满了田鼠的洞穴。我注意到有几个陷阱，但我没有看到任何田鼠像青藏高原上的野兔那样在白天四处乱窜。

我们穿过茂密的杉树林，沿着一条铺着淡紫色雪山报春（*Primula nivalis*）的小径走下去，来到了草地覆盖的开阔山丘上，牦牛和羊群正在山坡上吃草。山丘下面长着一片片灌木丛，通道被茂密的树林堵塞了。太阳不时地照射进来，光线照到我们下面很远的地方，在一道高高的黄色悬崖上闪闪发光。在我们身后暗黑的树荫里，那悬崖显得出奇地小。这个石灰岩断崖标志着菖蒲桶村落的位置。

紧挨着我们下面的山谷不是怒江流经的那个山谷，因为还有一

[①] 译注：英驻腾越领事李顿。

个障碍山脊要跨越。我不太了解形成这些平行的屏障山脊的必要条件——来自主分水岭的凸起——但它们可能在一定程度上是由于岩石的排列。尽管如前所述，降雨的分布可能也与此有关。在干旱地区，我从未见过一条与主河流向平行的山涧，尽管在澜沧江和怒江这两个多雨的地区，这是正常的现象。

晚上，我们到达了巴杭（Ba-hang，音译），当地人经常叫它白汉洛（Pei-han-lo）①，一个小的怒族人村落，坐落在山谷上方1000多英尺（305米）的山上。过去有一位法国天主教神父驻扎在这里，但他现在已经不在了，还有一群士兵驻扎在离村落不远的地方。

我的帐篷刚搭好，天就下起雨来。雨一直下了一整夜，第二天早上也一直下个不停。因此，早晨出发是不可能的。下午，天空仍然乌云密布，还下着毛毛细雨。我们带着马帮出发了，沿路一直下到山谷，继续走了一两英里。雨下得越来越大，我们在木拉桶村（Mu-la-t'ong）的怒族人小屋避雨。岗通又说，怒江山谷每天都下雨。到目前为止，我还没有理由不相信他。

我们刚搬进新住处，就有一个女人来找我们要"外国药"。现在我庆幸自己带着我那只曾被记述过的药箱，因为这是一个与当地人建立友好关系的机会。虽然不幸的是，病人又是一个婴儿。我总是觉得婴儿是最令人为难的病人。因为他们自己不能说出他们哪里不舒服，他们的母亲也不知道，这使得我这个业余医生对病情非常不了解。然而，在岗通的帮助下，我诊断出了这个病例，并开出了简单且无害的药方，剩下的留给了信仰——父母的慈爱。也就是说，它的力量是无限的。我也发现，在这个地区人们多经历了一些处理患病婴儿的事件后，他们对两到三种轻微的疾病做出了相应的改变，而我最终变得相当擅长处理这些疾病。

---

① 译注：今贡山县丙中洛乡白汉洛村。清光绪二十四年（1898年）法国传教士任安守（Annet Genestier）建白汉洛天主教堂。1905年发生反洋教的"白汉洛教案"，教堂被烧毁。之后任安守用清政府赔款银5万两重建。

第六章 怒江旅行

　　我们全部人住在一间小屋里，我独自一人睡在一个角落里，我的床安在一扇从原木墙上凿出的小方窗下，没有百叶窗。尽管雨在不停地下着，但并不很冷。屋子中央烧着两堆火，聚集着我们8个男人。房子里有一个主妇及她的3个孩子。另有4个男人，这些男人就是所谓的流动人口，是指那些偶尔进来看看，然后又随意地溜达出去的人。除此之外还包括几位村民，地板下面有一头小牛、一只猫、两三条狗和一群母鸡，同时各种各样的气味和猪的呼噜声从松动的地板间渗透上来。

　　我们住在怒族人的中心地带，怒族人部落是有趣的。我们在部落里发现了我们自己的类似文化，因为他们似乎是一个从西方部落里分裂出来的部落。他们从西藏来到怒江山谷，我不相信他们是向这个方向移民的部落中的一员。而就语言来说，怒族人与藏族人的语言几乎没有什么相似之处。也就是说，怒族人部落是属于藏族人圈的一个小部落，他们经常去往西藏旅行，与藏族人进行交易。长期以来，附近各部落与藏族人之间一直有着往来。如同英语在很大程度上虽然说受到诺曼（Norman）人语言的影响，但与诺曼人无关。

　　另外，怒族人根本不是贸易商人。他们拥有令人羡慕的地理位置，他们所居环境拥有所需要的一切，他们的衣服是由妇女在冬天编织的，大麻、烟草、玉米、小麦、荞麦、苹果、橘子等都可以得到。竹子和葫芦为他们提供了容器，他们用弩弓捕获野味。他们喜欢使用玉米发酵制成酒，大量地喝它，但他们不是嗜酒的人；但是，这种饮料，有如豌豆汤那样的稠度，喝起来是温的，可能比白酒更有营养。冬天，男男女女围坐在火炉旁，一连几个小时聊天、抽烟、喝酒。对他们来说，酒就是肉、饮料和药，一点也不难喝。

　　男人们都扎着马尾辫，不像藏族人那样把头发盘在头顶。他们的衣服虽然简单，但也不是没有特色的——短马裤（可能是从中国借鉴来的）和白色麻布衬衫，衣领和袖子上饰以淡蓝色，布条像绑腿一样松散地缠绕在小腿上。当地女性只穿一件深蓝色棉布长袖服装，从膝盖以下一直系到腰部，经常还会穿一件亚麻披风，从右肩一直穿到左腋窝。肩

上挎着一个装有种子且做工朴素的麻制挎包。也许有人会说，澜沧江以西的大多数部落都带着类似的麻挎包，但藏族人和麽些人却没有这样的习惯。他们通常把辫子绑在头上，按照藏族人部落妇女的风格，但很少佩戴首饰。有些女孩在未生孩子之前就长得非常漂亮。她们的肤色明显比藏族人浅，但没有汉族人那么黄，五官端正，鼻梁整齐，眼睛又大又圆，高高的颧骨几乎不突出。

这个民族的宗教是一种改良形式的喇嘛教，但我相信这已经被笨拙地嫁接到了一个更古老的原始宗教——可能是自然崇拜上。因为与傈僳族人和其他部落一样，他们把特殊的玉米穗挂在房子里。我认为，这种风俗是为守护神而准备的祭品，藏族人根本没有遵守这种做法。他们的佛教形式（Buddhism）和一般的、变化的藏传佛教有多大的不同，我还没有完全明白。因为我见过的唯一的仪式是房子里的年轻女士拿起一壶水，把水泼向北、南、东、西。她干得很有条理，就像她平常喂鸡那样。仪式中，她将第一壶水泼在后面的墙上，最后一壶把我淋得透湿。

我觉得很难摆脱这样的事实：怒族人，现在基本上是一个农耕民族，代表着一个处于文明相对发达阶段的丛林部落。他们矮小的身材，他们用皮带绕过前额搬运货物的方法，他们在丛林战争中使用弩弓，这显然是一种丛林武器，虽然它的射程短，但杀伤力强，他们的葫芦和竹筒，以及他们的溜索桥等，所有的一切都表明了这一点。

众所周知，由于亚洲的山脉和沙漠向东和向西伸展，大规模的民族移动也在很大程度上是朝这个方向进行的，因此避开这些障碍要比越过它们容易得多。但是有一条狭窄的通道向南延伸，穿过环绕中亚的山脉，位于两条平行河流的地区，同时它也是一条危险的通道。在亚洲高地的一个角落，那里可能发生了南北方的大规模民族移动，我们不应忽视这样一个事实，即这里的民族移动可能也是朝东和西方发生的。

倾盆大雨下了整整一夜，一直持续到第二天早上。午饭后，我们动身赶路时雨还没有完全止住。整个上午我都在给病人治病，因为我作

为一名治疗师的名声已经家喻户晓了。有一次，有 6 位母亲抱着未断奶的婴儿，就她们乳房的不适感前来问诊。直到我的随从以及好奇的观众共 30 人挤在这间屋子里，这小屋看起来就像一间伦敦医院的病房。我遇到各种各样的病，都挨个儿做了处理，比如打架造成的肩膀瘀伤、头痛得厉害等。他们感激不尽，许多人给我带来了牛奶和鸡蛋。

白天，一辆由 25 五匹骡马组成的大型马帮和大约 40 名乌拉人夫穿过村落，他们把银器、大米、糖和茶叶等物资运给巴杭的驻军。他们从阿墩子出发，走了 6 天的路，再往北一点穿过了隆茨拉（Chung-tsung-la，音译）山口，只有 13000 英尺（3962 米）高，是这一带最低、最容易走的山口。后来我们注定在 11 月第二次去怒江时要穿过它。

巴杭的驻军是为了守住通道而设立的，主要用于控制从北方来的傈僳族人。士兵们定期在怒江山谷巡查，在那里与傈僳族部落成员进行战斗。傈僳族部落成员完全习惯于丛林战争，也很擅长丛林作战。毫无疑问，他们喜欢这项体育运动，尽管他们唯一的武器是弩弓，也能与步枪对抗。操作娴熟的弩弓，也能与在丛林中随意射击的步枪相媲美。据可靠消息，在最近一次对傈僳族村落的袭击中，士兵发射了约 400 发子弹却没有击中一个人。

到了下午，雨逐渐停了下来。一直下着毛毛雨，我们开始攀登最后的山脊。穿过山顶茂密的丛林地带，在那里有许多美丽、芳香的兰花，我还不能完全叫出它们的名字。我们很快又走到了开阔的山坡上，终于看到了巨大的怒江，顺着被它侵蚀得很深的山谷远远流去。

山坡上长满了欧洲蕨（*Pteridium aquilinum*）和其他草本植物，到处都是松树、低矮的杜鹃花和凤尾蕨属（*Pteris*）植物。但是，在雨季来临之前，许多地方都有灌木丛，开花的很少。虽然我注意到了几种兰花，包括绶草属（*Spiranthes*），一两种百合科，还有高大的白色秋牡丹（*Anemone japonicae*）。小路很陡，我们飞快地走下山坡，来到半山腰的一间小屋，在那里我们停下来吃了些东西。在怒族人部落中，我们有时会遇到这样一群人，更常见的是在麽些人或藏族人部落中。这群人

蓝花绿绒蒿的原乡
——清末英国博物学家的滇西北及川康纪行

会使你本能地想知道他们来自哪里，因为他们没有明显的蒙古族人特征，没有突出的颧骨，也没有杏仁状的眼睛，甚至连独特的肤色都没有，因为其肤色可能很淡，像欧洲人的肤色。他们笔直的黑发和黑眼睛就说明了他们的身体特征。

在这里，我们喝的是葡萄酒，这和中国的葡萄酒没什么不同，是一种粗犷的烈酒。当姑娘们坐在地板上聊天时，慢慢地用麻纤维捻搓做绳子，做好的绳子放在随身携带的袋子里。而男人们一边抽烟，一边聊天，喝着他们浓浓的玉米酒，这对他们来说就像英国人对香烟那样的情感。这时有两个姑娘，毫无疑问她们是姐妹，肩并肩坐在一起，把头凑在一起，在同一个竹筒里喝酒，还发出了有趣的声响。这一举动引起周围人的欢声笑语。我们在后来的一些场合中也见到了这种情况，同样是发生在两个女孩子之间，而且在长辈们中也有隐晦的欢笑，所以我倾向于赋予它一些未知的意义。

休息了半个小时后，我们下到山谷，到达了分散居住的桌拉（Chola，音译）村，这时又下起了大雨。小屋建在离河岸100英尺（31米）左右的一个缓坡平台上，平台很明显是一个古老的河床，部分是在汛期中形成的，部分是由于支流的洪水从山上冲下来时，把大量的碎石散落在这里堆积而成。在多雨地区，这些梯田在最外围的山脉和河流之间形成一个连续的样态，在弯曲处的凹面上有100码（91米）或更多的宽度。但是，我们一进入干旱地区，这条河就笔直地向下奔流。尽管蜿蜒曲折，但除了一个冲积的河湾外，找不到任何平台的迹象。在这些梯田耕种的每一个地方，夏天种植水稻、小麦和玉米，秋天种植荞麦。

我们住在怒族人的房子里，房屋很大、很宽敞。但我自己有一间小一点的房子，是一间堆放玉米棒的仓库，安置有家神、保护神的祭台。我的床被放在祭坛旁边，我睡在奇异神的影子下面。整晚，无情的雨水滴滴答答地打在瓦片屋顶上。我不知不觉中睡着了。

第六章 怒江旅行

在桌拉村划独木舟渡过怒江

蓝花绿绒蒿的原乡
——清末英国博物学家的滇西北及川康纪行

第七章　穿过怒族之地到澜沧江

　　第二天早晨，雨渐渐停了下来，一直到中午才完全停止，而且低垂的云罩终于开始散开了。在过去的五六个小时里，雨一直下个不停，我变得相当沮丧。

　　现在，我们划着独木舟①渡过了怒江，怒族人用宽阔的方形桨划入水中，向前划水，不过水流湍急，河宽有四五十码，这比澜沧江大得多，水流速度也快得多。这些独木舟的构造与马来西亚人使用的独木舟非常相似，但其实独木舟的构造在任何地方几乎都是一样的，它在世界各地遥远的边地被广泛地使用，以至于它可能有许多不同的起源中心。这个地方是否有独木舟的起源说，不得而知。不可说与马来西亚人之间有所关联。

　　高高的岩石堤岸是由几乎垂直倾斜的紫色板岩组成的，而且这里的人们经常用板岩而不是木头来铺设小屋的房顶。然而，在冲积平原，一片片的石灰岩裸露出来，时常引人注目。同样的石灰岩也出现在澜沧江往南更远的地方，在那里它们几乎也是垂直倾斜的，河流形成了一种非常接近于S形的曲线，但这里并没有被汹涌的急流所阻断，我们看到几个怒族人坐在他们的独木舟里钓鱼。在靠近河岸的地方，偶尔会有一

---

① 译注：虽称独木舟，实为猪槽船。民国二十一年（1932年）由杨作栋编纂、陈应昌主修的《征集菖蒲桶沿边志·船筏》载："怒江面上，渡以船筏。船系猪槽船，以大树一株，挖空其中，长一丈余，面窄底圆，不能载重，仅能载三四人。筏系大竹扎成，长在丈余，宽四五尺，亦不能载重。"（吴光范校注：《怒江地区历史上的九部地情书校注》，云南人民出版社2014年版，第73–74页）

第七章　穿过怒族之地到澜沧江

些绑在木桩上的渔网，但是大部分的钓鱼活动都是在独木舟里进行的，一个悬挂在两根长竹之间的 V 形网被放入水中。然后 V 形网被展开，网从水面下被抬到水面上。

我们在河上游几英里的泽头（Ze-tou，音译）吃午饭。冲积平原仅限存在于右岸，但没有多少耕作物，豆类和大麦是主要作物。后面的山沟很深，可以望见高高的森林在这些悬崖的阴影里，植被极其丰富。地表上的兰科植物种类特别多，蕨类植物、鸢尾花、铃兰，还有一种约1米高的百合科（Liliaceae）植物，这是我所见到的唯一一种开着花的植物。它有6英尺高（1.8米），但它还会长得更高，上面有6朵长长的、喇叭状的白色花朵，宽2～3英寸（5.1～7.6厘米）。干燥的山坡上分布有松树，生长有凤尾蕨属（Pteris）、石松属（Lycopodium）等。在耕作地带，我们走在高大的圣约翰草树篱和点缀着蓝色鸢尾的黄玫瑰之间。最后，我们来到了一个很深的峡谷之处，峡谷的另一边是一个很高的断崖。在断崖上，菖蒲桶被建造起来了；山顶上站着一个孤独的身影，在天空的映衬下清晰可见，那是一个中国士兵。

他用一种令人称赞和简洁得令人惊讶的方式问了我一些问题，这些问题是为了确认我的身

怒族男人的弩弓（桌拉村）

份，但我告诉岗通，我们的最终目的地不太明确，对于这个问题我自己也不太确定。

菖蒲桶是一个建在陡峭的山坡上的小村落，后面耸立着石灰岩的悬崖。木屋像往常一样零零散散地分布，寺院已经被损坏了，但衙门确实是寺院的一部分，衙门朴实无华。显然，这里原来居住的三十名喇嘛被驱散了①。他们可能是藏族人，或者曾经是藏族人，而不是怒族人。村落里大约有三十户人家，有怒族人、藏族人，也有少数汉族人，还有一个官员和一支由十人组成的部队。

我的随从不停地猛敲喇嘛寺上了锁的门，并未有回应。不久，那位官员过来招呼我，并随口做了自我介绍。于是我们就转移到衙门里喝茶。他和我谈了一会儿之后，好心地提出给我开放喇嘛寺的一部分参观。我发现这个庙已经年久失修，十分凄凉，尽管有一些极好的壁画。这位官员没有提供很好的意见给我，沿哪条路线能够重新返回阿墩子。但他在离开前彬彬有礼地说，当然，我不会去察龙（Tsu-rüng，音译），因为这条路很糟糕——这是每一个官员礼貌地阻止一个人去旅行的惯常做法——当然我没有打算去往察龙。他很乐意为我提供护送，让

---

① 译注：喇嘛寺的情况，在1932年《征集菖蒲桶沿边志·塘庙寺观》载："菖属一区菖蒲地方有新旧喇嘛寺两所，旧寺在丙中洛，道光中叶由喇嘛都拱创修，新寺在菖蒲桶，于光绪十三年（1887年）由喃穹大喇嘛修建，内供释迦偶土像，尊尚红教。现有大小喇嘛二十七人均各有室家，不住寺内，其管理寺者，系喇嘛管事一人，小喇嘛四人，掌教者系维西叶枝何性（姓）大喇嘛，现在维西寿国寺代务。"（吴光范校注：《怒江地区历史上的九部地情书校注》，云南人民出版社2014年版，第46页）方国瑜是研究菖蒲桶的开拓者，在《滇缅边界的菖蒲桶》中对喇嘛庙的情况记述为："在菖蒲桶比较堂皇的，要数几座喇嘛庙了。一在丙中洛，是道光年间喇嘛都拱建的。一在设治局所在的打拉，是光绪十三年（1887年）南穹喇嘛修建，系红教，掌教者乃维西县属叶支大喇嘛。当未设汉官以前，民刑诉讼都由喇嘛寺处理生杀予夺，都由他们的喜怒。由他们刮削人民而治的产业，已有一千多亩，喇嘛不过二十人，生活较一般人优裕许多。该地汉人也有一所关帝庙，每年旧历三月十五日集会，有交易市场的性质，汉人和土人大家临时在此买卖。"（方国瑜主编：《云南史料丛刊》第12卷，徐文德、木芹、郑志惠纂录校订，云南大学出版社2001年版，第477页；林超民编：《方国瑜文集》第三辑，云南教育出版社2001年版）

第七章　穿过怒族之地到澜沧江

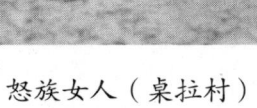

怒族女人（桌拉村）　　　　怒族女人背竹筒打水（桌拉村）

我能够安全地回来。

　　当然我默许了，所以第二天早上，我们在两个士兵的护送下沿着山谷继续我们的旅程。

　　往西看，我第一次注意到一个大山谷裂开后形成了怒江—独龙江的分水岭。随后我听到有人说，在这个山谷的上游，即独龙江可能要花四天的时间才可到达，尽管这段旅程被描述为有着巨大的困难和充满危险。几个月后，我在阿墩子遇到了当地的前任官员，一个叫夏瑚

蓝花绿绒蒿的原乡
——清末英国博物学家的滇西北及川康纪行

（Hsia-fu）的人①，他在两年前就独自走过这条路线，从怒江到印度边界，后来他被免职了。同时我遇到了约瑟夫（Joseph），1895年，他曾带领奥尔良王子从大理前往印度，但他们的路线是位于菖蒲桶的南面。

---

① 译注：方国瑜对阿墩子弹压委员夏瑚从光绪三十四年（1908年）七月初到十一月二十四日由阿墩子前往坎底考察《怒俅边隘详情》的内容进行了高度评价及解说："夏瑚，字荫善，湖南人。光绪三十四年（1908年）任阿墩子弹压委员，兼办理怒江事宜，因往白汉洛视察，达坎底而归，为'履勘边隘，绘图贴说，并陈管见'而作。此文凡一万三千余言，首述行程，次记风土，次陈意见，设官、招垦、开矿、通商、练兵、兴学诸事。而夏瑚旋即离职，当政者颟顸，毫无建树，至今怒、俅一带犹记忆夏瑚巡边时事也。此稿旧存洋务局档库，尹明德附录于《云南北界勘察记》，题《怒俅边隘详情》。又丽江有传抄本，蜀南野鹤校刊，题《边著拾责》，原稿有图，印本并无。夏瑚行程在滇西北部最北，自东而西之一线，所说曲子江即俅江，即独龙江，为恩梅开江上源，汇狄子江、狄不勒江、脱洛江诸水而南。恩梅、迈立二水在密支那北合流，称大金沙江，即伊洛瓦底江，入于南海。唐樊绰《云南志》所载禄'日字下面升子'江即此水，以为《禹贡》黑水，后人多有讨论。实则，此水发源于滇西北与西康之交，非华阳黑水也。夏瑚行程终点之木王地，即坎底，今名葡萄，记曰：'系平原大坝，四望无涯，东通曲狄（曲江、独龙江），北经阿猛地，十四日达泊玉（察隅），南经野人山，一月可达莫缅之漾贡（仰光）茨；西经雪山，野行十三日达南关，通印度。木王所居之房困地方，建有木城居民系水摆夷，概姓赵氏。木王名赵伯宰，其余各寨有头目管理。'按：坎底为一广阔盆地，四路皆大山，称为乐土。在夏瑚之后，曾至其地所知者，有杨斌铨，其《行程记》（1920年）载《云南北界勘察记》卷三；陈思诚，其《行程记》（1941年）载《永昌府文征·纪载》卷二十七、二十八，并详记坎底地理形势之胜。按：唐樊绰《云南志》卷二'大雪山'条所说：'大睒，周回百余里。'又卷'永昌城'条曰：西北去广荡城六十日程。'其地北接吐蕃，西抵天竺，即木王地坎底城，南诏阁罗凤所开西北重镇也。"（方国瑜主编：《云南史料丛刊》第12卷，徐文德、木芹、郑志惠纂录校订，云南大学出版社2001年版，第146—167页）方国瑜在《滇缅边界的菖蒲桶》中对夏瑚被免职的情况进行了描述："阿敦弹压委员夏瑚看出英人之用心，知道一任他们经营，恐不久就要为他们所有，曾亲自调查全境，西至木王坝（即今之坎底，距今菖蒲桶治一千二百余里）。……原来，怒、俅一带划归上司后，因人民不服才由汉官管理。经过夏瑚第一次的整理以后，已尽夺土司之权。夏君回到菖蒲桶，正计划着分区设官，因而引起土司之仇恨，乃勾结维西县绅士翟洪儒等控告夏瑚于云贵总督。当时的总督是锡良，全不知道边疆情形，一道命令将夏瑚撤职查办。"（方国瑜主编：《云南史料丛刊》第12卷，徐文德、木芹、郑志惠纂录校订，云南大学出版社2001年版，第473页）之后，金敦·沃德前往缅甸北部坎底（Hkamti，今克钦邦葡萄）地区进行考察，在1924年出版了纪行录《从中国到坎底傣龙》（*From China to Khamti Long*），文中对傣族支系的坎迪傣人（Tai Khamti）进行了调查。

第七章 穿过怒族之地到澜沧江

天气很糟糕，旅行是在雨季进行的。当时的季节是蚊子和蚂蟥（水蛭）的高发期，每条河都是怒吼的洪流，植被茂密。虽然这两个人都愿意尽自己最大的努力，但是进展非常缓慢。

我的一些乌拉背夫已经回到了茨中，其中的三件货物现在由怒族人轮流从一个村落运送到另一个村落。这些怒族人通常是妇女，她们的身材比例多是长得矮小和畸形，让我想到可能是奴隶。

就在菖蒲桶的正上方，我们进入了一个巨大的石灰岩峡谷，这里充分展示了怒江流域强降雨的气候特征。

峡谷的狭窄小路被各种高大挺拔的树木遮蔽着，其中包括一些萝摩科（Asclepiadaceae）植物和一些榕属（Ficus）植物，它们的花朵直接生长在古枝上。没有树枝的树干长得很直，常由营养不良的树根支撑着。种类繁多的藤本植物，如崖角藤属（Rhaphidophora）和攀缘植物使丛林更加茂密。在一排附生植物中，除了许多兰花之外，我还注意到一种蕨类植物。虽然我以前从来没有在这么远的北方见过它，但我不能把它和热带的圆叶鸟巢蕨（Neottopteris nidus）区别开来。在树丛下面有更大的卷柏属（Selaginella，也许是阔叶卷柏 S.grandis）植物。这里有许多兰花都生长在树丛下面，其中有一株垂下来的橘黄色的石斛属（Dendrobium）。怒江山谷下着大雨，深深的峡谷和沟壑被这片茂密的丛林所覆盖，完全裸露的山坡上覆盖着蕨菜、草、散生的松树和低矮的灌木丛。

显而易见的推论是，仅仅是雨水还不能满足季风森林的需要，因为它在干燥的冬季不能完全提供需要。其原因是唯一的水源，即浓浓的露水，在炎热的阳光下迅速蒸发。因此，在开阔山谷的裸露斜坡上，主要是针叶树（松树）和半旱生植物，因为北温带森林的大多数落叶阔叶树一年四季都需要水。同样地，在这些裸露的山坡上，更高的地方只有云杉林，而在狭窄的深谷中，则有赤杨、桦树、枫树和其他许多森林树木。

在峡谷的正上方是朗茨（Lang-chi，音译）村。这里有一股大急流

从西边涌向怒江,怒江在巨石堆积物上翻滚了几英尺,发出雷鸣般的响声。这是我们在怒江上看到的第一个大急流。

再往上一点,就是乌利(Wu-li,音译)村。现在我们碰到了两座溜索桥,第二座溜索桥可以到达左岸。在这里,我饶有兴趣地观察到,怒族人在渡溜索桥的时候,总是随身携带着竹筒,用一个环系在手腕上,竹筒里装满了水,它刚好在滑块前面倾斜。这无疑减少了摩擦,并且通过降低温度,减少了绳索的磨损程度。①

看到密林中的溜索桥,让我想到了它的起源。我推测这是藤桥的实际应用,或许可以在独龙江上游的源头找到,就像在其他地方的丛林里一样。如果是这样的话,这将为怒族人是来自西部怒江民族移动的说法增添更多的例证。溜索桥的使用方法已经被藏族人模仿,并被直接带到东部。

下午有一个非常完美的彩虹,我在澜沧江流域见过这种天气现象好几次了,通常是在雨后出现的。这可能是由于在西南风的影响下,水蒸气从一个山脉飘过炎热的山谷而形成的。我从未在更北的干旱地区看到过这种彩虹。山谷里有许多昆虫,蝴蝶和甲虫特别多,尽管我没有注意到不常见的动物属。色彩鲜艳的半翅目(Hemiptera)是这里的另一个特点,还有身体长长的绿色棒状昆虫(螳螂)和许多蜥蜴。然而,鸟很少,我没有看到其他动物。

下午晚些时候,在怒江上,从另一条又深又窄的峡谷出来的地方,我们向东翻过一个山谷,登上了青拉桶(K''un-a-t''ong,音译,今秋那桶)村。

这里有一个小天主教堂,我去拜访了法国神父任安收。他在西藏

---

① 译注:方国瑜对怒江的溜索桥调查为:"怒江、俅江,这两条江在菖蒲桶境内并不宽大,怒江不过三十丈,俅江约十丈。因为夹在两山中间流着,水势湍急,不能通航,连筏子都很少。当地人民渡江用溜索。所谓溜索,乃是竹子编成的索子拴在江的两岸,把人捆着吊在索子上溜着过去。也有用斗吊起来的,甚为危险。可是当地人民过渡,好似我们过桥样。"(方国瑜主编:《云南史料丛刊》第12卷,徐文德、木芹、郑志惠等纂录校订,云南大学出版社2001年版,第471页)

第七章 穿过怒族之地到澜沧江

边境为天主教会服务了四十年,在此期间他只回过一次法国。我发现他是个非常有趣的人,我在他的陪伴下度过了一个非常愉快的夜晚。他告诉我,除了一个叫尼科尔斯(Nicolls)的美国记者外,这个地区的所有旅行者都是法国人。他从1895年开始和奥尔良王子[①]在一起,到前一年才和巴科(M.Bacot)先生在一起,我了解了天主教神父和其他旅行者所做的一些事情。现在好奇的是,在这个时候,另外两个英国人,贝利上尉和埃德加先生都在澜沧江,我们决定继续前进。

现在,正如前面所说,我决定继续向怒江河谷前进,一直到澜沧江的察龙,这是一个隐藏的地方。但我首先必须摆脱我的护卫,因为对于与怒族人、藏族人及朝廷士兵一起旅行让我感到不自在,士兵很专横,容易让人受不了。我发现我的护卫,即使是在云南的交通要道上,也相当令人讨厌,他们扰乱了交通,吓唬百姓。不过,这并不重要,官兵总是神采奕奕的,因为他会清楚地向农民表明自己的存在,是得到了官府的承认。如果中国农民以先祖为尊的话,那么其次要尊敬的就是官员,中国人或其他人在任何时候都受到官员保护,护卫就是衙门的

[①] 译注:关于奥尔良王子一行探险记录,夏瑚光绪三十四年(1908年)巡视怒江和俅江(即独龙江)地域,撰写《怒俅边隘详情》载:"在侧闻十数年前,法国亲王某,率领法人数名,由吾维之茨菇白汉洛,经怒、曲各江,直至木王地,达印度回国。其自大理茨菇白汉洛带之通人一人及教民之充其背夫者七十余人,均由印度乘轮至缅,经新街、腾越回维,以先年八月往,次年二月还。通事及背夫多人,工资赏犒,无不优给,往返开费火食,由法亲王算给。通事到家,每存大洋银二三百元,背夫每存大洋百余元,其随去之人,有虎伤瘴故者,均加倍恤赏其家。至今教民,尤称道不置。嗣二三年后,有德国游历一人,五六年后,有美国游历一人,先后到怒,拟步法亲王后尘,由是路过印度,均经行至半山踅返,即曲江亦未驰到。住白汉洛之任司铎,往者亦拟游历曲江,曾带十数教民前往,竟未到曲而返,染大病几死。实以路太悬险,步步艰难,人尽野蛮,时时抢劫,非有多人为之护卫响(向)导,斩荆披棘,断难趱前,以此自法亲王后,无敢续往问津者。……法司铎任安收亦以身历之苦,极力劝阻,谓其亲王强悍耐劳,过彼,率领多人,费巨款,仍受多少患难,日事穷途之哭(该法亲王经过时,常有野人阻道,即金钱亦赏去不少,每逢树木丛杂,道路不通,江河水阻,溜筏俱无之处,恒痛哭不已)。"(吴光范校注:《怒江地区历史上九部地情书校注》,云南人民出版社2014年版,第12—13页)

蓝花绿绒蒿的原乡
——清末英国博物学家的滇西北及川康纪行

标志。

我告诉护送我到菖蒲桶的两名士兵最好回去,我要在这里待一个星期,收集植物。然后,我照例给了他们一件小礼物。当天晚上他们就欢天喜地回去了,无疑是由于我离开了他们的视线。晚上我改变了主意,决定第二天一直往前走。

青拉桶村有15~20户人家,主要分散在山谷中。这里种植着水稻,是怒江最北的分布地。当我们再次看到这条河时,这片土地的面貌发生了惊人的变化。

不幸的是,现在有必要花两天时间绕回到山上。因为据说穿过这些峡谷的狭窄小道现在已被水淹没,河水流经的峡谷已无法通过,尽管在冬天它们是暴露在外的。然而,它是如此狭窄,以至于负重的人夫在任何时候都无法通过它。我们沿着山谷往上走,从青拉桶村峡谷的丛林到桑达(Saung-ta,音译)干旱区的起点,这只不过是长达一天的行程。

青拉桶村的村长是一个身材高大、宽胸、面容和蔼可亲的人,他给我找到了三个人夫。出发前我把他们的工资付给了他,村民们都很满意。这个人穿着华丽,拿着一把长矛,和我以前见过的漂亮姑娘长得一模一样。另外,我的三个临时人夫都是矮胖的,看起来像些犯人,外表与普通的怒族人几乎没有什么相似之处。然而,最让我印象深刻的是,他们其中一个人的面容明显阴沉,嘴唇厚实,鼻梁肥大,我本能地回忆起一个住在阿墩子的藏族妇女,她的这些特征正是以同样明显的方式显现出来的。毫无疑问,在这些藏族和其他一些部落中,偶尔也会出现一种黑人。但至少就目前而言,我不愿去猜测它的起源和意义。所有怒族人的人夫,无论男女,他们都是使用一条竹编带子,并把它缠在前额上来搬运货物。这种方法通常被矮小民族所采用。正如我们已经说过的,这种方法尤其是被丛林部落的人们所采用,例如在婆罗洲岛,这种方法很普遍。但藏族人从来没有采用过这种方法,他们是用肩带背负搬运货物。怒族人并不是真正的矮人,但他们的身材明显矮小,我在这里有另

一个想法，他们起源于丛林的论点。

我们刚动身，山谷里又下起了雨，雨下了一整天。不久，我们进入了森林，那里的许多大树都长满了附生蕨类植物和兰花，还长着苔藓。除了已经提到过的夏枯草之外，凤仙花和露珠草（*Circaea cordata*）也很亮丽显眼。我们爬到高耸的石灰岩墙壁上，缝隙间挂着一串串鲜花——斑驳的紫点杓兰（*Cypripedium guttatum*）、藏报春（*Primula sinensis*）、虎耳草属（*Saxifraga*）、淫羊藿属（*Epimedium*）、秋海棠和其他漂亮的植物。

帐篷就搭在这些巨大的悬崖下，在那里，小溪涌入一个深深的峡谷里。当人们在一块岩石下扎营生火时，我的帐篷就在被水浸透了的灌木丛中搭起来了。我浑身湿透了，这一次由于在森林里攀爬了很长时间，我彻底累坏了。我们围坐在火塘边聊了很长时间，岗通和金很高兴。金借了一件藏式袍子，装着走进我的帐篷，问我对他有什么印象。这让我有些好笑，因为我没有认出他来。

他们一个接一个地睡着了，我离开了悬崖下温暖的小窝，树枝上的水珠不停地往下滴。我钻进了那沉闷的帐篷，他们像猫一样蜷缩在炉火旁边。夜里越来越冷，下着倾盆大雨，我醒来时听到藏獒阿波在狂吠。第二天早上岗通告诉我，那是因为它在森林里见到了野兽，也许是鹿，也许是熊。

6月16日对于我们来说是最长最艰难的一天，雨还在继续地下着。我起床时感觉很不舒服，接着我沿着一条糟糕的小路滑走了很长一段路，这让我感觉比以往任何时候都更沮丧，但人们仍然精力充沛地行走着。我们在茂密的森林中攀登到达海拔大约4000英尺（1219米）的高度，来到了山口，他们却已经在那里了。但是当我们想在山顶上停下来吃午饭时，由于不能生火，我们只好继续赶路。每一个藏族或部落的人在翻山越岭时，都会在披风下携带几片树脂云杉木。这样，他就可以用燧石、三脚架和一些干草来生火了。选择一棵大树在其旁边进行燃烧是为了得到这种树脂木材，这个过程似乎会引出大量的树脂到切口上，烧

焦的树皮随后被切掉。沿着森林小径，常见这些燃烧着树木的切口上会渗出大量的树脂，是一般的景象。当藏族人遇到这样的树时，他们会砍新鲜的树木作为他们的柴薪供应品或引火材料用来生火。

我发现所有这些小径上都有明确的露营和停歇的地方，有时在悬崖下，就像我们昨晚住的地方，或者在一棵大树下，发黑的树干被连续不断的露营火给掏空了。

源头的急流经常被小瀑布打断，这显然是由于石灰岩中存在较硬的页岩层，但河床中有橄榄岩、红斑岩和其他蚀变火成岩块。一种5～6英尺（1.5～1.8米）高的草本植物沿着森林的两侧排列，主要由毛茛科植物（如乌头属、耧斗菜属和松科组成，还有萹蓄属（*Polygonum*）和虎耳草属（*Saxifraga*），杜鹃属很显眼，其中云杉和落叶松占主导地位。

我们在海拔12000～13000英尺（3858～3962米）的地方穿过山口，然后向北转弯。在下山的过程中，我们又逐渐向西转弯。上面的报春花（*Primula malacoides*）还开着，下面是大片的灌木状芍药（*Paeonia lactiflora*）和两种已经提到过几次的凤仙花（*Impatiens balsamina*）。在石灰岩峭壁上，我第一次注意到一簇簇娇嫩的毛茛科开大花的扁果草属（*Isopyrum*），后来我在阿墩子上面的石灰岩峭壁上发现有大量的这种植物。

步行下到怒江是一段漫长而艰难的旅程，因为山坡又陡又滑，我的脚趾头被挤压在湿漉漉的靴子里，痛了好几天。渐渐地，茂密的雨林被松树所取代，最后我们来到了一个深谷里，上面是散布着小屋和沙土的耕作地。页岩上开满了兰花，但当我们走近怒江时，一切似乎都枯萎了，只剩下一些兰花、低矮的豆科灌木和无数的卷柏（*Selaginella tamariscina*）。黄昏时分，我们步行下到了怒江山谷，来到了桑达。突然，有几个男人从屋子里出来，接着向我们走来。他们非常友好地欢迎我们，向我鞠躬微笑，并和我交谈。我们就这样被村长和他的朋友们护送进了村落，住进了村里最好的房子。

第七章 穿过怒族之地到澜沧江

桑达大约有25座房屋建在河岸边，在它的后面是一个非常狭窄的耕种平地，耕作地延伸到下面的斜坡上。在村落的正下方，河流变窄，静静地进入峡谷，但在这里，它被一个卵石岛分开，水流被欢快地洒落在四周。在对岸也有一些房子，怒族人划着独木舟来回穿梭，其中一些独木舟被放置在河滩上。这些房屋的构造不是用山墙和板条屋顶建造的，而是藏式的形态，通过中间的一个方形孔到达平坦的屋顶。泥土的屋顶通常就是一个晒台，在屋顶的一侧配置一个小屋，成为二层建物，下面可能有两到三个房间，而不是像桌拉怒族人的屋子那样只有一个大房间。在怒江上游几英里的地方，怒族人的分布没有藏族人那么多，就像分布在澜沧江上的麽些人和傈僳族部落一样，我们在这里看到的显然是他们的分布样态。

西藏，它必须被铭记为是沙漠和半沙漠地区，使用这个词在其广泛的意义上包括地区呈现出的或多或少缺乏植被的盐碱草原、大风或缺乏雨水造成的或多或少缺乏植被的地区，并且至少对于中国来说，沙漠条件的限制标志着藏族人的居住限界。也许正是这些极不正常的条件，使得外来移住农耕民还无力应付这种情况，并导致他们逐渐被完全适应环境的藏族人所同化。

在桌拉和菖蒲桶，还能看见最初的怒族人风格的建筑，至少是它的残存物存在。但是这种有石板屋顶特色的木屋实际上许多部落都拥有，在澜沧江和怒江流域几乎都是普遍存在的现象，一直达南部的掸邦为止。

然而，在怒族人部落，最显著的变化不是他们的房子，而是他们

织麻布的桌拉傈僳族姑娘

怒江河谷流域干旱地区的桑达傈僳族人

本身，他们在前额上剪一缕短刘海，他们缠在一起的头发垂在后背和肩膀上。男人和女人虽然没有穿戴靴子和珠宝，但都穿着藏服，女孩们穿着山羊皮，这些羊皮被缝在一起，做成一件无袖的外衣，里面有毛。孩子们光着身子到处走。他们的肤色更黑，但是身体上并没有体现出更多的倾向有蒙古族人的特征，还不如说与生活在河上的南洋土人接近，更近似南洋的小黑人。他们的器皿是由竹子和陶器制成的，他们编织麻、耕种田地、捕鱼。他们除了种植石榴和仙人果外，还种植大麦、玉米和大麻。牛和鸡是我唯一注意到的家畜，我们能买到鸡蛋、牛奶和黄油。

男人通常戴木制念珠，通常只在左耳戴一个耳环，女人则戴金属手镯和耳环。村里有几个僧师，男人和女人都剃光了头，但我们没有看到任何宗教仪式。他们有一个奇怪的习惯，在一开始就嗅任何的新东西。我的衣服、一块布，甚至一张银纸，都被仔细地闻了闻，这表明他们必须有敏锐和具辨别力的嗅觉。这些人普遍具有的生活特色必须归因于多种缘由，其中包括不可能种植水稻，与上游分散的藏族聚居地隔绝，以及气候的变化，这无疑是重要的原因。

汉族人潜移默化地影响着与他们所接触的那些部落——除了藏族人以外——使他们逐渐摒弃他们更野蛮的习惯。干旱地区边界上的怒族人可能并不完全像我所认为的那样是来自西部丛林的原始部落，但我相信他们确实是从那里来的。可能与菖蒲桶怒族人比较他们在变化上要小得多，前者我们可以称之为"黑"怒族人，即使全部不具有洗净上的意义（detergent significance），但能区别于他们更精致的南方

第七章 穿过怒族之地到澜沧江

亲戚。

我的帐篷搭好了，在一栋房子的大屋顶上。雨停了，和煦的微风吹拂着山谷，几颗星星从云层的缝隙中闪耀出来。我在雨中爬了十一个小时后感到很疲倦，转身躺倒，就像死人一样睡着了。当我醒来时，太阳高悬在天空中，下面汹涌的河水拍击岩石河堤发出的回音传到我的耳中。

在我们攀登怒江山谷余下的旅程中，天气很好，但也很难熬。大约在正午时分，开始刮起一阵灼热的风，越刮越猛，一直刮到下午三四点。太阳落山以后，风就渐渐平息了。深U形的山谷变成了像澜沧江河谷上的V形峡谷，悬崖变得越来越光秃秃的，空气越来越干燥，这令人越来越无法忍受。太阳日复一日地在天空中闪耀着，天空忠实地追随着蜿蜒的深谷，但在东方和西方的山上却一直不停地下雨。它的特征与金沙江和澜沧江一带一样，而且，至少在怒江和澜沧江上，干旱地区几乎都是开始于完全相同的纬度。

正如我们所看到的，怒江的丛林已经消失了。我们来到菖蒲桶上面的干旱峡谷，在那里，一年有6个月以上几乎每天都在下雨，我们在一天之内经过一个狭长地带，那是大约有2英里（3.2公里）的长度，那里的年降雨量肯定不会超过10英寸（25.4厘米），而且可能会少得多。

在菖蒲桶背后南北相连的山顶上覆盖着厚厚的积雪，这是怒江—独龙江分水岭南北延伸的景观，它阻挡着来自西南部的风雨，从而进一步为北边的山谷提供了有效的挡雨屏障。在菖蒲桶对岸的高度突然上升到卡瓦格博峰及其向北延伸的壮丽山峰，平均海拔达15000～17000英尺（4572～5182米）的群峰，即使有任何成功地穿越这一区域的云层，都会使其湿度散失。这一现象不是在发生深谷和狭窄山谷中，而是在如今高度巨大的澜沧江—怒江分水岭。

澜沧江—怒江分水岭，特别是卡瓦格博这一大金字塔状的山峰起到了第二道挡雨屏障的作用。它不仅切断了澜沧江流域几乎所有的雨水

供应，而且在很大程度上向下一个山脉向东延伸，在澜沧江—金沙江分水岭处抬升，它的雪线升高有二三千英尺。事实上，雪线之上的两座大山与卡瓦格博相对，吹到澜沧江—金沙江分水岭的风很干，几乎没有水分。这些高海拔的山峰吸附了少量的残余物，进一步增强了这种影响。澜沧江以东及以西的各山脉的降雨分布不均，这在其物理特征、植物组成和分布以及稍后将讨论的其他方面都具有相当大的影响。

中午时分，我们到达了怒族人的最后一个村落，叫作朗帕村（Laung-pa，音译）。午饭后，我们在一个掩蔽处上了木船，准备穿过更多的峡谷。这是一次有趣的航行。这个船只有24英尺（7.32米）长，在船中部的横梁大约有18英寸（0.5米），深度也一样。但是除了狗和行李外，船上至少能载12个人。我们排成一列蹲着，船前有5个划桨手，船尾只有1个舵手。划船的人尽可能地把船紧靠着丛林岩壁，用划桨撞击岩石，这样就能避开水流湍急处，赶上逆流，迅速地穿过河流。每当有石板堤或河岸线出现时，他们就会下船用竹绳把独木舟在汹涌的河水上拖行。就这样，我们走了好几英里，来到了第一个藏族村落，我们终于下了船。我最后一次见到怒族人是他们乘着独木舟顺流而下，在水下拖着V形的网。现在没有一丝要下雨的迹象，这是一个光辉灿烂的夜晚，一阵灼热的风从峡谷中呼啸而过，峡谷景观变得越来越荒凉，越来越死气沉沉。我们直到9点左右才到达目的地，但那是一个星光灿烂、温暖宜人的夜晚。

拉阔拉（La-kor-ah，音译）村由三个棚屋和一座寺庙组成，帐篷就搭在它们中间。这是一个神圣的地方，几十个祈祷的风马旗使它看起来比实际更大，而在寺庙的另一边排列着一排大的皮制转经筒。它们磨损得很严重，里面可能承载着千千万万永恒的祈祷。每一个过路人都会一个一个地去旋转它们，生锈的转经筒发出可怕的响声。就在寺庙下面，一股灰色的急流从深邃的山涧中奔腾而下，直冲下来与巨大的怒江汇流，立刻被一股黄流所吞没。沿着这条狭长的裂缝路，朝圣者去往神圣的多克拉（Doker-la）山朝拜。岗通在这里向当地居民了解到，法国

第七章　穿过怒族之地到澜沧江

旅行家巴科（Bacot）[①]带着一大批骡子来到了澜沧江地域，我很期待见到他。但在这个国家，第一次询问一个故事的真相时，总是很难听到它的真实事情。

第二天，穿越一片极其干旱、无人居住的山谷，是令人疲惫的一段路程，尽管他认为路线出奇地好。这条河在巨大的岩壁周围画出巨大的 S 形曲线，冲过深深的峡谷，咆哮着冲过河床的巨石。巨大的石壁，有时与落下的岩石尘埃一起冒起一股烟，两边赤裸裸的，毫无生气，无休无止的热风，似乎吸走了万物的活力，终日不停地吹着。有一次，我穿过一片碎石落处，险些被一场小型山崩抛入河中，但我听到一种奇怪的声音，及时向上瞥了一眼，看到一团岩石在空中呼啸而下，于是我转身就跑，就在它们嗡嗡飞过的时候，我到达了安全地带。

在那炽热的天空下，山谷像一根火舌一样伸展开来，变成了一个火炉，东西两侧的山峰像往常一样被云层掩埋。从昌那（Chia-na，音译）村，我们看到太阳在澜沧江上随着一片绚丽的色彩下沉，现在它只有几英里远了。在昌那村上方，一个狭窄的石谷向东通向另一条穿过分水岭的通道。喇嘛车队经过阿墩子，沿着这条路在澜沧江以北的昌都（Chiamdo）会合前往拉萨。我们穿过一块块岩石，岩石中间长着大量的仙人掌（*Opuntia stricta*）。我们在中午之前到达了察龙，我和岗通在溜索桥旁跨过右岸爬上了悬崖，留下那些人搭建营地。

这里的澜沧江因两股从山上冲下来汇合的洪流而水量丰沛，所形成的冲积扇处形成了这个地方，它的尽头是一个六七百英尺高的断崖。

[①] 译注：法国藏学家雅克·巴科（Jacques Bacot，1877—1967）。曾经对西藏东南部进行探险考察,通过澜沧江上游达打箭炉（今康定）。根据其报告在多克拉山的探险是在 1906 年 11 月至 1908 年 1 月，是在金敦·沃德之前到达多克拉山地域的。他著有《西藏行游：1906 年 11 月至 1908 年 1 月在多克拉周围》（*Dans les marches tibétaines: autour du Dokerla, novembre 1906 – janvier 1908*）、《麽些人：民族志及宗教、语言和文字》（*Les Mo-so : ethnographie des Mo-so, leurs religions, leur langue et leur écriture*，1913）、《西藏草写体书写》（*L'Écriture cursive Tibétaine*）及藏语教科书［*Grammaire du tibétain littéraire I；II*（藏文书面语法上下册）］、《西藏装饰》（*Décoration tibétaine*）等书。

蓝花绿绒蒿的原乡
——清末英国博物学家的滇西北及川康纪行

流经这里的怒江由大小不同的支流汇入，所形成的深沟激流向下流动。山坡下散布着两层楼高的"家园"（manor），矗立在起伏的玉米地之间，被高大的核桃树所遮蔽；金色大麦和橄榄绿的叶子形成对比；白色的房屋与这些迷人景物交织在一起，到处可见。

在山上，古老的寺庙几乎被森林的树荫所遮盖，它的辉煌被时间的蹂躏得更加黯淡，没有受到喇嘛和人民的照顾，悄然矗立。往西，一条被人遗忘的道路向西蜿蜒，穿过群山，延伸到阿萨姆（Assam）平原。寺庙前面，石头铺砌的庭院现在是空的，寺庙沉重的大门也是锁上的。只有风在暗淡的生命履历树（vitae tree）上掠过，犹如发出一种轻轻的叹息。这些乔木在庭院和小木屋中间零散地生长着，有些木屋附近栽植着花儿，风马旗在欢快地飘扬，喇嘛们曾经居住在那里。我漫步在空荡荡的院子里，红白色相间的墙壁在 6 月灿烂的阳光下闪闪发光，我此时听到打麦秆上下击打麦秆的声音以及传来藏族人们合唱的丰收之歌。

澜沧江的人口，包括河对岸附近的居民点，有 60 户人家，寺庙里大约有 100 名喇嘛。还有一支由 50 名士兵组成的驻屯部队，他们来自

澜沧江的喇嘛寺

第七章 穿过怒族之地到澜沧江

四川省。在参观了寺庙后,我到驻军官员处表示了敬意,他是一个非常可爱的年轻人。他见到我,似乎一点也不惊讶。他看上去到像是期待着英国人每天都到澜沧江来散步,我很快就明白了其中的原因。我来得太晚了,没能见到那两个英国人(后来我认出是贝利上尉和来自巴塘的英国传教士埃德加先生)。

错过他们真是一件遗憾的事情!如果我们三个人能提前到那里集合,互相交换一下我们的旅行记录,那该有多好啊!因为我们的旅程距离昌那村只有8~10英里(13~15公里)。巴科先生,我相信在过去的一年里,他是第一个来到澜沧江的欧洲人,而不是天主教神父。至于我们前面提到的那个神秘的欧洲人是谁,之所以会弄错,是因为贝利上尉和巴科(我的向导岗通曾陪同过他们)的中文名字被叫成一样的。

我从驻地军官那里了解到三个星期内的路程可以到达印度,向西行走八天是茨贡(Chi-göng,音译)村,在那里有一个哨所,从那里出发只需一天的路程可达栗玛(Rima,音译)。那里也是中国人管辖

澜沧江,察龙,西藏东南部通往怒江河谷

的范围。这些地方当然位于独龙江上游流域内。那里地形复杂，因此现在不可能通过一个主要的物理屏障（如独龙江流域分水岭那样的特点）来标记缅甸上游的边界。我只能在这里提及澜沧江的一些特点，那就是埃德加先生睡在村落里。他后来告诉我，他在那里见过很多属于矮人部落的奴隶，他没有办法安置矮人部落的奴隶。这当然是一个有趣的发现，我希望不久就能从埃德加先生那里听到关于这些矮人的详细情况。

结束了一天有趣的游览之后，我们回到营地吃晚饭。但令我遗憾的是，在贝利上尉离开后，我不能跟随贝利上尉向西走了。因为他告诉我，他已经于两天前动身前往印度了。

僧侣之家，澜沧江边的寺院　　　　玛尼堆：背景中的卡瓦卡博峰

第八章 神山——多克拉

到了晚上,我顺着陡峭的河岸往下爬,站在岩石上洗了一个非常舒服的澡。当然,在河里泡个澡是不可能的。在山区,即使在夏天,寒冷的雨水也能使人望而却步,而在干旱的峡谷里,很少有洗澡的机会。

储存的食物已经变得匮乏起来,这在很大程度上影响了我旅行的舒适感,因为像咖啡、茶、饼干(代替面包)、黄油、果酱、牛奶和培根这样的奢侈品已经快消耗完了。现在,我还有几听罐头肉可供穿越山间之旅食用,并且可以在澜沧江地带购买黄油和鸡蛋。

6月20日,我们动身往回走,在12点之前到达昌那,随从们不愿再往前走,因为他们一心想要煮食一只刚购买的山羊。我只好对此做出让步,集体在这儿休息。此外,已经病了好几天的金似乎看起来身体很不舒服。

第二天,我们返回拉卡洛(La-kor-ah,音译)。中午时分,我们在一个小河湾里停留下来。石灰岩石从河里显露出来,一股清澈温暖的泉水涌了出来,在一个灰白色的岩石那里,形成了一个人工浴缸,并形成一个由蕨类和苔藓组成的绿洲。潺潺的溪流边无疑是一个明显的露营地,在这片旷野中,从悬崖峭壁上涌出山泉的美妙现象,无疑令虔诚的藏族人产生敬畏之心。他们用雕刻神圣的祈祷文和许多其他铭文来向它致敬,其中一些铭文篇幅很长,在周围的岩石上布局巧妙,十分漂亮。在这些虔诚的经文中,我在水中沐浴着。

早晨,由多克拉来的几个朝圣者从这里经过。不知是由于什么原

蓝花绿绒蒿的原乡
——清末英国博物学家的滇西北及川康纪行

因，藏獒阿波看到他们后几乎叫得发狂。

6月21日晚上，天气晴朗，我们到达了拉卡洛。第二天，金的病情加重了。他的胸口、胳膊和腿上出现了奇怪的紫色斑块。我不知道他是怎么了，但他主要的病状就是呕吐，我想他很可能是感染了轻微的寒气。我给他倒了白兰地，在他胸口贴上芥末膏药，让他戴上一条预防霍乱的腰带，这是我随身携带的幸运物。在这里我们什么也得不到，在拉卡洛停下来是没有用的，我叫他尽一切努力朝前走。

澜沧江的军官好心地为我提供了一匹小马，以便我返回拉卡洛，但不幸的是，我在前一天晚上把那匹马送回去了。在这里，我们不能为病人找到可以使用的骡马。然而，通过给他喂牛奶和汤，加上经常喝白兰地，我们很欣慰地看到他经过一天的痛苦挣扎，他的样子看起来没有原来那么可怕了。

我们从拉卡洛沿着朝圣者之路出发，再沿着小溪上了岸，来到了约有四十间小屋的阿奔（Aben，音译）村，在那里我很受欢迎。一路上，我们在峡谷中发现了装饰着祈祷文和佛像图案的悬崖，其中许多文字和图案是彩色的，还有其他的艺术设计。一些最长的文字段落里，文字很微小，但被雕刻得非常精美。熟悉的六字真言用的是粗体字，通常占据较突出的地方。这里展现了艺人们多么巨大的耐心啊！虽然岩石表面光滑，但很少是平坦的，整个段落都写在自然的洞穴内，即使是用一只手也很难摸到它。

在阿奔村，我们买了一头憨笨的牦牛，用它驮着一些行李翻山越岭。在这里也买不到可使用的骡马，尽管它们确实存在。在东南稍远的地方，有一个叫崩高（Boonga，音译）的村落，许多年前，那里的天主教神父不知什么原因遭到了迫害。

一个星期以来，我们一直在火红的天空下跋涉，穿过被风刮得像地狱之口一样的山谷。突然，天气又变了。在我们穿过一个奇妙的石灰岩峡谷，深入阿奔村上方的松树和橡树森林之前，雨又一次把我们淋得浑身湿透。最后我们又在激流旁下了车，在一个巨大的悬崖下搭起了帐

第八章 神山——多克拉

篷。由于空间狭小，为了避雨，我们在岩壁下尽可能地挤成一团。我的床搭在露天的位置。现在，汤和罐头肉已经为金准备好了，他需要被细心地照料，我晚上忙得不可开交。

从山谷向东看，我们偶尔会看到卡瓦格博雪峰。这条巨大的激流显然是从那里流淌下来的，在地图上的主流一直被描绘为从多克拉的东南方向涌出。错误的部分原因无疑是由于法国亨利·奥尔良王子在称呼雪域多克拉时产生的混淆，部分原因是完全忽略了雪域。因此，在解释拉卡洛的洪流成因时，必须将它的源头放置在南方很远的位置。

第二天早晨，我们离开主谷，爬上山顶，在山顶上发现了一捆通常用纸条和破布装饰的竹竿。但更奇怪的是，在地上、在岩石上，到处都是。在草地上，随处可见一排排的空糌粑（Tsamba）碗作为献祭品整齐地摆放着。这个祭祀仪式一定有很多人参加。

为了避开雪峰，我们转向东南方向前进，在海拔10000英尺（3048米）左右的森林里再次扎营，第二天可望越过多克拉。

除了一些汤，我现在已经完全没有食物了。这些汤是我留给金的，看到金的病情稍有好转，大家都很高兴。我仍然日日夜夜地给他喝白兰地——虽然我们储存的白兰地也快喝完了——主要喂他的食品是煮的分量很少的鸡蛋，我们从阿奔村带来的一些鸡蛋。今天晚上，我似乎注定要吃糌粑、鸡蛋和砖茶。在旅途的这一阶段，这不是很令人满意的一餐。岗通带着一些找到的"毒菌"和竹笋来了。我们用简单的方法把竹笋扔进火里，直到笋叶被烧焦，然后取出，剥去外面烧焦的叶子，发现里面是柔软多汁的笋子。至于"毒菌"，我对它们一无所知，不得不相信岗通对丛林采集的经验知识。他自己先吃了一些，所以，除非他的肤色能抵抗植物毒素的影响，否则我预计吃这些东西也不会有什么恶果。在这片森林里，有一种像沙蝇一样凶猛的小昆虫，它在我们周围飞来飞去，给了我们一段不愉快的时光。这些虫子咬了我们好几百下，直到我们身上长满了奇痒无比的疙瘩。

6月24日是我们最后一个沉重的日子，由于缺乏习惯的食物，不

蓝花绿绒蒿的原乡
——清末英国博物学家的滇西北及川康纪行

断变化的天气和纯粹的疲倦，使我感到非常虚弱，所以即使是忧郁且憨笨的牦牛也很容易地走在我前面。渐渐地，我们从森林中走出来，来到了一片长满柳树的高山草地上，上面覆盖着美丽的落叶，如黄色的鼠尾草（*Salvia japonica*）、紫色的耧斗菜（*Aquilegia viridiflora*）以及大量的红色的紫花，它们的生长高度刚好到我的腰部，到处都是嶙峋的石灰岩峭壁，雾气缭绕，遮住了景色。

午餐是在被积雪覆盖的几块巨石下面吃的，我是最后一个到的，心里很不舒服。突然，就在我们的小帐篷外面，一个藏族人高喊了一声，每个人都兴奋地爬到空地里的巨石上，神圣的多克拉在浓雾中隐约可见。

我们现在已经到达高寒草甸地带，也就是澜沧江—金沙江分水岭的位置。尽管这里降雨量不足，但还是形成了一定的高山草甸带。像往常一样，通往山口的上坡路极其陡峭。从山顶方向看，除了不时变幻的云雾里隐约可见的行人，其他的什么也看不见。一阵俯冲的风将冰冷的雨滴吹落在我的脸上，阻止了我们每一次生火和尝试获取一个粗略的沸点读数。虽然现在的山顶上没有积雪，但我想多克拉一定比锡拉高一点。

为什么这座山如此神圣，我想象不出来，因为它没有任何东西可以激发人们的想象力。很容易理解人们在北方冰雪覆盖的处女峰前敬畏地鞠躬，而且很有可能在晴朗的日子人们会很容易看到卡瓦格博。至少与之相比，多克拉是孤立的。尽管天气可能会让我产生偏见，但看上去它还是很孤独。

在上山的路上，我们遇到了几个祈祷者。他们在山口上插上祈祷用的竹竿，并将他们准备好的布均匀地系在竹竿上，然后就回来了。但是秋天才是朝圣的好季节，在10月里，祈祷队伍中有数百人经过阿墩子。我仍然坚信，真正激励他们的是卡瓦格博，尽管多克拉可能是最容易接近高峰的最简单的途径。藏族人登山不是为了好玩，甚至远方的神山凯拉斯（Kailas）山（冈仁波齐神山）也受到尊崇。

第八章 神山——多克拉

这一天的旅程最终打破了我一直坚持的信念，那就是我们要翻越白雪皑皑的山峰，尽管前一天我们转向东南方向前进，使这座雪峰看起来很难翻越。最后，我们来到了一个深谷，在那里流淌着一股巨大的洪流。很明显，这又是一条来自卡瓦格博雪峰的冰河，这条冰河位于雪峰北面处不远。我们在一个巨大的花岗岩下面休息喝茶。这个地方的岩石大部分是花岗岩，在山体的另一边是石灰岩夹着石英石，两边形成了强烈的对比。

另一件值得注意的事情是，我发现分水岭的位置是不对称的，与距怒江的距离相比，它更靠近澜沧江，在我们正在前往的干旱地区，那里也没有任何山峦屏障。在多雨的地区，我们已经注意到，小溪从源头流出，与主要河流平行一段距离。因此，主要的河流往往与主要山脉平行一段距离。然而，在干旱地区，激流直接从山上流下来，而且主要的激流与分水岭总是成直角。因此，这一段距离不那么令人疲劳，尽管这段旅程不一定很短。

那天晚上，我们在森林深处宿营，再次看到头顶上闪烁的星星。我和金都感觉好多了，虽然整天的旅程让我们感到很疲倦。

在这个阶段，比较一下我第二次翻越的山脉和 5 月我攀登过的澜沧江—金沙江分水岭上遇到的植物群，这也许是很有趣的。

从澜沧江出发，澜沧江—怒江分水岭上的带状排列大致如下：

（1）草地和蕨丛，散布着松树、杜鹃花等；

（2）森林，有杉树和巨大的杜鹃花，多种灌木和落叶乔木，在阴凉的沟壑中，这片温带雨林一直延伸到澜沧江和怒江；

（3）由桦树和桤木组成的森林，有茂密丛生的灌木丛；

（4）高山草甸；

（5）高山草地或草坪。

现在我们来到阿墩子上方的山脉，我们发现了上面提到的两条植物带，即白桦林和高山草甸；在朝北斜坡上，落叶松成为森林的重要组成部分，并且一种新的元素，即碎石植物群，出现在我们面前。

然而，对这些事实的充分考察超出了旅行故事的范围。下面有几点内容，我想特记一下。关于这些差异可以直接或间接地追溯到两个山脉的降雨量差异。由于雨林对林地的重要性大于对草地的重要性，两个地区的森林结构与高山植物群的组成差异更大。在澜沧江—怒江分水岭的高山草甸，可以找到几种植物，尤其是百合科（Liliaceae），这些植物在澜沧江—金沙江之间没有被发现。最后，前者的植物极限明显低于后者，根据较低的雪线，在澜沧江—金沙江分水岭上，可供使用的额外土地有利于新物种的生产。就我所知，这是该地区所特有的。

第二天早晨，我们到达龙德里（Londre，音译）。在那里我们了解到，有两名士兵在前一天抵达这里寻找我们，但他们没有找到我们。我们继续穿过怒江，愉快地到达宗茨拉（Chung-tsung-la，音译）——一个我们注定要在五个月后穿过的通道，位于锡拉和多克拉之间。

看来，阿墩子的官员听说我不在茨姑，于是让他感到非常不安，并立即派遣士兵到怒江寻找我。他正确地猜到我已经走了。他还写信给云南府巡抚，巡抚向英国领事解释说，如果我坚持要在他们的管辖范围以外旅行，他们就不能对我的安全负责。然而，我很高兴地指出，这些陈述是多么令人愉快，完全是出于善意，并且与之有联系的官员在整个过程中始终彬彬有礼地对待我。

从龙德里到澜沧江只有很短的一段路程。这个季节澜沧江正处在洪水泛滥的时段，一条河从美丽的峡谷处涌进澜沧江。澜沧江的水位每天都在上升，河水的颜色呈朱红色，是从高原上的红色砂岩中冲刷下来的，而怒江的水颜色则呈黄色。

再往上走几英里，我们就到了金沙江，渡过溜索桥，又在上次扎营的位置宿营。我再次感到温暖，那是多么令人愉快的夜晚。尽管整个晚上的风越刮越强劲，直到刮起一场当地的大风暴。除了黄油和鸡蛋之外，还有无限量的新鲜牦牛奶可供我们食用。

当然，有必要在挤奶之前强调我要的是新鲜牛奶，否则，藏族人因不会饮用新鲜牛奶，而只会为你提供块状的酸性凝乳，如奶油、奶

第八章 神山——多克拉

酪。对他们来说，这是人间美味，但我一点儿也不喜欢那东西。而且，如果他们将牛奶直接挤入自己的器皿中，这些器皿已经沾满了凝结的奶油，而且永远也不会干净，因为它们从来没有被洗过，牛奶几乎立刻就会变酸，所以必须由随从来监督这次操作。事实上，他们的凝乳并不难吃，如果把它看成是烹饪中的奶酪，那就有些太局限了。另外，新鲜的牦牛黄油是非常好的，尽管它与大量的毛发混杂在一起。这是将牛奶装入牦牛皮袋中，然后踢来踢去地搅拌，由这样简单的工艺而制成的。当你想起在中国既不能买到黄油也不能买到牛奶，所以不得不以罐头食品为生时，新鲜牛奶和黄油等奢侈品就会更受欢迎。

两天后，也就是6月27日，我们到达了阿墩子。这段旅程虽然比预期多耗费了25天时间，但是我认为本次旅行结果取得了相当的成功。在怒江河谷的相应区域，整个澜沧江干旱区的天气仍然很好。尽管整天都有大量的云层停留在山上，但有太阳光束透过云层射向西边。在当地，风通常在中午时段才会刮起来，却没有影响到云层的移动。在这段时间里，降雨量很少，一次下雨也不会超过几滴——从云层边缘流下的泪珠——落在了山谷里。

我们不在的时候，我的房东出去接新娘了。仪式包括男方在和女方的父母交换礼物之后，把女方接来，带到自己的家中。我到达这里的第二天，他回来了，带着几匹骡马，驮着许多补给品，主要是他岳父送的礼物，他的妻子跟在他后面。我想象着，她生命中第一次也是最后一次穿着干净的新衣服，两边都有个伴娘拉着她的手，她害羞地看着地面。送亲队伍是一群大喊大叫的孩子，手里捧着一束束鲜花，村民们三五成群地站在周围，观看新人的入场仪式。晚上在我的房间正下方有一场可怕的狂欢，每个人都喝得酩酊大醉。两天后，我被叫去给新娘看病。然而，总的来说，这是一个最受欢迎的节日，就像几个月后我们在村里碰到的葬礼那样，全村人都来参加。

我们回来的第二天，我的朋友曹来看我，他是当地的地方长官。

蓝花绿绒蒿的原乡
——清末英国博物学家的滇西北及川康纪行

他发现我正忙着处理所采集的植物标本,这可能让他放心了一些。虽然他一直抱怨我的不辞而别,说怒族人部落很狂野,但是我认为他看到我平安归来很开心。然而,他对我接下来的计划问得很紧。由于我自己对接下来的行动也不太了解,因此,我无法给他提供更多的信息。

第九章　中国最深奥的汉区——往巴塘之道

　　当我从怒江回来的时候，我在阿墩子待了近一个月。我爬上周围的山脉，探索附近的山谷，并且寻找植物。

　　除了晚上，西南风每天都把厚重的云团吹过来，山谷里经常弥漫着薄雾，并且伴随着一场持续不停的细雨，雨一般以阵雨的形式从西边的山脊上骤然落下。7月份只有5天下雨，每一场持续6个多小时。然而，在我们周围的山上，通常整天都有厚重的云停留着，只有很短的一段时间才会升起，突如其来的出现有时会令人感到吃惊。傍晚时分，东边的高山经常被一顶长长的白云盖住，云层在下面突然把山峰切断，像潮水一样上下起伏，群山若隐若现。东南方的白马雪山（Pei-ma-shan）总是被遮蔽，每天都下着倾盆大雨，经常伴随着雷鸣。而由于干热的风直接从澜沧江流域吹来，所以阿墩子地区阳光明媚。

　　6月30日，金动身到维西去给我取钱和寄信，我也没想到的是他至少要三个星期才能回来。7月5日，岗通也离开了，因为他想回到茨贡和家人团聚一个星期。不幸的是，他开了个相当卑鄙的玩笑，在外面待了三个星期。在这个月剩下的时间里，我只能独自一人到山里去旅行，要在这个时节里找人替代他已经来不及了。在海拔12000～14000英尺（3658～4267米）的河流上，高山草甸上到处都是鲜花，其中最引人注目的是报春花（*Primula malacoides*）和种类繁多的马先蒿属（*Pedicularis*）。后一个属在这些山脉中确实很丰富，至少有12种常见于这些山脉中。尽管它们的生长地非常不同——沼泽地、森林边缘、贫瘠的岩石斜坡和高

蓝花绿绒蒿的原乡
——清末英国博物学家的滇西北及川康纪行

生长在阿墩子海拔 11500 英尺（3505 米）处的报春花属

山草地。喜马拉雅地区也像中国西部的许多地方一样，有丰富的花梗植物，而且这两种植物——钟花报春（*Primula pseudosikkimensis*）和许多有长长的花冠管的马先蒿属（*Pedicularis*）的延续，胡克（Hooker）很久以前就已经提到，且每年都在强调这一点。

到达东部分水岭的顶峰是一次漫长的过程，但我有多次攀登的经验。从植物学和园艺学的角度来看，我发现了许多有趣的植物。在阿墩子的正上方是一条灌木带，几乎完全是由暴露在阳光和风中的灌丛、麻栎树组成的，在潮湿的阴坡上生长着丰富的栒子属（*Cotoneaster*）、柳属（*Salix*）、杜鹃属（*Rhododendron*）、杨属（*Populus*）、沙棘属（*Hippophae*）、山梅花属（*Philadelphus*）和溲疏属（*Deutzia*），还有许多美丽的玫瑰，如绢毛蔷薇（*Rosa sericea*），以及相当多的草本矮生植物。除了前面提到的植物外，这种下层植物还包括一种黄色的灰叶堇菜（*Viola delavayi*），也就是已经提到过的桃儿七属（*Sinopodophyllum*），其巨大的梨形果实（需要四个月的时间才能成熟）已经开始变红，还有一种非常甜的紫背鹿蹄草（*Pyrola atropurpurea*）。

第九章 中国最深奥的汉区——往巴塘之道

在这上面是一条狭窄的云杉林带，但也包括北面山坡上的落叶松和桦树，那里的雪融化得更慢。在这上面再一次出现了高山地区的灌木带，几乎完全由灌丛杜鹃和紫穗槐（*Amorpha fruticosa*）组成。在裸露山坡的碎石上，这一切景象消失了，但在其他地方，还少量存在于高山草场，那里盛开着虎耳草属（*Saxifrage*）、藤本植物、龙胆草和其他花，延伸到距离这里海拔17000～18000英尺（5182～5486米）高的地方，它们生长在巨大的灰色石缝中。我发现了美丽绿绒蒿（*Meconopsis speciosa*），它是现存最美丽的花之一。还有几种樱花和一些高度适应环境的植物，栖息在碎石堆和融雪滴下的冰冷的水坑里。

我在海拔14000～16000英尺（4267～4877米）的高山草地上发现了两种尖被百合（*Lilium lophophorum* 和 *Lilium lophophorum* var. *lophophorum*），其花冠是悬垂的，顶端的花瓣黏合在一起，但果实是直立的。这些花在降雨量较多的月份盛开，它们悬垂的原因很可能是为了保存花蜜和花粉，昆虫可以通过花冠裂片之间的缝隙采获花粉。另外，果实在干燥的秋天成熟，立在一种有弹性的花梗上，带着翅膀的种子在大风中被抖出来，被带到很远很远的地方。这种悬挂或水平的花朵排列在夏季植物群［如缺裂报春（*Primula souliei*）］中非常显著，特别是在非常潮湿的怒江—澜沧江流域，而金沙江—澜沧江流域的秋花（如虎耳草、龙胆植物等）直立。因此，我认为它是一种适应气候条件的植物。

从5月底雪的融化到9月底草枯萎、冬季来临，牧民们在海拔14000～16000英尺（4267～4877米）的高山草场上放牧。他们在高山山谷中安营扎寨，放养他们的牛羊群。有一两次，岗通和我在高山牧场的高处遇上了暴雨，于是我们来到牧民的帐篷里寻求庇护和充饥。

一座棕色麻布的帐篷搭在小山脊上，两边用石头钉住，一端靠着岩石或用树枝填塞，另一端迎风敞开。这是藏族聚居区牧民一年中四个月的家，他们的食物包括糌粑、茶、黄油和酸牛奶。里面有足够的空间让三四个人盘腿坐在中间的火塘周围，这使整个帐篷弥漫着一种刺鼻的烟雾。剩下的地方被装着糌粑的皮包、制酥油茶的木桶和木制的奶

桶所占据，这些木桶被凝结的乳块弄得脏兮兮的，就像我已经说过的那样，牛奶在里面很快就发酵变酸了。这些人穿着动物的皮毛，白天围着火塘挤在一起，晚上睡在松树制作的床上。一座祭坛总是摆放在帐篷的最远端，黄油灯发出刺耳的声音，微弱地照亮着小帐篷。看到一些祭品中有糌粑或大麦颗粒，还有用粗糙的黏土做的泥塑神像，上面涂着一片片黄油。

一天早晨，金看到一个牧民拿着他的长枪从帐篷里冲出来，屈膝向一个黑色的物体开火，这个物体嘴里叼着一只小羊羔爬上山坡。这个黑色的物体是一只豹子。这些劫掠者光天化日之下在山上横行霸道，常常给牧民们带来损失，尽管它们只敢袭击独自出没的动物。晚上，它们下到了低谷，我住在那里的时候，它们被通报说出现在阿墩子及其附近。到了冬天，它们就直接下到村落里来了，虽然我自己从来没有见过。然而，我有几次看到鹿和岩羊。有时，当我在森林里露营的时候，我会在深夜醒来，听到藏獒阿波在我帐篷的门口狂吠，因为有一些山里的动物在附近徘徊。

与此同时，金在离开整整三个星期后又回来了。他给我送来了钱及欢迎信，并报告说茨姑下面的澜沧江流域下了大雨，几座溜索桥被淹没在水中，无法通行。

7月21日，有个出名的火把节（Ho-po-hwei），是为了纪念来自大理府的白王（Pei wang）或白国王（White king）而在阿墩子举行的。

在许多房子的外面，10～12英尺（3～3.7米）高的火把是通过把一束束松枝绑在一根中央柱子上建造的，并且用鲜花、绿叶和纸旗装饰着，显得很热闹。一到天黑，鞭炮就作为信号发射了！狂欢开始了，接着马上点燃了顶上的大火把。从街上望去可以看到，人们在两边冒着烟、发出噼啪声的灯塔下跳舞。

每个人都在屋外活动。一群男孩组成的队伍绕着村落跑，他们旋转、挥舞着火把，沿着山坡上的山路跑着。巨大的灯笼在晚风中来回摆动，大得出奇的灯笼鼓鼓的。宴会一直持续到很晚，每个人都向白族国

第九章 中国最深奥的汉区——往巴塘之道

王致敬欢呼。总之，这是一次非常热闹的狂欢。

第二天，我们动身前往奔子栏的山口，因为我想爬上这条分水岭上的白马雪山（Pei-ma-shan）[①]的低山口。我想，气候的差异应该会对植物区系产生很大的影响，但后来在此处发生的事情证明我错了。相同的植物在白马雪山上比阿墩子近邻的山区早开一两个月，尽管随着时间的推移，早期开花的累积效应可以区分两个地区的分布范围——直线距离只有6英里（9.7公里）——通过接触不同的昆虫，我没有注意到这事已经发生了。

我们离开的时候天气很好，但没过多久，我们就到了雨区，整天都下着倾盆大雨。我骑马走在艰难行走的马帮前，浑身湿透，寒冷刺骨。我注视着我的朋友们和骡马们，并注意到我们行进过程中植被的变化。我看见一只很好的獾，尽管天亮了，它还是从森林里冲了出来，后来又看见一只花栗鼠在树上跑来跑去，但是别的什么也没有了，鸟也像往常一样稀少。

有许多美丽的灌木开着花，有荚蒾属（*Viburnum*）、粉玫瑰、白玫瑰和绣球花，还有各种各样的李属（*Prunus*）、小型灌木、虎耳草科目、茶藨子属（*Ribes*）和悬钩子属（*Rubus*），到处都是白色铁线莲，生长着茂盛的蕨类植物，其中也有掌叶铁线蕨。路边长着高大的紫红色绣线菊和鲜艳的蓝色附子，干燥的山坡上长着深红色的柳叶菜属（*Epilobium*），偶尔还开着白花。

黄昏时分，我们在一条小溪边找到了一个可搭建露营地的方。所有的东西都湿透了，我们离山口还有一段距离，在这一段时间内不可

[①] 译注：白马雪山在清代记述为白铓山，清余庆远《维西见闻记》中对白铓山有这样的概述："白铓山，在城北一千三百里，高四十里。由阿墩子逾此山至吉咱厂，九月积雪，六月始消，七八月之间，旋风如水，寒气彻骨。人升高气喘，口鼻之间，迎风不能呼吸，辄僵不苏，土人谓之寒瘴。至山顶，黄云四起，五步之内，不复见人，高声言笑，即有拳大之雹，密下不止，人亦多毙焉。"（方国瑜主编：《云南史料丛刊》第12卷，徐文德、木芹、郑志惠纂录校订，云南大学出版社2001年版，第60页）

蓝花绿绒蒿的原乡
——清末英国博物学家的滇西北及川康纪行

能生火,也不可能喝到热的东西。我们搭起帐篷,拴好马,尽我们所能将潮湿的木柴利用起来。

第二天早上,我离开营地,爬上了山口顶处。山口在海拔15800英尺(4816米)处,穿过澜沧江—金沙江分水岭,然后我从那里登上了山脊,山脊向西南方向延伸到白马雪山。一片被矮杜鹃花覆盖的高原向南延伸,一直延伸到雪山,雪山完全被遮住了。在碎石堆的庇护下,植被延伸到大约海拔18000英尺(5486米)的地方,各种各样的报春花、虎耳草和美丽绿绒蒿(*Meconopsis speciosa*)散布在岩石碎片中。然而,在山口的另一侧,光秃秃的石壁朝向南方,矮杜鹃花带消失于距离山口上方几百英尺的地方,而在山口上方耸立着分水岭上烦人的石灰石岩壁。白天,强烈的风从高原吹来,带来阵雨和薄雾,有时是毛毛雨,有时是狂风暴雨。

我们登上面朝阿墩子的山谷,树木已经达到了它们的生长极限海拔15000英尺(4572米),仅有落叶松等树木的存在。在谷底,几乎整个夏季每天都有风吹过山谷,而阿墩子山谷本身则被来自澜沧江的风吹过。在山脉中,有许多先前冰川作用的迹象:山谷中的阶梯状结构,在山谷顶部有成堆的有棱角的碎石,看起来像是冰碛;在山峰脚下有一个奇特的高原结构,主宰着山谷,在那里汇集的溪流独立地游荡,有时形成小的湖,冲下阶梯。如后描述的那样,从未见到过这些岩石盆地。

山口以南处,山脉被花岗岩和变质岩所覆盖,与沿山口向北分布的石灰岩形成奇怪的对比。第二天,天气没有任何好转的迹象,我往北走上离我最近的山谷,去观察朝南山坡上的碎石植物群。

一些特殊的植物由于碎石的存在而得以生存,这些植物表现出了值得一提的形态学特征。它们的根系非常长,呈T字状以支撑自身,而它们的茎几乎不生长。它们的叶子要么多汁,要么多毛,要么是红色的,有时花簇的排列也有明显的特点。我还发现了一些呈垫状的植物,这是在阿尔及利亚等沙漠地区常见的植物,包括委陵菜属(*Potentilla*)、剪秋罗属(*Lychnis*)、黄花岩梅(*Diapensia Purpurea*)和

第九章　中国最深奥的汉区——往巴塘之道

石竹科（Caryophyllaceae）等。但是，这些沉闷的碎石地上几乎没有适合园艺的植物。

在山谷的顶端，荒凉的岩石陡然上升到山脊上的石灰岩塔上，但是山谷的底部也散布着大块的石英角砾岩，从下面可以看到这些峭壁。中午过后，我回到营地，一个灿烂的夜晚开始了。然而，夜里太冷了，甚至在我帐篷里的那根铁撑杆也被露水打湿了。

在几天前，我的脚在一块岩石上受了伤，由于它不但还没有愈合，反而恶化了，现在很疼。我决定离开营地，在阿墩子休息一天。

第二天一大早我就出发了，其他人收拾行李跟在后面。中午1点钟，我骑着骡子到了阿墩子，发现村落里沐浴着灿烂的阳光。可是到了下午，白马雪山的天空又变黑了，我们听见那座被暴风雨撕裂的山上雷声震耳欲聋，闪电时现。日落时分，蓝黑色的天空清晰地勾勒出山峰的轮廓，它们呈现出一种不同寻常的外观，就像最近被一场可怕的暴风雪席卷过一样。它们发出淡红色的光芒，与黑暗的天空和周围群山形成鲜明的对比。群山现在处于深深的阴影中，看起来就像是雪。繁星出现，远远的闪电在白马雪山后面闪烁着。

两天后的7月27日是完美的一天。10点钟开始，阳光就照在山谷里，一直照到下午4点钟，太阳落在孤零零的寺院后面，天空一片云彩也没有。

晚上，被我以逃兵身份所放弃的岗通，出乎意料地从茨贡回来了。他给我带来了一个法国教父的便条。当我读到这个便条时，我意识到整个项目的改变将是必要的。

形势需要采取行动，而不是深思熟虑。从表面上看，这似乎不太可能是一个谎言，但这并不是一个完全可以忽视的信息。坐着不动地等着事情发生，这是违反我的原则的。我决定听从这个建议，立即离开阿墩子。

不过，南下澜沧江并没有什么问题，因为如果这是真的，那么在我到达腾越之前，整个云南南部就早已知道了这个谎言；反之，如果这

不是真的，我就要承担着白白毁掉一年工作的风险。于是我决定到乡下去，不到十分钟，我就告诉那些人，我们明天一早就要动身到巴塘去。

往北走的好处是显而易见的。首先，巴塘是在去往拉萨的主要道路上，如果真的有任何真相的话，我应该是在茨贡发现这个谣言的真相。有几个欧洲传教士再次出现在巴塘，如果遇到麻烦，我们最好团结起来。而关于路线，巴塘也许是一个比阿墩子更好的选择。最后，向北走，我应该留在选定的区域内进行植物研究，也许能找到我在澜沧江—金沙江流域已经观察到的许多植物。因此，如果我延迟返回阿墩子，我也许还能得到许多已经注意到的物种的种子。

那天晚上，我们收拾好所有行李，金到衙门去找乌拉，告诉衙门的官员说，我要到四川去。没有人反对，我敢说，那位官员很高兴暂时能够摆脱我，尽管他没有表现出任何听说过西藏的迹象。我什么也没告诉他们，只是说我要去巴塘，两三个星期后回来。岗通要陪我，轻装上阵，希望在五天内走完八段的直道，金从容地跟在后面，等他弄到必要的牲口后，就马上拿露营的用具。宋被委托照看和保管我的大部分行李，直到我回来。

我在下午5点钟收到消息，并于第二天早上8点我们开始前往巴塘。在如此短的时间内，衙门只能够为我提供一匹小马，轻的行李则是由三个人夫搬运，唯一的一名士兵也作为护卫伴随着我们。我只带了一点被褥和一个箱子，里面装着我的护照、证件、地图、气压计和罗盘等生活必需品，还有一个药箱、一瓶白兰地，几听肉罐头和其他一些食品，还有银器和照相设备。最后，我把一支装有备用弹匣和子弹的柯尔特自动手枪塞进口袋。

穿越阿墩子上游的支流，我们沿着蜿蜒的长谷穿过美丽的树林，来到阿东（Adong）的一个村落。这个村落位于山洪暴发的地段，支流在向南流了一段距离后，突然向西拐，穿过屏障范围内的一个深谷，流入澜沧江。这里已经收割小麦和大麦了，梨子和杏子也快熟了，因为阿东村在阿墩子以下海拔2000～3000英尺（610～914米）的地方。

第九章　中国最深奥的汉区——往巴塘之道

我在村长的家里吃了午饭,换了通行证和乌拉,马帮代替了人夫。村长14岁的儿子现在在阿墩子上学,尽管那所大房子还在。邻村的村长即使没有经验,至少也很年轻,因为他虽然只有十六岁,还是个学生,却已经有了两个妻子。

宽大的藏族农舍或山村的庄园总是被广泛地分开,朝向高原山谷的居住地是完全孤立的。厚墙是用泥砌成的,外面是用石灰刷成的,支撑屋顶的柱子、地板梁、窗框和隔墙都是用木头做的。令人好奇的是,尽管玻璃还不为人所知,但却设置有精致的窗框。

从外院进屋后,你会发现自己处在一个被强大的阴暗充斥着的马厩里,这种气息弥漫在整个底楼。木柱上拴着牛和小马,屋顶上的一个方洞里透出光亮,通过这个方洞我们爬上树干,而不是熟悉的阶梯。

上面是一个阳台,从那里可以看到宽敞的房间——大厨房和家庭起居室、客房、祈祷室、储藏室等等;但是厨房,作为设施中最重要的一部分,到目前为止是最有趣的。

屋子的一头有一个很大的开放式壁炉,壁炉上燃着一堆柴火,烟从屋顶上的一个方洞或一两扇小窗户里冒出来。每一根梁和椽都被煤烟熏黑了,藏族人总是坐在地板上,从不坐在长椅上,他们不会因为上方袅袅升起的烟雾而感到不适。架子上放着一排排铜壶,几根竹竿斜靠在中央的木柱上,一个铁锅在火堆上冒泡,地板上放着高高的木圆筒,它们用黄铜包着,上面已经描述过酥油茶就是用这些圆筒打制的。屋顶、墙壁和地板被灰尘和煤烟弄得脏兮兮的,但黄铜制品却出奇地干净。在火堆后面的墙壁上,常常用白色的水墨画粗陋地装饰着佛教的图案。在这样一个昏暗的壁龛里,摆放着家庭祭坛,小的金属器皿装满了谷物,油灯燃烧出昏暗的灯光。

房间里没有家具,只有一两个粗糙的窗边座椅,也没有其他的装饰。但是,在黑暗中隐藏着污垢,房间的面积和简朴给人一种威严的感觉。冬天很暖和,夏天很凉爽,但是有无数的苍蝇,这实在令人讨厌。屋顶是平的,铺着坚硬的泥地,通过另一个设置在一边的小洞到达屋

蓝花绿绒蒿的原乡
——清末英国博物学家的滇西北及川康纪行

顶,可以说屋顶花园是用来打谷的。我使用"屋顶花园"(roof-garden)这个词是经过深思熟虑的,因为我有时会在围绕它的矮墙上看到成箱的鲜花,尽管这种情况并不常见。

收割玉米的开放式棚子沿着一侧延伸,烟囱的一角有许多竹子,上面插着风马旗和以白色的丝绸来作装饰。

这些大房子通常住着不止一个家庭。建筑是垂直的,我认为这样的目的主要是为了抵御高原上呼啸的风,许多房子都是非常古老的——我在建设中的房子处从未见过这样的坚实木材,这些木材足以抵御恶劣的天气。

到了晚上,雨刚下起来,我们就在山谷的最后一所房子里避雨。我发现自己被安置在屋顶敞开的棚子里,在那里我被一捆捆的玉米包围着。地上立着一把如大木梳那样形状的麦挂架,妇女们正忙着把麦子从上面拔出来,以便把麦头和麦秆分开。

从第二天早上6点开始,我们爬了一整天,到傍晚时分,到达了一个叫作察雷拉(Tsa-lei-la)的山口,海拔约15800英尺(4816米)。从南面可以很清楚地看到怒江分水岭和卡瓦格博峰,但从北边看,巴塘上空是低垂的蓝黑色。

穿过这个山口时,我第一次被朝向南北山谷所展现出来的那种巨大的植被差异所震撼,同时也被澜沧江—金沙江流域和澜沧江—怒江流域之间更为显著的植物和地质差异所震撼。

沿着南坡往上走,我们发现了云杉的生长边界,后者不像我们英国的刺柏属(*Juniperus*),而是一种高大的树木。在海拔略高于14000英尺(4267米)的地方,高山草地和狭长的矮松在岩石的保护下延伸到了山顶。然而,在朝北的山坡上,云杉和落叶松是延伸至山顶海拔600英尺(183米)范围内的限制物种,随后出现的粗短的杜鹃花带几乎延伸到了山顶,而高山草地带在相应地减少。

南向山谷的这一显著特点是,首先是由于在进入春季时雪融化得更快,于是在植物生长季节开始时唯一可用的水源就没有了。由于雪的

第九章　中国最深奥的汉区——往巴塘之道

融化，幼芽突然暴露出来，成为无保护的状态。其次是当地干旱、无雨的大风造成的破坏，南向山谷在整个夏季都有可能受到这种影响。

　　从山口往东看，可以看到澜沧江—金沙江分水岭上矗立着一堵由石灰岩塔岩和扶壁组成的围墙。这些碎裂的悬崖和裸露的石壁证明了干燥剥蚀所产生的风化工作——变化迅速的温度范围、风的影响力、霜冻的分裂作用等等，在多雨的澜沧江—怒江流域与那些被水侵蚀的优美的金字塔形成了强烈的对比。

　　这一系列石灰岩塔岩可以追溯到白马雪山（北纬28°15′～29°之间），在这两个点之间，我们穿过了四条不同的通道山口。先前冰川作用的迹象随处可见，毫无疑问，由于澜沧江—怒江流域的荒原（Mekong-Salween watership）往西的海拔较高，这座山脊的降雨量大大减少。因此，如前所述，它从西南方向截留了大部分季风降雨。

　　我们花了将近三个小时往下走到藏族村落察雷（Tsa-lei），骑坐了十四个小时的马后，天已经黑了。

　　察雷位于海拔近13000英尺（3962米）的地方，它建在一座小山的边缘，这座小山很明显是由一个湖的淤积形成的。无数的洪流汇聚到这片草地上形成了冲积扇，冲积扇上生长着茂密的沙棘（*Hippophaë rhamnoides*）。这是一种非常独特的形成方式。这棵树生长在西藏东南部流速较为缓慢的溪流上，并且它们通常生长在茂密的灌木丛中。

　　在这样的海拔上，夜里会很冷，因为棚屋是用松木搭成的，屋顶上有木瓦，就像怒族人盖的那样。事实上，整个澜沧江流域，甚至西藏本地，这种风格的建筑都是穷人居住的。

　　虽然我们第二天早上5点就起床了，但直到9点才出发。因为所有的动物都在山上过夏天，我们费了很大的劲儿才弄到两匹小马和一头牦牛。这些笨重的牦牛走得很慢，但它们至少在夏天有自己的优势。当我的脚才刚刚被水淹没时，我不止一次地以为我骑的小马会被急流冲走。那头粗腿牦牛，每次都把驮着的东西浸一下，就像雪犁（Snow-plough）一样在水里扫来扫去，无碍前行。

蓝花绿绒蒿的原乡
——清末英国博物学家的滇西北及川康纪行

乍丫的甘瑟克（Garthok，音译）河是一条汹涌的红色河流，它流经一个干旱的峡谷。一场可怕的暴雨开始了。我们一直走到天黑，早晨的耽搁和中午换乌拉浪费了大量的时间。我们在一座危险的木桥上过河，到达对岸的一个小村落，并且在那里过夜。我们刚走进最近的小屋时，天空又开始下起倾盆大雨。雨下了一整夜，没有停歇。

晚饭后，我躺在分配给我的小房间里，在几片松木燃烧的灯光下写日记，几块木头在石头上燃烧。这时，有三个藏族人进入屋内，他们身高都有 6 英尺（1.8 米）。他们没有穿鞋，粗糙的长袍系在他们膝盖以上的地方，右肩露在外面，还有那肌肉发达的胸膛。其中一个提着一把琴，竹琴筒上蒙有一张蛇皮，牦牛毛做的琴弦，他用力地拉着琴。

几乎没有多余的房间了，前来看我的观光者排成了大队。他们问候我，并开始跳舞，上下起伏旋转，随着弓弦琴的琴声有节奏地摇摆（只有两个音符的变化）和歌唱。不久，在喧嚣声中，有三个女人也加入进来。她们都穿着最好的裙子和最新的靴子，肩上披着斗篷。他们唱跳了许多首民族的歌曲和舞蹈，出于对性别的公平起见，我必须说男人在跳舞方面比女人有更多的技巧和风度，当然比起女人穿着笨重的靴子和裙子，男人赤脚要更为容易。

我仍然可以想起那间昏暗的、烟雾缭绕的小屋子里的情景，外面下着倾盆大雨，河水在怒吼。当我躺在床上尽情享受的时候，所有的烦恼都被遗忘了。那些高大的神像在火把闪烁的光中显得奇怪，火把交替地燃烧起来。弦乐器的哀号声起起落落，声音混合，中断又停止，他们仍然起起落落地来回跳舞。他们跳了两个小时，如果我没有告诉岗通我想去睡觉的话，他们愿意一直跳到午夜。

据我所知，汉族人没有这样的乡村舞蹈。事实上，他们根本就不跳舞，而且在平等的条件下，他们认为任何男女混杂在一起是极不恰当的。即使在剧院里，女人也不允许和男人一起表演，她们的位置都被男人占据了。

第二天吃早饭的时候，我有两次都听到岩石落下的声音，这令我

第九章　中国最深奥的汉区——往巴塘之道

　　吓了一跳。隔着峡谷，我看见一堆跳跃的岩石像瀑布一样从陡峭的悬崖上倾泻到汹涌翻腾的河水里，就在那条路以下经过的地方。我们7点钟出发的时候，天还在下着毛毛雨，我们催赶着动物们一个一个地越过危险区，那是一条被落下的岩石砸开的小路。接着，我们沿着甘瑟克的干旱峡谷往上走，一直走到中午，我们终于向"高原"进发了。高原上有一片红砂岩地，很多地方都被急流分割开了，急流形成了笔直的深沟。在我们停下来吃午饭的那个村落里，有一座被山洪毁坏的小喇嘛庙。

　　这里的山坡非常贫瘠，可能会遇到罕见但猛烈的暴雨，所以几乎没有时间让水下沉。在柔软的砂岩中，撕开深深的裂口，流入下面的甘瑟克河，把它染成淡淡的巧克力色。这块砂岩构成了西藏东南部风景的一个非常重要的特征，我沿着它一直走到平缓起伏的高原地区。

　　较低的山坡上散布着坚硬的巨石，显然是在原处被侵蚀出来的。这种岩石的岩床是一种纹理较密的砂岩，或者可能是一种铁染的石灰岩，形成了引人注目的岩壁，而且它们接合得很好，形成了一种早期切割块的现象。悬崖部分有时会显示出埋在土壤中的大巨石，当我看到石块刚刚从一个大约在从立方体到球形巨石的所有剥离阶段的岩床上分离出来时，于是所有关于它们来源的怀疑都被消除了。路旁岩石上刻着的藏文消失了，其中许多肯定是最近才有的，因为有些颜色还没有来得及抹去，这证明了砂岩的柔软。更高的山上出现了树木——柳树、崖柏属（*Thuja*）、沙棘属（*Hippophae*）等等，还有一片片的草原和冷杉林。

　　下午晚些时候，天开始下起了倾盆大雨，山坡上淌着水，小马在红色路面上危险地滑着前行，我们不得不慢慢地走。6点钟，我们到了一个叫加尼丁（Chia-ni-ting，音译）的村落，浑身湿透，我们在所能找到的最大的房子里避难。天太冷了，我生了一堆火，但是火在夜里灭了，我无法入睡，3点30分就起床了，叫醒了岗通，于是他开始准备早饭。

　　过了一会儿，我们的士兵揉着眼睛进来了。他睡得很好，像烂泥一样，并且对这么早就出发感到十分厌恶，但像他这样的好人，对我们

蓝花绿绒蒿的原乡
——清末英国博物学家的滇西北及川康纪行

金沙江落日：从高原边缘向北看巴塘

是十分有用的。我们又在5点钟出发了。

第三天的不幸使我们浪费掉了大量的时间，现在是不可能按计划在五天之内到达巴塘了，但再努力下我们便会在第六天到达那里。从阿墩子到巴塘，在路程上一般需要八天时间，但我们用六天时间赶到也并非不可能。

7月31日，在海拔14000英尺（4267米）处的清晨，当我们在高原上奔跑的时候，发现天气有薄雾且寒冷刺骨。西边，连绵起伏的小山伸展得一望无际，翠绿的草皮、红色的砂岩到处都是，还有一片片鲜艳的蓝色。在那里，一些紫草科（Boraginaceae）植物密密麻麻地生长着，开着花。我们骑马时，一些小鼠兔从草丛中钻出来，跳进了它们的洞穴。尽管天气很冷，但这一天是晴朗的。在下面的山谷里，是一片鲜花盛开的草地——生长着蓝色的鼠尾草、附子、琉璃苣、深红色和黄色的玄参科（Scrophulariaceae）植物，还有其他各种各样的植物，但在我看来这里没有什么特别的植物。

我们在白天通过的村落中换了不下五次骡马，浪费了不少的时间，但是我们还是一直骑着骡马，到了晚上9点钟。这时我们已经到了金沙江，也就是长江。当我们爬上最后一个岔路口，从树林向北眺望巴塘时，我永远不会忘记那条壮观的河流给我的第一眼景色。太阳已经落山了，紫色的山脉上空有大片的彩云，它们的余晖散射着暗淡的光线。我

第九章 中国最深奥的汉区——往巴塘之道

们可以沿着山谷的每一个弯道走好几英里，山谷上有一条银光闪闪的河流，远远望去犹如一条丝带，在它流入大海之前还有 3000 英里（4828 公里）的路程。下山花了两个小时。从一天的气候来说，从我们早晨经历过的被雨水冲刷后高原上的刺骨寒冷，到热风吹过这条沟的突然变化，这是个不同寻常的地方，有着不同寻常的事情之一。

在下往长江的路上，我看到了美丽的深红景天点地梅（*Androsace bulleyana*），花冠茂密，它生长在最干燥的地方。主峡谷的岩石上覆盖着可爱的水仙花、独尾草（*Eremurus chinensis*），从刺刀状叶子的花丛中开出高大穗状浓密的白色花朵。

我和岗通在月亮刚出来时沿着狭窄的小路骑行，小路弯弯曲曲的，我们心情非常好。尽管他在马鞍上骑行了将近 14 个小时，但他还是开始谈论拉萨，那是西行 5 个星期的路程。他问我是否愿意去那里？在黑暗中，可以听到下面的河水在岩石上轰隆作响，还有狂风呼啸。从南方来的风越来越大，它对我们晒干的皮肤没有什么降温的作用。月亮落山后，我们终于看见前面有灯光。我们在黑暗中缓慢行走，然后来到一组房子前。我们很快就进入了房间，在每个人都在大厨房里奄奄一息的炉火周围快要睡着时，岗通把他们都喊醒了。他们给了我一间房和一些热牛奶。当松树的火把发出嘶嘶声并燃烧起来的时候，他们在揉擦眼睛。过了一会儿，我就上床睡觉了，但突然感到热得难受很不舒服，第二天早晨 3 点 30 分我就起床了，那时外面的空气凉爽宜人。

我们 5 点钟走了。这时，深谷里慢慢地充满了令人讨厌的灰暗光线，猛烈地刮到半夜的风突然停止了，一切都很平静。现在，金沙江的浩大给我留下了深刻的印象。相比之下，怒江和澜沧江显得微不足道，因为洪水冲垮了一些巨大的石头，一场严重的滑坡阻塞了河床。在冬天，这条河肯定会缩窄很多，但即便如此，它的源头也必须离这里几百英里，而且毫无疑问，它的长度是亚洲第一的。尽管山谷干旱，但草本植物似乎比怒江和澜沧江峡谷更为丰富，有点地梅属（*Androsace*）、独尾草属（*Eremnrus*）、葱属（*Allium*）植物以及其他百合科（*Liliaceae*）

的种类。铁线莲属（*Clematis*）有两种，一种是直立的小灌木高山锥（*Castanopsis delavayi*）；另一种是双生的，但通常在没有支撑物的沙丘上蔓生或平卧生长的美丽桢桐（*Clerodendrum speciosissimum*），加上其他半沙漠山谷特有的植物，常见的植物种类就是草质藤本铁线莲。

在金沙江上没有溜索桥，我们用笨重的船桨和船尾一个巨大的划桨推动着大船头横渡而过，在航行中被河水冲下400米。当太阳升得更高，山谷的地形变得越来越封闭时，我们开始了一段漫长而炎热的旅程。下午，我们穿过一条高高的支流，朝下望去，看到了几百英亩的小平原，巴塘就在那里。有许多马帮进城，路上被骡子挡住了，但岗通和我赶在前面，5点钟骑马进城了。

当我们跨过小石桥，沿着陡峭的鹅卵石街道来到传教院时，许多藏族女孩和传教士都在闲逛、闲聊，在小溪里洗衣服，每个人都惊讶地凝视着我们。6天之内，我们走过了180英里（290公里）的山路。

第九章 中国最深奥的汉区——往巴塘之道

西藏东南部的藏族妇女编头发的奇特方式

阿墩子的藏族女性

蓝花绿绒蒿的原乡
——清末英国博物学家的滇西北及川康纪行

第十章 跨越汉藏的边地

我到达巴塘后找的第一个人是中国内地传教会的埃德加先生，我向他倾诉了我在阿墩子听到的那些令人不安的谣言。然而，他装作什么也没听到，似乎一切都很正常。茶歇过后，我们去拜访了法国的神父们，因为这个故事最初是由他们中的一个人讲的。但是，当我见到他们时，他们却否认对这件事有任何了解。很明显，他们对这件事的确知道一些。然后，我给成都的英国领事打电报，直到四天后我离开时也没有得到任何答复。我离开后，领事回信说谣言不可信。

与此同时，我成为埃德加夫妇的客人，好好在他家休息了一下。我们谈论地理问题一直到深夜，现在我才知道在我来到这里之前，谁才是神秘的欧洲人。几个月后，我们听说贝利上尉是如何成功地穿越边境到达印度的。同时，我们从盐井（Y'a-k'a-lo，雅卡洛）① 那里收集到

---

① 译注：雅卡洛指盐井。洛克认为雅卡洛与盐井的关系，有重要的盐井，盐井位于澜沧江两岸大片花岗岩石之间……纳西族人所住的最后一个村庄称为觉陇，藏语称为章龙（Chang-lung，写为lchang-lung），意思是柳树山谷。觉陇实际上是许多村庄的一个总称，位于一个斜谷的头部，进入一个高原。这个山谷的水从东北流入澜沧江，把盐井［藏语称为察卡洛（Tsha-ha-lo，写为T Shwa-kha-logs）］地方的盐矿及澜沧江两岸矿井周围的许多小林子与雅卡洛村分开，后者位于江上面海拔1000英尺（305米）之处。支流上有一座桥，过桥的路就通到雅卡洛。……雅卡洛只是教会周围天主教信徒定居的地方。在这个天主教会里，戈利神父（Père F. Goré）在此工作了很多年。另外有个村子叫作浦丁，是这个地区属于藏族人以前的县长所在地，因此，那里才是汉人所熟知的盐井。（洛克：《中国西南古纳西王国》，刘宗岳等译，云南美术出版社1999年版，第222-223、234页）

第十章 跨越汉藏的边地

了这个奇怪故事的传闻，这个故事可以解释如下。

看来贝利上尉身边有一位中国籍的怒族男子，他对藏文的了解很浅薄。这个人是在米希密（Mishmi，音译）的边界时，贝利上尉让他自己回到中国，他滔滔不绝地说着他的主人英勇无畏的表现。在语言表达中的时态是乱七八糟的，关于贝利上尉如何与英国探险队一起去拉萨的故事具有重要的现实意义。当然，这只是一种猜测，但它解释了事实。

巴塘位于海拔 9400 英尺（2865 米）的地方，群山环绕的小平原虽然夏天非常炎热，但冬天并不冷。微风轻轻地从高处向东北方向吹过，掠过干燥的大地，送来寒冷的风，但有时，山谷也会被大风肆虐，金沙江水面也会被吹起波浪。现在，这里的人口由 400～500 户家庭组成，1905 年以前，几乎所有的权力都掌握在喇嘛手中。现在，这些权力主要由汉族官员掌握，喇嘛掌权的事实暂时被打破。另外，大多数汉族人、商人和军人都与当地藏族部落的女性结婚，一起生活。日常生活中，他们即使不穿当地服装，也至少接纳了当地藏族部落的一些风俗习惯。

除了秋季种植荞麦外，还种植玉米、小麦和大麦等作物，但种植面积很小。许多房屋都是用石头建造的，街道上到处都是商铺和小贩。尽管这座曾经宏伟的寺院如今已被彻底摧毁，只剩几根破旧且不稳定的框架矗立在那儿，但这个地方仍然到处都是繁荣的气氛。那些衣衫褴褛的行乞僧人在街上游荡，或是在残余喇嘛们重建的小喇嘛庙周围徘徊，这对于他们来说已经没有了往日的权威。

在巴塘的时候，我有幸遇见了一个小部落的藏族王子，几个月前，他曾因管理不善，被巡抚下令杖责 1500 次。现在，他的伤口几乎痊愈了，那人还给我们看了他大腿上一个有皇冠那么大的圆形伤口，几乎不能行走。一般说来，被士兵们用沉重的木杖击打 1500 下，就足以把一个人的屁股打碎，把他锤打得像一团毫无知觉的果冻，最后把他扔出去等死。但是，这个壮实的男子奇迹般地活了下来，埃德加先生每天都来看望他，给他的伤口涂些药膏，尽管他看起来很冷酷无情。

从外表上看，他是个身材端正、相貌英俊的年轻人，他的小房间

里环绕着最华丽的小摆设——一个银色的转经筒、一只糌粑碗、一个形似虎爪的银质鼻烟壶、一个印有黄铜图案的水壶和几只印有雪花图案的石膏杯。他的脖子上挂着一串珊瑚和琥珀念珠，墙上挂着一些古色古香的佛教和占星术的唐卡，地板上铺着厚厚的地毯。

在我住在巴塘的第三天，金到达了这里。8月6日我们开始返回阿墩子，但我们没有选择走最近的路线，因为我已经向当地官员申请了向西的主干道进入西藏。他勉强答应了我的请求，条件是我必须签署一份免除他所有责任的文件。

因此，以下声明是以英文和中文草拟的，一式两份，其中一份由本人保留。

> 我，F-K-W-，想去西藏的乍丫甘瑟克采集植物，完全是我自己的责任，我也不再要求巴塘县官员 W- 大人提供任何帮助。

就我们各自政府所关注的问题而言，当地官员可能和我一样意识到，这样的文件没必要真实记录下来，我对他接受这种保证感到惊讶。另外，他对我履行的义务也到此为止，他还为我提供乌拉和护照，安排一名骑兵护送我们，这完全是出于他的仁慈。这位长官绝对没有想到我会同意签署这样一份文件，因为我刚一离开，他就以一种极其紧张的状态赶到埃德加先生处，求他赶紧把我叫回来，但那时想这么做已经太晚了。

在我们返回阿墩子的前两天时间里，我们沿着原路返回。但是在到达金沙江时，我们放弃了沿着金沙江堤岸漫长且炎热难耐的骑行，开始乘坐皮革小船顺流而下。这艘皮革船是由三张缝在一起并填缝的牛皮制成的。主框架由四块木头围成梯形形状，坚硬的半球形牛皮像个袋子一样悬浮在水面上，在牛皮下面，使用几根伸展的藤条像肋骨一样有序缠绕。它的长度有 6 英尺（1.83 米），宽 3 英尺（0.9 米），深度约 2

第十章　跨越汉藏的边地

英尺（0.6米），因此船上只能容纳5个人和他们的行李，没有多余的空间，并且，此时船舷上缘距离水面只有1英尺（0.3米）。在那条大河上，它看起来是世界上最脆弱的东西，但它的牢固程度和适航性是毋庸置疑的。藏族人曾经驾着这些船航行了许多汹涌的河流，但当他们喝得烂醉如泥时，最好不要和他们一起航行。因为在他们喝醉后，他们似乎什么都不怕。

我们的小船上只有一位藏族人，他不时地从狭窄的船头探出身子，用他的桨深深地扎进水里，他这样做只是为了使我们不被水流卷到河里去。除此之外，他没有再试着掌舵，我们懒洋洋地顺河漂流而下，时而横冲直撞，时而随着相互冲突的激流反复无常地慢慢旋转。当那个人把我们带到下游15英里（24公里）左右的岸上时——只花了两个多小时——他把小船拉上岸，并把牛皮拾了起来。他把牛皮戴在头上和肩上，像一顶巨大的帽子。随后，他便动身回家去了。

在这里，我想记录下我对金沙江及像姐妹河流并流的澜沧江和怒江之间发现的一些差异，这也许是很有价值的。的确，从巴塘再往下走几英里，金沙江与它们的差异就越来越明显了，因为它也流经一系列险峻的峡谷；但即使在那里，它在重要的方面也有较为明显的不同之处。可以做如下有趣的比较，而这种特征的变化本身也立刻就把金沙江与澜沧江和怒江区分开来。

（1）金沙江比其他两条河都要宽得多，平均宽度大概是澜沧江的两倍。

（2）紧靠着河岸耸立的山脉既不像其他两条河那样高，也不像其他两条河那样陡峭（如上所述，这两个特点的原因，排除了在金沙江上建造溜索桥的可能性）。

（3）它的水流速度是三者中最慢的，虽然它带来的水量比其他任何一条河都要多。

（4）它的流动平面要高得多。我们将有机会再次提及这一点。

（5）金沙江的支流较少。从巴塘河到渡口下方，有20英里（32公

里）的距离，即使有急流也都不能阻碍独木舟的航行。

（6）连续的冲积碎屑和流沙在河流和山脉之间形成了一个低矮的平台或堤岸，因此无论在河流的哪一边，道路几乎不需要抬升到河流之上的任何高度。小沙丘并不罕见。房屋的分布并不像其他河流那样仅布局在峡谷口，而是零星分布在两岸。

（7）河中没有峡谷，没有大石板，也没有山岭一侧向河中央延伸的支脉（Spur），因此河道看起来更直，没有那些突兀的S形曲线。而这些曲线正是怒江的典型特征。

（8）有些支流的规模相当大，从宽阔的河谷口悄然地流入金沙江。这条河流经的地域没有任何地方像另外两条河那样的狭窄。

就河道受侵蚀程度来看，金沙江所受侵蚀度可能比其他任何一条河流都要深，因此显得更古老些。这至少符合这样一种推理，即澜沧江和怒江之间的分水岭是在金沙江流域海拔升高之后形成的。尽管有上述差异，但在金沙江流域，人们遇到的

巴塘附近，金沙江上的牦牛皮船

位于澜沧江—金沙江分水岭海拔16000英尺（4877米）处的岩石盆地湖泊

岩石与澜沧江和怒江的相同——由石灰岩、花岗岩和变质岩组成。

我们离开牦牛皮革小船后，从村落里找来了人夫，沿着河岸前往几英里外的下一个渡口。这时夜幕降临了，远处的雷鸣声预示着暴风雨即将来临。我们刚上平底船，暴风雨就在头顶上爆发，大雨倾盆而下。黑暗中，河水被一道耀眼的闪电照亮，泛着白色的泡沫，整个河谷被闪电照得透亮，使山谷充满红光，雷声在群山中轰鸣。当暴风雨再次来临时，它向东南快速移动，雷声越来越小，直到完全消失。闪电在蜿蜒的山谷里蹿跳了一个多小时，就像一根蜡烛在一段长过道尽头的微风中摇曳着。牵着我的小马，经过一段漫长且疲惫的跋涉，跌跌撞撞地绕过各种障碍，在10点钟的时候，我们终于到达之前住宿过的村落。第二天我们继续前往巴木塘（Pa-mu-t'ang，音译）。

第二天，8月8日上午，我们爬上了东部分水岭的顶峰，看到了和阿墩子上面的山脊一样高的石灰石峰和巨大的碎石堆。我在这里发现了两个湖泊，海拔在16000～17000英尺（4877～5182米）之间。毫无疑问，它占据了岩石盆地，并且逐渐强加给我这样一个想法，即澜沧江—金沙江分水岭曾经被冰川覆盖，现在这个看法比以往任何时候都更加牢靠。

我从隘口的山顶海拔17000英尺（5182米）向西眺望，看到了从巴木塘山谷到西藏高原连绵起伏的山峦。在那里，我还看到了一个宽阔的湖泊，它向北延伸，离巴木塘西边还有一些距离。但是，现在天空中雾气弥漫，我只能瞥见它，不知道它具体是哪个湖泊，也很难判断它的具体位置和大小。

我们回到巴木塘吃午饭，现在我安排金去阿墩子，并指示他们沿着我们之前走过的路程，收集植物成熟的种子，并记下见到的所有感兴趣的新花。随行队伍中的其他人，即岗通、巴塘来的士兵和我，一起带着两匹小马离开阿墩子主干道，沿着骏拉姆（Jung-lam，音译）道前进。这条干道是从北京到克什米尔（Kashmir）穿越亚洲的大道，向西穿过高原。在海拔14000英尺（4267米）的地方是非常寒冷的，上午

蓝花绿绒蒿的原乡
——清末英国博物学家的滇西北及川康纪行

下了雨,现在的气温比以前降得更低了。

道路上还有无数的玛尼堆,上面有白色的水晶岩石,可能是石英石,除了在最黑暗的夜晚之外,这些岩石都很显眼。这些玛尼堆由长长的岩石板组成,每块岩石板都雕刻着熟悉的西藏六字经文"唵嘛呢叭咪吽"(Om mani padme hum)。部分字母颜色鲜艳,装饰华丽。玛尼堆旁边的木柱形状通常由新月形和圆锥体构成,这些都能够在它的顶部看到。如果是一串很长的石堆——许多石堆延伸数百码,或者可能有一串石堆在一起——就会有好几个这样的木柱。尽管玛尼堆从来没有超过几英尺高,但成百上千的坚硬的石头,经过精心雕琢,形成了金字塔形。人们不禁会想,它们代表了多少小时的工作。但是,对于一个试图获得利益又扼杀欲望的人来说,时间又有什么意义呢?

尽管下着雨,天气也很冷,但高原并不完全是阴郁的,因为鲜艳的绿草点缀着委陵菜属(*Potentilla*)的直立总状花序,而蓝色部分则是盛开的紫草科植物的花(boraginace ous flower),与我们早些时候攀登的荒山形成了鲜明的对比。在玛尼堆的掩蔽处,高大的、蓝色的百合花和其他花朵清晰地展现在眼前,但这里的高原没有树木,甚至矮小的灌木也极其稀少,只能生长在有庇护的地方。

到了晚上,我们下到了一个高原山谷,在一条河流上翻滚着一股红色的水流。我们到达了凄凉的拉姆达(Lham-da)村,尽管在狭窄的街道上有1英尺(0.3米)深的黑泥,但还是有一座小喇嘛庙和几座由泥土和石头建成的大房子。

从拉姆达村出发,我们继续穿越了几个小山谷的顶端。这些小山谷从上面的高原一直延伸到甘瑟克河,其间的山丘在北边的山坡上覆盖有森林,山谷里蜿蜒流淌着湍急的小溪,上面分布着肥沃的牧场。在山谷里,行走时非常困难,因为雨在不停地下,地面泥泞不堪,我们不得不穿过无数暴涨的小溪。一条坚实的路穿过山丘,从其中一处,我看到了西边的雪山,大概是大木雅贡嘎(Ta-miu,音译)雪山,如走近些可能会看得更清楚。低洼的山谷只看得见石灰岩,单调起伏的草地丘陵

常常有光秃秃的陡坡、岩床和不规则的岩石隆起等地形。我们继续向西北方向前进，但是，我们又回到了红砂岩地区，那里的地层倾斜得很厉害。因此，弯弯曲曲地穿过它那长长的低洼地带的脊背，就像死去的巨大海兽尸骨伸展着它的枯瘦肋骨。

在西藏的这个角落里，高原上似乎有一种石灰岩的构造，它弯曲成一个盆地的形状，或者可能被抛入一系列的褶皱。这些空洞后来被砂岩所淹没，但深度不足以覆盖高原边缘的石灰岩，因此在东部边缘和每个深谷都有分布。

分散的木屋和偶尔出现的小村落——我们在其中一个叫作谷西（Ngu-shi）的小村落停下来吃午饭——出现在山谷里，所有这些地方都有巨大的麦架，用来堆放收获的干草和麦秆，看起来就像起初伦敦设置的广告塔那样，俯瞰大地。大麦几乎是唯一的作物，虽然也种植了一些蔬菜，如萝卜。高原上长满了草，但狭窄的河谷里却长满了麻栎树和针叶树，沙棘属（*Hippophae*）灌木丛掩盖了溪流，就像东英吉利地区（East Anglia）的柳树掩映着溪流一样。

下午，我们到达了甘瑟克河边的普拉（Phula）村，这里比我们上次在乍丫厅（Chia-ni-ting）看

西藏东南部的高原草地海拔 13000 英尺（3962 米）

到的地方要小得多。然而，那是一种含沙量很高的水，深而急，从沙石上流出来的鲜红色的水。普拉村的驿站和拉萨路上的大多数客栈和商店一样，都是由汉族人来经营。在这样贫瘠的土地上，来自繁华王国的人们怎样才能维持自己的国民性成为一个问题。

所有的驿站都张贴着汉文和藏文的帝国政府法令，规定了客栈老板的职责和工资标准等等。在出示我的乌拉护照后，我毫不费力地换了一匹小马。我不能表述护照上写的是什么，因为即使我能看懂中文，也说不清楚。但在这张纸上有两个小方格，其中一个方格上画着一头牦牛，另一个方格上画着一匹小马或骡子，都有官方印章。所以它的意思很明显，图画本身就说明了问题。

在树木繁茂的甘瑟克河的山谷中，野兔很多，但我没有随身携带枪。我试图用士兵那精确度不高的枪射击它们，一直没有成功。没有打到一只野兔，野兔只是竖起耳朵，在每一次枪响之后跑了几码，这使我感到好笑。对于晚餐而言，野兔肯定是天赐之物，但是没有打到。因此我几天只吃了鸡蛋和腌肉——也许这就是为什么我不能直接击中它们的原因。这条河蜿蜒曲折地穿过山谷，有时漫过长满青草的泛滥平原，但经常被高达20英尺（6.1米）的红土悬崖所包围，有些地方的河流梯田轮廓分明。夜幕降临时，我们穿过1英尺（0.3米）深的泥地，来到离甘瑟克只有10英里（16公里）远的地方，一个脏乱的加达梯（Chia-ta-tih，音译）村。我们四个被挤到一个单间小屋里，大屋子已经被一个大家庭占据了。前半夜，一位老人一直咕哝着六字真言"唵嘛呢叭咪吽"让我睡不着，直到自己差不多能够完全睡着的时候，两个婴儿开始不停地咳嗽和吐痰。看他们的着装，由一件山羊皮衣服组成，这也不足为奇。在海拔约10000英尺（3048米）的地方，即使在夏天，由于连续的降雨，天气也是非常寒冷的。

第二天早晨，我发现在加达梯村上面有半打用粗木或用不安全的石头砌成的5～6个小屋的喇嘛庙，还有15～20个喇嘛。山谷开始向高原延伸，森林逐渐消失了。山谷的底部，为成群的牦牛、绵羊和小马提

第十章 跨越汉藏的边地

供了可以想象到的最肥沃的牧场，达到300～400码（274～366米）宽，明亮的绿色草地像以前一样闪耀着黄色的马先蒿属（Pedicularis）、蓝色的紫草科（Boraginaceae）、深红色的鼻花属（Rhinanthus）和其他花类。

我们绕过一个高高的岩石悬崖，山顶上有一座喇嘛庙，突然就看到了甘瑟克村。由于它是在一个洼地中建造的，所以我们一直看不见。直到此刻，这样的屋顶几乎和山谷的地面一样高。事实上，如果不是看到一些写有经文的竹竿旌旗，我根本就不会看到它，直到我骑马进入这条狭窄的街道。即便如此，它仍然是一个比我第一眼看到的要大得多的地方。根据罗林（Rawling）上尉的报告，这是在西藏西部有重要名字的村落，只有六间房子构成。例如在印度河支流萨特累季（Sutlej）[①]河的源头附近的甘瑟克就是这种情况，尽管它仍然是夏季的一个重要的交易中心。然而，在西藏东部，重要的村落一般也很大，在康地（Kham）的甘瑟克〔中国人称为乍丫（Chianca）[②]，我在后续的文章中会提到它，因此避免与西藏西部的甘瑟克混淆〕几乎和巴塘一样大。我敢说，这个地方大概有200户家庭，有100多名喇嘛和1个喇嘛庙，一个有少量驻军的政府衙门，还有学校，不少于4所！

村里的许多房子都建在离鹅卵石街道几英尺的地方，而且只有一层楼那么高，并且看起来是单层的。通常只有一个房间，部分地下是黑暗的，像地牢一样。许多小商店由内地汉族人经营，但村里的住民大多是藏族人，至少在外观上看起来是这样的。女性的额头和脸颊上都涂上了黑色的油脂，这种化妆品可以防止暴露在寒风中的皮肤开裂。法国传教士古伯察（Huc）描述了这种习惯的起源，使用这种黑色油脂的原因却不是那么的平淡，但它的确是不好看的。她们把自己的头发扎成无数的小马尾辫，把辫子从腰部扎在一起，编成一条垂到地面的长辫子，或

[①] 译注：萨特累季河，发源于中国西藏阿里地区的象泉河（朗钦藏布），流经印度和巴基斯坦。沃德提及的西藏西部甘瑟克未见后文有进一步的说明。

[②] 译注：今西藏察雅。

者将整个辫子都绕在头上。

和往常一样，官方客栈是由内地汉族人经营的，但他除了出生身份外，完全变成了藏族人。他给我看了几处伤口，这位店主因为客栈没有按政府官员的要求进行修缮，被当地官员惩罚多达800余次的殴打，并询问我可以用哪些药来擦拭伤口。

至于那些所有孩子都要上学的学校，我参观了其中的一所，发现孩子们拿着一本中文编写的书，用汉语练习说着那些文字。男孩和女孩在不同的房间里，汉族的老师在第三个房间里，我想是等到孩子们学会了一定数量的汉字后，他们才会被要求背诵、默写，或是一眼就认出某个字符。汉族人在最小的村落建立学校方面所做的事情确实令人吃惊，尽管让所有西藏儿童学习汉语的想法是否达到了预期的效果又是另一个问题。

那天我刚在村里安顿下来，就有个汉族人来请我去看看他的儿子，他的儿子前一天被狗咬了。我发现那个只有六岁的孩子安静地坐在房间里，右下颚有一道严重的伤口，现在有一块可怕的结痂和一片红色——为了止血而涂上的泥浆。我用温水和柳叶刀清洗它花了半个小时，因为我真的得把伤口割开，在这个手术过程中，病人非常坚韧地站着。但是，当我在没有麻醉的情况下烧灼伤口时，他大声地尖叫，痛苦地挣扎。不过我坚持彻底地烧坏伤口表面的肉，然后再包扎起来，使这个小家伙尽可能地舒服。我想试着将伤口缝合，但父亲认为男孩已经站得够久了，所以我打消了这个念头，同时指出这将会留下更深的伤疤。

在乍丫另一个来找我看病的人是村长，一个60岁的老人。他给我看了他手腕和脚踝上的一些严重的溃疡，满是烂泥和脓液。我只是简单地把它们洗了一遍，并在上面撒上碘仿（Iodoform）。为此，村长送给我几个烂鸡蛋和一大碗优质牛奶。

下午晚些时候，我走进山谷，在沙岩悬崖上乱窜。现在，我看到了棠叶山绿绒蒿（*Meconopsis wardii*）、几株唇形科（Labiatae）植物、风

铃草属（*Campanula*）、马先蒿属（*Pedicularis*）等，这些花在红岩上形成了一个非常引人注目的景象。这与下面的大麦田形成了奇怪的对比，那里的大麦正在遭受严重的黑斑之苦。与此同时，岗通已经安排好了第二天继续前往澜沧江上的桑巴杜卡（Samba-dhuka，音译）的旅程，因为我希望从另一条路线返回。我的士兵现在不得不返回巴塘，由一名西藏士兵接替他的工作。我已经说过这里的官员已经离开外出了。如果我愿意的话，没有什么能阻止我在拉萨的路上继续走下去，在极其困难的地方需要走大约五个星期的路程。但是时间在流逝，如果想要充分利用这个季节的时间在这个地方做调查，那么我就必须回到阿墩子。

蓝花绿绒蒿的原乡
——清末英国博物学家的滇西北及川康纪行

第十一章　精彩的澜沧江

　　第二天早上，当我们骑马爬上山谷时，我很快意识到为什么在海拔11000英尺（3353米）处没有森林。因为低矮起伏的山丘没有提供任何保护，狂风从高原上吹下来，冲过这些狭窄的山谷，只有草地才能承受这样的灾难，即使是像肋骨一样的坚硬岩石，在陡峭的山坡上也会显得是光秃秃的。

　　北面的天空像墨水一样黑，我们刚刚在村落上方向西拐了个弯——通往拉萨的主干道一直向北延伸——一场倾盆大雨就向我们袭来。几个骑马的藏族喇嘛，穿着华丽的红色长披风，头戴着红色冠冕的宽边毡帽，总之他们身着奇装异服从我们身边走过。此后，在路上几乎再没有遇到马帮。我们终于到了高原分水岭，方向大约是南南西（SSW）。远处大片大片的蓝色是灿烂的紫草科齿缘草属（*Eritrichium*）和丰富多样的棠叶山绿绒蒿（*Meconopsis wardii*）。

　　我们刚开始沿着茂密的森林茂密的西边斜坡往下走，突然遇到了我经历当中最可怕的暴风雨，无论是在热带地区以内还是热带以外，这次大洪水发出的声音是异乎寻常的。河流从山坡上涌下，小马们几乎不能把马蹄放在湿滑的草地上奔跑，我们都浑身湿透，被寒冷冻僵了，以至于我难以用肿胀的手指抓住湿漉漉的缰绳。躲在树下是没有用的，因为风把雨水直接地吹向我们，但同样也不可能面对它。货物都散落了，人们都在发脾气，我开始后悔在这些席卷西藏高地的风暴中冒险。

　　这显然是高原多雨的一面，因为茂密的冷杉林在海拔13000英尺

（3962米）以上的地方清楚地讲述着它们的故事，就像许多被切开的山脊、奇特而孤立的锥状体和带有扇形碎屑的宽阔山谷一样。后者又短又宽，形成等边三角形，就像被射出来的一样。低处，谷底到处是大圆石和砾石，急流现在变得相当大，切断了它的道路，有时流入深谷。毫无疑问，高原地区夏季形成的强降雨，在前述中，已经说明它们的前进步伐被澜沧江和怒江的分水岭阻挡住了，是西南风带来的强降雨，是澜沧江领域的热风沿河而上吹到了澜沧江裂谷，最终在高寒高原上卸下了它们逐渐积聚的水分。

这里的澜沧江峡谷比以往任何时候都更深、更窄以及更干旱，但在接下来的几个月里，当地的大风不可能日复一日地吹过这些绵延数英里的峡谷或带来一些湿气。必须达到这样一个点，在这一点上，压力变得如此之大，以至于热空气被迫上升并扩散，就像在阿墩子以北的地方一样，澜沧江转向西北方向流淌，如同高原的一条长臂被插入它与金沙江之间。很自然地就会这样认为，假设广阔的高原区域比南边山脊更高，但极窄的山脊会凝结更多的雨水，而我想要说明的就是这个降雨量的差异。

在澜沧江—怒江分水岭上凝结了大部分水分后，常年刮的盛行风吹过开阔的高原，因此——也就是说，在这样高的海拔上，这个地域暴露的自然环境——只能支撑起草地。高高的石灰岩石山脊俯视着金沙江，几乎没有水分残留，所以，像往常一样，贫瘠的碎石坡高山流石滩（screes）在16000英尺（4877米）以上的地方占据了一席之地。

因此，在高原地区，澜沧江开始与金沙江分离，其一，在深沟中形成干旱区；其二，向东向上，是森林带；其三，是草地；其四，在金沙江之上的地方是碎石地形。这正是我们在澜沧江—金沙江以南的发现，也就是垂直延伸中的水平面上的序列。也就是说，草地高原和高山草地是等价的，我们已经把它作为山脊的一个显著特征。

在我之前描述过的悲惨情况下，我们重新捆绑行李后继续前进。

在砾石区下面，我们又来到了石灰岩和红色砂岩、砾岩组成的悬

崖上，红色砂岩中被水磨损的鹅卵石嵌在坚硬的硅质基质中。我们在有居住迹象的地方发现了一尊佛像，看起来很奢华，在光滑的石灰石悬崖上涂上了粗糙的颜色。附近有拉乌拉（La-wu-rah，音译）村，它的周围是种了大麦和荞麦的梯田。

往西，在澜沧江对岸的察龙，出现了雪山和幻影般的云层。这一山脉，我以后一定会看得更清楚，藏族人称之为大木雅贡嘎（Ta-miu，音译），显然是澜沧江—怒江流域卡瓦格博峰山脊向北延伸的地方。但从卡瓦格博峰开始，它是否一直在雪线之上，这是一个让我无法确定的问题。

当我们下山时，山谷越来越具有我们现在熟悉的干旱地区的特征。花岗岩和变质岩再次出现，而矮生的白刺花（*Sophora davidii*）灌木丛取代了森林。不久，我们渡过了陶土色的小溪，这里比上面更宽、更浅，但我们能听到水掠过巨石时所发出的沙沙声。虽然跨越河流看起来没有实质性的困难，但是小马在岸边却有点不敢入水。之后，我们在谷底的湿地中苦斗前行，我们的骑队都陷入了泥潭。穿过湿地，接着爬山，我们发现悬崖上的小路被两块从山坡上滚下来的巨石挡住了，幸运的是，其中最大的一块石头平衡得很好，否则我们根本不可能推动它。在五个人的共同努力下，它终于被推下了斜坡，我们才得以安全通过。

我们已经把这场最糟糕的大雨抛在脑后，随着夜幕的降临，天越来越晴了。在瓦卡提（Wa-ka-tih，音译）村，我们第二次换了马。由于天色渐暗，我们还有很长一段路要走，我告诉岗通不要再浪费时间换马匹了。

山谷对面有一个建在陡坡上的村落，每栋房子都用石桩子支撑着。此外，房子之间都建得很近，所以在黄昏时分，这个地方整体看起来就像一个马来人的村落。这种用石头堆砌起来建盖房子的方法在西藏东南部藏族人聚居地很常见，在怒族部落聚居地也很常见。怒族人的独木舟、渔网和堆起的房屋使人强烈地想起马来人，这些地区的部落和航海民族之间确实可能有着某种联系；否则，傈僳族妇女从哪里得到她们的

第十一章 精彩的澜沧江

珍宝玛瑙贝（cowrie）呢？

到了下一个村落，名叫乃杜尔（Ndu-er，音译）。所有的妇女和孩子们都蜂拥出来观看我们这些陌生人，狗吠叫着，每个人都在同一时间交谈和叫喊着。然后，有两个男人不顾士兵的命令，坚持要卸下一匹马的行李，于是他怒气冲冲地跳了下来，拿起两块四角面包大小的石头，使劲儿地朝离他几英尺远的人扔去。第一个没有击中目标，差一点儿就打到了站在后面的一个孩子，把孩子吓了一跳！然后石子从地上弹回击打到一只狗的后腿上，狗尖叫着逃走了。但第二个人被砸中了肚子，幸运的是，这个受害者的长袍袖子正好系在腰间，就像一个厚厚的垫子。他像一只中弹的兔子一样弯下身来，但显然没有造成严重的伤害，不过他肯定不喜欢成为受害者。我现在干预了，并通过岗通阻止了这件事。在这里的每个人都带着一把剑，我们想应该在下一分钟会看到他们把剑拔出来。

这件事使我损失了一些钱，因为那个具有东方专制主义的军人曾经警告过一个村落里的人，如果他们不照着我说的去做，他们就会挨打！通常这些藏族人是虚张声势的闹事者，他们在一种荣耀的映照下越发强大。我的向导只是急于讨好我，让我成为一个既有地位又有权威的人。因为每个村民在他面前都卑躬屈膝。只要人们保持安静，他给我的这种名声就没有害处。但如果他们不安，他们很容易因为我是孤身一人而欺负我。因此，在目前的情况下，我用仁慈和金钱调和了公平。

夜幕降临时，我们爬上山谷口的高栅栏，走在一条狭窄的小路上，下面有一条可怕的裂缝，长长的水流反射出最后一道微光，它不规则地在漩涡和湍流中闪烁，并从黑暗中向我们飘来河流声音。这条汹涌的河流发出空旷的隆隆声，那是澜沧江从峡谷向南流动发出的轰鸣声。我已经说过澜沧江是这三条河流中最小的一条，既没有怒江的巨流，也没有金沙江的宽广。然而，当我在晚上听到它从大山深处涌出时，我觉得这是它们当中最壮观的河流。

沿河而下的小路虽然修得很好，却很窄。在黑暗中，一边是悬崖

峭壁，另一边是高耸的碎石，越往上越看不见，骑着马很不舒服，所以我下马步行。至于我们是否能到达澜沧江上的桑巴杜卡（Samba-dhuka，音译）村，还不能确定，因为在半明半暗的夜色中要穿过一股激流并非易事。然而，我们很快就来到了小溪边，安全地渡过了河。我们蹚过齐腰深的水，小马奋力涉水过河，水几乎涨到了它们的腰际。大约9点钟，我们突然就到了桑巴杜卡村。第二天，我发现桑巴杜卡村有二三十个木屋，它们藏在一个山坳里的一个布满卵石的冲积扇上，上面有宽阔的荞麦梯田。一切都很平静，我的随从到一户人家打了个藏语招呼，转眼间狗在吠叫，人们拿着很旺的火把出来欢迎我们过夜。我很

在桑巴杜卡村有两幅澜沧江的景色，显示出有凹槽状的石灰岩悬崖和溜索桥

第十一章 精彩的澜沧江

累，因为我们在马鞍上已经坐了十个小时了，大部分时间身体都是湿的。但是这里的空气温暖且温和。当月亮从薄雾中伸出头，照亮了大地时，我睡得正香。第二天一早，当人们正在准备的时候，我下去看澜沧江了。

　　这条河流的这个地方呈现出一种不同寻常的景象。有1/4英里（402米）的河水在石灰岩的凹槽岸壁之间流过，相距不超过50英尺（15米），也许有100英尺（31米）高。从悬崖上往下看，红色的河水在这个狭小的刀口下翻腾着。这让人对这条河流不可抗拒的力量有了一些概念，人们不可能不相信这条河流本身已经在现水平上的这些悬崖之间锯开了一条路，尤其是在更高的水平上也有另一道类似的痕迹。在这个狭窄的空间里，水的堆积深度一定是很高的，考虑到正在下降的巨大水量和从分水岭流出的水流非常之小，所以我倾向于认为澜沧江在西藏延伸上升的高度要比一般人想象的还要高。因为在澜沧江—金沙江流域广泛分布的高原地方，水并不是那些广阔的雨带草地排给澜沧江的。至少在这里不是这样的，不管它向北的情况是怎么样的。

　　穿过这条裂缝的是座溜索桥，虽然我在过河时应该感到害怕，但在另一边，有一条山路穿过大木雅贡嘎雪山，通向察龙的中心地带；但在我们走过的山谷之上，没有下到澜沧江的路，也没有沿着河的路。然而，幸运的是，这条路不出意外的话，可以通往目的地，没有必要再让我们返回乍丫。

　　一片片轻云笼罩着四周，山谷和一股浓重的露珠已经笼罩着一切，但太阳刚从山脊上升起，就像魔法一样散开了。蓝天出现在头顶上，沟壑开始升温烘烤着大地，积云已经成了一列，积云柱已经高耸起来，看起来我们度过的似乎是这光辉灿烂的一天。

　　我们的路线是朝东北偏东向上走，我们在前一晚艰难地穿过了急流的河床，现在我们必须要不止一次地穿过它，并且是几十次。在一些地方，它看起来是一项最艰巨的任务，但随着我们登上山顶，溪流分流，这项任务就变得容易多了。

蓝花绿绒蒿的原乡
——清末英国博物学家的滇西北及川康纪行

我们周围的主要地质特征是砾石悬崖、熟悉的高原红砂岩和表层泥土，每一个都由一根土柱组成，上面盖着一块扁平的圆石。

杜巴（Du-bas，音译）村，在这条山沟里是第一个也是最后一个村落。我们换了马，然后出发去寻找一条穿越分水岭的新路线。

在森林的高处，小块耕地的上方，我们发现洪水正冲过一条由红砾石切割而成的深沟。最近由于洪水的大量涌入，深沟里到处都是半流质砾石的深层沉积物。通过这些可怕的沼泽，马匹不得不陷到齐膝深的地方。它们有时感到非常害怕，这确实是最不愉快的一段路程。

冷杉林和栎树林分别标志着山谷的阴暗面和裸露面，我们沿着小溪穿过杨树、柳树、桦树和无数灌木树林，来到山口。我们从那里俯瞰第二个山谷，冷杉和栎树森林的分界线在这里非常显眼。植被很茂密，以至于当我们骑马穿过时，有一大堆行李从马鞍上被拽了下来。然后我们经过了沼泽地和以柳树为主的灌木丛，终于到达了主要的山口，见到了真正壮丽的冷杉树林，草地高原又一次出现在我们眼前。

到目前为止，山里的天气还不错，我们心情好起来。虽然此时我们已经在开阔的高原上过得很好，但我感到我们将会遇到麻烦。一阵刺骨的寒风猛烈吹过，在我们面前，一道巨大的黑色云脊低垂在山丘上。我们还没往南走下山谷，暴风雨就以惊人的威势向我们袭来。整个大地似乎在雷鸣般的巨响中摇晃着，回声在山间从一个侧面滚到另一个侧面。冰雹轰隆一声落在短短的草皮上，发出尖锐的嘶嘶声，敲打着我们的帽子和斗篷。小溪顷刻间沸腾成奔流，从草坡上冒着泡沫流淌下来。不到半个小时，山谷被一层超过1英寸（2.54厘米）深的冰雹覆盖着，望着那些白雪皑皑的山峦，从那里往下看，几丛黑色的冷杉树林向铅灰色的天空伸展着它们的尖顶，我以为冬天的气息已经开始再次越过荒芜的西藏高原而来。然而，那时还不到8月中旬，寒冬来袭，我骑马在后面的时候，看到了深深的马蹄印在冰雹地毯上留下的印记。现在，马儿们慢跑着，它们的头转向一边以避开冰雹的袭击，在斜坡上嘎吱嘎吱地滑行，躲避前面每隔几码就出现的深色水带，跌跌撞撞地沿着泥泞的河

岸滑行，汹涌的河水直冲而去。河边上有隐蔽的小洞穴，四周都是蜂窝状的地形。

不久，我们来到了有人居住的地方——一小块用篱笆围起来的草地。那里大麦正在成熟，已经搭好了堆放麦草的架子，但是没有房子。再往下是树木开始生长的地方，有几个赶牦牛的牧人挤在一棵树下，他们那又长又粗的斗篷紧紧地裹着他们，一团冒着黑烟的火是他们唯一的慰藉。虽然我们又湿又冷，但我们的困境远没有他们那么悲惨，尽管他们无疑是很幸福的。为了提起精神，岗通和我一边骑马一边唱歌。毕竟，在这些快乐、走运、足智多谋的藏族人的陪伴下，是那么的自由美好。当一个人感到身体健康时，一些艰辛只会使他更加意识到自己的健康状况。

黄昏时分，我们到了山谷里的最后一幢房子处。那是一幢两层楼高的大房子，很结实。事实上，善良的房主在分配给我的房间里设置了一个火炉，我的一些衣服可以烘烤，我很快就被热气赶到了外面，不得不在屋顶上吃晚饭。雨下了一整夜，第二天早上刚开始不久，我们又像往常一样湿透了身。

在下面几英里处，河流在普拉（Phula，音译）以南不远的地方汇入了乍丫（Chianca）河。在这里，士兵离开我们并回到他的家乡，而我们在另一位藏族人的护送下，向南沿着乍丫河而下。

渐渐地，山谷变深了，高高的砂岩峭壁随处可见，其中一处装饰着许多不为人知的古代佛教雕刻。高原河谷只有放牧的设施，并被牧民占据，但与高原河谷不同的是，这里的陡坡上有大量的耕地。

事实证明，我的第二个士兵比第一个士兵更愿意为我服务。因为在换马方面遇到了一些麻烦，与一个女人发生了争论，他举着鞭子指向她，准备把鞭子打在她那裸露的肩膀上。她冲进屋里逃脱了这一惩罚。我打断他的话，接着我下了马，从他手里夺过鞭子，威胁说，如果他不听话，我就要用鞭子抽他——不过我必须承认，这主要是因为我自己想要鞭子，而不是因为我不赞成他的行为。

蓝花绿绒蒿的原乡
——清末英国博物学家的滇西北及川康纪行

　　一般说来，我认为一个旅行者盲目地干预当地的风俗习惯既不方便，也毫无用处。我敢肯定，那个女人看到我去对付那个人的这个行为，一定比她想象的要吃惊得多。毫无疑问，我也使自己在其他村民中非常不受欢迎，他们憎恨任何形式对统治阶级的干涉。不过，我还是弄到了鞭子，一根很漂亮的皮鞭，不过事后我给了那人一卢比。

　　第二天，我们又重新回到了乍丫河和澜沧江之间的分水岭。路程不长，因为我们在下午早些时候到达了河流的下游。天气很好，从山顶上我们可以看到大木雅贡嘎雪山的广阔景色，高高的山峰被云层掩埋得如此之深，以至于我只能确定地辨认出一条冰川。这是一个被白雪覆盖的山脉的一部分，但同样不可能看到它是否向南延伸到卡瓦格博，或者这两座山体是否属于主要分水岭的不同海拔高度。我个人认为，远在澜沧江和怒江之间，确实有一条连绵不断的雪峰从卡瓦格博峰延伸到大木雅贡嘎雪山并向北进入西藏，但在澜沧江峡谷深处是不可能证明这一点的。从地理上讲，这不是一个重要的问题，但从植物学的角度来说，它可能是重要的。

　　虽然我们在下午 2 点钟后不久就到达了澜沧江，但在我们能够安全得到骡马之前，已经耽搁了将近四个小时。我们在黑暗中沿着危险的澜沧江岸骑行，这段旅程证明是最令人振奋的。我们看不见月亮，但数以百万计的星星在晴朗的天空中闪耀，天气很温暖。高高的砾石和碎石峭壁，在最不安全的位置被巨大的悬垂的巨石覆盖是此处山谷的一个特征，常有危险的碎石、深深的沟壑和破碎的道路。

　　那天晚上，我们不可能在适当的时间到达盐井，于是我们在 10 点钟停了下来，第二天一大早又继续赶路。到了盐井，我们遇到了官员带来的麻烦，他起初拒绝给我们提供骡马的物资。我亲自去看了他，他十分尊敬地接待了我，同时又指出，由于我是从乍丫这一条未经批准的路过来的，命令我必须回到巴塘路。他告诉我，通往阿墩子的澜沧江段的通道非常不安全，因为一名美国旅行者几年前在那里杀害了一名藏族人，因此他担心我的生命安全。此外，他似乎对贝利上尉的行为感到非

第十一章　精彩的澜沧江

常不满意，这也使他和云南总督之间产生了严重的麻烦。但是我必须回去，最后那个官员妥协了。如果我签署一份声明，免除他的一切责任，说他不知道我要去哪里，他就会给我几匹马！①

当然，我照办了，因为我写的东西对我来说一点都不重要。我用英文写完文件后，就让他们自己去写中文版本，因为如果我看到的话，我就一点也不明智了。如果我在到达阿墩子之前出了什么事，我完全可以想象一个精明的批评家会如何批评。这位官员几乎没有尽到义务，以签署一份缔约双方都不懂对方文字的文件而结束！这位官员似乎也没有想到，我可能写了任何我喜欢的内容，甚至是对其严重指控。当然，

---

① 译注：晚清官府的档案中把金敦·沃德称为英国商人花德金，记录为宣统三年闰六月二十六日（1911年8月20日）英国商人花德金由江卡来盐井，要乌拉赴阿墩子，盐井委员张世杰要求其亲笔写下字据备案，即《盐井委员张世杰详报英国商人花德金赴阿墩子，不听劝阻，已写立不要保护字据》。在西藏自治区社会科学院、四川省社会科学院合编的《近代康藏重大事件史料选编（第二编·下）》载："盐井委员、试用府经历张世杰为详报事。照得本月二十一日，据盐井噶达村百姓来局报称，其村适来一外国人及一通事，云要赴云南去，立候乌拉。小的等前奉谕示：有外国人到村中，即禀知。尚未与换乌拉，特来请示。府经派通巡即将其通事传来。询悉英国商人由江卡来盐井，即要行赴阿墩子去。府经即将前次奉文，凡赴滇游历者均指大路而言；阿墩子系小路，不令行走。出呈马牌，系巴塘赴江卡者，上填英商花德金，并未由江卡换票，并无赴阿墩子字样。府经即谕令该通事去对花德金回复，令其由盐井回巴塘，即行派人护送，并换马牌。若要赴阿墩子，是不能行。去后，该英人自来，呈验护照，上填英商花德金，由上海赴四川、云南游历。自云伊系三月间由云南来，在阿墩子住多日，去巴塘时将所有衣物均留在彼，是仍赴阿墩子回云南大理去。府经告以奉文不得由小路赴滇，去阿墩子途中小道，不堪行走，设有意外，碍难保护。该英人与通事俱云：阿墩子有东西在彼，势在必行，只求贵委员勿阻；我自照与巴塘写的字据写给你一份，若有他虞，自与中国国家、委员勿（无）涉。随即（用）自带钢笔，讨纸写一字据，通事译出，言语尚符，任其自去。府经未换马牌，暗令村长吩咐跟乌拉之蛮民，小心按站送去。所写字据留局备案。所有英商花德金由江卡来盐，赴阿墩子阻劝不听，自写不要保护，设有他虞，自与中国国家并地方委员无相干涉字据各缘由，理合据实详请宪台俯赐查核备案，伏候批示只（祇）遵。申乞照验施行。须至详者。"右详代理边务大臣傅 七月初十日（1911年9月2日）傅批："详悉英商花德金不听劝阻，任意赴滇，既经该委员取不受保护字据存案。该商业已前往，应无庸议。缴。"（西藏古籍出版社2004年版，第653-654页）

蓝花绿绒蒿的原乡
——清末英国博物学家的滇西北及川康纪行

澜沧江流域盐井下方路旁的寺庙

穿越西藏东南部的激流

我参与了这个游戏。但我很高兴，因为他从来没有理由把那份文件拿给总督看。因为文件上明明写着，我从盐井回阿墩子的时候要走一条小路，这是当地官员不知道的事！我想总督会说的第一件事就是他有责任知道！那位官员拒绝派人护送我，理由是这次旅行是非正式的，至少我衷心地感谢他。但是他没有权利阻止我，这一点他是知道的。为了证明这一点，我引用了故四川总督赵大人的口信。他由于胆怯和害怕，妥协了。

这三天的澜沧江之旅没有什么特别之处，除了河流上方的道路高度非凡，这让我对这个令人惊叹的沟渠深度有了一个生动的概念，因为山谷的岩壁仍然高耸在我们的头顶上。有时我们必须在水面3000英尺（914米）以上，这样我们才可以俯瞰大急流，但却听不到任何声音。没有比这更令人震惊的旅程了。比穿越这些干旱的峡谷还要单调乏味，在无尽的尖坡上来回攀爬。在绕过一望无际的沟壑中，我们需骑行几个小时才能走上几英里的直线。

8月16日的早晨，我们看到两侧的山脉被雪覆盖，但是在白天的

第十一章 精彩的澜沧江

时候再次融化。现在西面的沟壑顶部可以看到两三个雪峰，这再次表明卡瓦格博峰的雪域是向北延伸到大木雅贡嘎雪山的。这些植物都是干旱地区的植物，尽管我们的高度如此之高，有时超过海拔10000英尺（3048米），以至于灌木种类繁多。

17日，我们很早就出发了，因为我想在那天晚上到达阿东（Adong）村。中午时分，我先离开马帮继续向前赶路，我相信那些人会一直跟着我，直到他们赶上我。不幸的是，我没有意识到我们离阿东村还有多远，这条路中最令人讨厌的部分还在后面。

在阿墩子附近从海拔3658米的高度向西看卡瓦格博峰

在某些路段是非常危险的，而且在数英里内，如果马不跳跃的话是不可能越过去的，但我很庆幸我们还没有遇到。更糟的是，我的马儿把我甩了，然后跑得不知踪影。于是，我到处找它，费了很大的力气才把它抓住，尽管它迟早都是离不开这条路的。因为在马鞍上骑得太久，加上长时间炎热的天气，我感到头晕。我昏昏欲睡，对澜沧江的景色完全不感兴趣。虽然我们经过了一个不错的大瀑布，但我对那里的景色几乎没有注意。

黄昏时分，我来到了位于河流与阿东村之间暗黑的峡谷，在微弱的光线下，没有什么能比得上这里壮观的景色了。高耸的石灰岩峭壁上散落着冷杉树，激流倾泻在岩石峭壁上，形成一个巨大的瀑布。峡谷里雷声隆隆，卡瓦格博峰巨大的冰塔在天鹅绒般的天空中显得苍白而虚幻，挡住了峡谷的入口。

蓝花绿绒蒿的原乡
——清末英国博物学家的滇西北及川康纪行

在我到达阿东村之前天就已经黑了,我看不清路,于是只好下马牵着走。有一次,我们本能地停了下来,接着发现根本不在主路上,而是在悬崖的边缘。最终,我到达了一个村落。村落里的房子零零散散,我选择了一个看起来很熟悉的房子,就像我们以前住过的房子一样。于是,我开始敲门。

"喂!你好!"我用藏语喊了一声,立刻得到了回答。

"你想要什么?"

不幸的是,我的藏语词汇已经用完了,只能继续用中文。"请开门,"我说,"今天晚上我想住在这儿,我会给你钱的。"

但我还不如讲英语,因为我说的话大家都能听懂。我踢着沉重的木门,他们开始用藏语攻击我,我本能地回骂他们。最后,我用肩膀顶住门,试图把它推开。但它太结实了,纹丝未动。

与此同时,屋里一片兴奋,人们拿着火把跑来跑去,喊着各种各样的东西,但没有一个人出来露面,我也进不去。如果他们看见了我,一切都会好起来的,因为我在村落里是大家都知道的,但他们显然没有想到我是谁。他们害怕是强盗耍诡计,既不开门也不暴露自己。

我生气狠狠地踢了门一脚,屋子里顿时鸦雀无声。在那个漆黑的夜晚,在最近的喧闹和松枝火把的刺眼闪光之后,这一切显得令人难忘。我想:"他们去拿枪了,我还是走开为好。"于是,我做了最后的努力,冲了过去撞了一下大门,虽然门裂了,但没有倒下。在藏语咒语的伴随下,我笑着跑进黑暗中。

在我和我的小马都累得要死的时候,我终于松了一口气,因为找到了村长的房子。事实上,我们在去巴塘的路上就住在那里。至少在这里我会受到很好的接待,于是我开始敲门。

那所孤零零的大房子里点着一盏灯,尽管我大喊大叫,却没有得到任何回应。最后,我拴住马以后翻爬上墙。黑暗中下面似乎有什么东西在晃动,我跳了下去,跌倒在一条大藏獒的身上。它醒了过来,立刻发出一声巨大的吠叫,我侥幸脱险,全身都没受伤。还没等全家人都出

第十一章　精彩的澜沧江

来，我就爬进了一扇窗户，然后进了那间宽敞的家庭厨房，径直冲进一群孩子中间。他们正在玩一种不同寻常的游戏，像捉迷藏，这就是他们不理睬我的原因。

大家立刻惊慌失措，尖叫着跑开了，只有几个老人站在屋子中间张大嘴巴盯着我。幸运的是，有一个中国人坐在火炉旁，我向他解释了我的立场，很快大家就放心了。

他们给我弄了些茶和糌粑，并且派了一个男孩来照看我的马，他们尽自己所能使我感到舒适。由于我的行李还没有到，于是只好睡在草地上，用马鞍当枕头，用鞍布当毯子。我不记得以前有哪一天身体会像昨晚一样，在骑行了14个小时之后疼得厉害——一直疼到第二天早上！

第二天早上5点钟，我吃了一点早餐便动身前往阿墩子，并且到达了村落的另一端。这时，就在山谷下面几英里处，我遇到了岗通和马帮，他们是前一天晚上11点钟到的。他们没有听到关于我的任何消息，在第一个房子里歇脚后，他们开始认为我已经去了阿墩子。我立刻停了下来，让岗通给我准备了一顿正餐，里面有很多新鲜的牦牛奶和生鸡蛋，然后我们出发前往阿墩子。在离开了三个多星期之后，我们在中午到回到了大本营。

在西藏东南部的巴塘，再从巴塘到乍丫的匆忙旅途中，我不得不感谢住在茨贡的法国教父以及他从拉萨带来的惊人故事。奇怪的是，即使我在这个地方实质上进行了安全的旅行，他仍然坚持着拉萨消息的正确性！

第十二章　山与寺——第二次金沙江之旅

从 8 月 19 日到 9 月 16 日，我们除了在东部山脉的宿营地待了 3 天外，一直都待在阿墩子。

我们日复一日地翻越那些古老的山坡，发现了许多将会在春天开放的花卉种子。另外，在高海拔地区的夏季植物群现在生长得非常茂盛，大量的龙胆属（*Gentiana*）植物在草地上盛开，石灰岩上点缀着一簇簇黄色的虎耳草属（*Saxifrage*），较低的地方有大量的唇形科（Labiatae）植物，主要生长着草本植物。这些植物的大多数在英国都能看得到，像龙胆属、虎耳草属和其他种类丰富的属一样，百花齐放。无论是在高寒地区还是在中等海拔地区都有许多紫堇属（*Corydalis*）植物，其中一些生长在遮阴的地方，另一些生长在海拔 16000 英尺（4877 米）的开阔平地上，而另外一种开着浓密的黄色穗状花序的植物是水生植物。

在阿墩子下面，在日晒和风吹的干燥岩石斜坡上，我发现了一种紫色的刺参属（*Plopanax*）的花朵，白花的变种也很常见，生长在 13000 英尺（3962 米）的石灰岩悬崖上，是一株小的捕虫堇属（*Pinguicula*）植物，但不幸的是花已经凋谢了。我还看到了美丽的桔梗科党参属鸡蛋参（*Codonopsis convolvulacea*）相互缠绕在一起，花很大，呈淡紫色；在海拔 15000 英尺（4572 米）高的地方是同一属的直立物种，有着下垂的钟形花冠，花冠上有一种不洁净的果肉，里面呈深红色，气味非常难闻。党参属植物还有第三个例子，这个例子发生在海拔 11000 英尺（3353 米）的地方。它的花朵也是相互缠绕在一起的，像最

第十二章 山与寺——第二次金沙江之旅

后提到的物种一样，同样散发着令人恶心的气味。

有一天，我们沿着西边的高山山脊走了一圈，金发现了一条他认为可行的路线。可是，在我还不知道将要发生什么之前，他已经把我带到了一个大约30英尺（9.1米）高的悬崖边，悬崖下面有一个陡峭的斜坡。他手里拿着枪冷静地爬下了悬崖，尽管他手里拿的枪让我感到很不安全。当我下到一半的时候，我的命都快被吓没了一半。金站在下面的碎石地上，说："别害怕！不要害怕！"最后，我终于下到了斜坡上，这让我感到很不安全。金随口说道："几天前我刚到这里的时候，我还担心如果我跌倒了，没有人会发现我的！"因为他曾独自探查过这条危险的路线。

在这些问题上，中国人似乎并不感到神经紧张。我想，这并不是因为他对死亡或伤残的本能反应不如一般人，而是因为他并没有想到他会从100英尺（31米）高的岩石上掉下来。对他来说，这就像在离地面只有2英尺（0.6米）高的地方一样。

虽然经常有阵雨，但到月底为止，天气总体上还很好。暴风雪经常经过澜沧江流域，从卡瓦格博到白马雪山，距离阿墩子约5英里（8公里）远的地方，天空中的乌云就像乌鸦一样飞来飞去。我们经常听到从那个方向传来的雷声。有一天晚上，一场雷雨从村落里掠过，天空中闪过一道耀眼的闪电，倾盆大雨洗刷了整个村落。傍晚时分，当灿烂的阳光普照阿墩子时，我们有时会看到明亮的彩虹投射在白马雪山深蓝色的天空上。早在8月28日，山下海拔15800英尺（4816米）的山口就被雪覆盖了，但是暴风雪的出现并没有持续一整天。在这么高的海拔上，澜沧江—怒江分水岭一定经常下雪。但是，这是我们在澜沧江—金沙江分界线上看到的第一场雪。

有一天宋哭着来找我，问我他是否可以回大理。我再三追问他具体遇到了什么麻烦，他说他没有钱买衣服，现在冬天就要来了，晚上他很冷，总是感到身体不舒服。更重要的是，他听人说，我认为他很懒惰——这是千真万确的。然而，我并没有这么快就要解雇他的想法，这

是一件很容易解决的事情。因此，在他生病但没有及时来找我的情况下，我给了他一些药，预支了他下个月的工资，替他支付了一些购买被褥的费用，还把我的旅行毯借给了他。

不久之后，我发现他每月都花费将近一半的工资用来买当地白酒（Chinese spirit）喝。到目前为止，当我把这件事与他谈话的时候，他不想回大理。我告诉他，如果他愿意，现在就可以回到大理，但他不愿意那样做。在某种程度上，我对这件事的确感到不满，因为我一直在关注每个随从的需求和兴趣爱好，还有他们对我的意见或建议，并且一开始就告诉金，一旦他们中的任何一个感到不适或者有何需求时就立即报告给我，但是我对宋的情况一无所知。然而，他这么做将什么也得不到，因为我将从他下个月的工资中扣除我给他的额外奖励份额。虽然在解雇他时我给了他一份小礼物，但我并没有奖励他。事实上，我在八莫（Bhamo）与他分开时就已经回报了他的忠诚。宋是一个好厨师，但他为我的服务也就止步于此了。

9月1日，我们在阿墩子上面的一个山谷里扎营，这里海拔13000英尺（3962米）。第二天，人夫们带着小马回到阿墩子。藏獒阿波留下来看守营地，我和金登上了山谷的陡坡，来到上面的高山草甸，在种子中发现了几种绿绒蒿属（*Meconopsis*）和报春花属（*Primula*），在花中也发现了许多其他植物，主要是虎耳草属（*Saxifrage*）、丝裂沙参（*Adenophora capillaris*）、矮乌头和飞燕草（*Consolida ajacis*）。

值得注意的是，生长在海拔16000～18000英尺（4877～5486米）的落叶松的种子中有很大一部分能够适应风力。例如，矮杜鹃花的花瓣是翼状的，那些龙胆草和虎耳草是非常小、非常轻的，无数的小石屑混合物提供常见的冠毛，等等。在这些海拔高度上，悬崖植物尤其明显，可与附生植物相比较。考虑到这些山谷受到风力作用的影响，风传播的种子应该到达如此高的高度，并逐渐在由于冰川消退而缓慢暴露的地面上生长。这是很自然的，我经常看到菊科（Compositae）植物的种子被卷到海拔12000英尺（3658米）的山上。另外，仅仅拥有能

第十二章 山与寺——第二次金沙江之旅

被风吹来的种子,并不能使植物在这些荒凉的山脉上生长,无论是柳叶菜属(*Epilobium*),还是铁线莲属(*Clematis*),它们在海拔12000英尺(3658米)处是常见的两个属,在真正的高寒地区是具有代表性的。我们也不应忘记,高寒植物是北温带植物区系,虽然与北纬30度附近的埃及开罗处在同一纬度,但无疑是来自北方。因此,正如前面所描述的,南风吹过主要的深谷,不能给植物区系的组成增加任何东西。

夜里下起了大雨,空气变得很冷,所以我出去把我那只忠实的藏獒阿波带了进来,它高兴极了。早晨,我们登上主谷,山脊分支到另一个悬谷顶端的隘口,海拔约16000英尺(4877米)。从这里我们可以清楚地看到深雪下山脊的岩石顶峰。隆茨拉(Run-tsi-la,音译)[①]就像主山谷顶端的那个山口,仍然在我们上面很长的距离,我最想穿过的就是这条通往金沙江的通道。棱角分明的巨大岩石碎片环绕着这个悬谷底部的一个小湖,我在这里打到了一只小土拨鼠。晚上,曹的一个士兵和人夫一起出现了,说我们得回阿墩子。我们已经把所有的种子都带进来了。雨连绵不断地下,在帐篷里非常不舒服。我默许了,9月4日,我们下山了。

现在村落里热闹极了,人们过得非常愉快,因为这是伊斯兰教的开斋节。不久之后,我们就参加了一个中国的节日,狭窄的街道上挂

---

① 译注:隆茨拉在洛克引用金敦·沃德的调查资料时,书写为伦齐剌(Run-tsi-La),当为隆茨拉。"藏语所说的白马刺(Pe-ma-Ia)与汉文的白马(白的马)毫无关系,那是一种藏语的发音方法,读为巴马(Pad-ma,莲花),而白马刺的意思是莲花关。白芒山东地区所知不多,在戴维斯(Davies)的地图上是一个空白。但有一条路经过德鲁拉(Dru La)向东北到金沙江的主要分水岭,在这里称为慕顶山,是根据金沙江边慕顶村而取名的。这个山景也称戎溜雪山,北面看起来好像是这座山的延续部分,称为弩露雪山。在这座山上有个通在金沙江的关口,称为伦齐剌。这个关是全区最高的地方,据说高度为16500英尺(5029米)。在慕顶有一个藏族土司和大约50户人家,以及一个小喇嘛寺。这个村子在金沙江上大约100尺(305米)处,距离狭窄干燥的金沙江各约3里。慕顶村所在的斜坡是一些台地,栽种看小麦、小米和荞麦。在果树方面,种着石榴、核桃和一种小柿(金敦·沃德,K.Ward)。"(洛克:《中国西南古纳西王国》,刘宗岳等译,云南美术出版社1999年版,第224页)

着大灯笼,屋子外的火盆(ho-p'ans)里烧着纸钱(joss-paper),锣鼓喧天。

与此同时,本该在 8 月到来并在此之前结束的雨水,却毫无减弱地继续下着,在经常刮大风的情况下爬山是一项在寒冷中令人吃苦的活动。有时,我早上醒来发现我的房间被水淹没了,屋顶上有十多处一直都在漏着雨水,我的毯子、植物、种子、书籍和其他一切都湿了。

有一天晚上,我比往常更晚到森林里去了。随着黄昏的降临,由于乌云笼罩着山谷,使得一切都笼罩在一场寒冷的小雨里,天色变得越来越暗。突然,我听到不远处有鼻息的声音。我透过树林往外看,看到一只黑色的大型动物正以一种奇怪的步伐朝我走来,它的鼻子贴近地面。就在那一刻,它用后腿直立起来,离我不到十几码远。我看到它是一只黑熊,站在那里大约有 4 英尺(1.2 米)高。我非常吃惊,除了站着目瞪口呆地看着它,我什么也做不了,就像它盯着我看了几秒钟一样。然后,它特别厌恶地哼了一声,前脚落地,迅速地拖着脚步走进了森林。能在阿墩子半小时的步行路程中看到一只熊,这让我很吃惊,并且没有携带任何武器,我很庆幸它已经逃跑了。但是,由于我没能将它捕捉,还是有些生气。在这些山林里,黑熊一定很常见,因为怒江山谷和澜沧江河谷的所有部落都使用熊皮做成的箭盒,就像藏族人所说的用"岩羊"皮做成的马鞍袋一样。我不知道这是什么动物,也从来没有遇到过。我想,用弩弓射击熊会是一件很刺激的事情。

这并不是我们遇到的唯一一种大型猎物,因为除了金遇到的豹子,我还两次在阿墩子山上看到鹿,我们还看到岩羊爬上怒江山谷的石灰岩悬崖。有时藏獒阿波会突然停在森林边上,狂吠几分钟,时而回头看我们,时而把注意力转向我们看不见的东西,不愿离开那个地方。在这样的情况下,我们会听到一个健壮的身体在厚厚的灌木丛中撞击而过。在独龙江的源头,猎人应该会捕获许多当地以运动天赋命名的动物和扭角羚(*Budorcas*,羚牛)。我曾经在怒族人小屋里看到过羚羊角。除了上述的动物外,我敢说当地还有麋鹿和其他动物。

第十二章　山与寺——第二次金沙江之旅

澜沧江—金沙江分水岭海拔16000英尺（4877米）处，阿墩子上的高山流石滩

　　每天都有许多转山者经过阿墩子去多克拉，他们排成一列长长的队伍。无论男女老少都背着背包，每个人手里都拿着竹杖，竹杖上有一条常绿的小树枝作为装饰。现在，我第一次看到了曾经在书中阅读到的那些让人感到惊奇的人，他们用身体转山来测量路途的长度，从而获得无量的功德。那是一个衣衫褴褛的人，又脏又邋遢。他的长披风外面裹着一条皮围裙，双手插在扁平鞋子之中，鞋子如同日本木屐。他站起来，把木屐在他面前拍了一两下，然后慢慢地把木屐举过头顶，又拍了第三下，胳膊笔直地伸在身前，伸直身子匍匐在地上。他又拍了拍手，在地上做了个动作，然后站了起来。然后，他庄严地向前走了三步，来到一个适合的地方，又重复一遍刚才的动作。就这样，他继续着这样疲惫的旅程。

　　除了藏族人，谁能不顾时间！他们对一种宣扬自我净化的宗教充满着热情，想出这样一种能够获得功德的方法。也许他就是这样到多克拉去旅行的，这次旅行他得花上几个星期才能走完。

　　9月13日，前述那位因挪用公款而被解雇的前任官员夏瑚被免职，离开了村落后。由于他所具有的影响力，使他在其他地方得到了另一个职位。这样，他在民众眼中又重新恢复了自己的形象，而中国人的礼貌

要求他过去的过失应当被忽视，就好像从来没有发生过一样。夏瑚再次担任官职，必须遵守惯例。他虽然被降职使用，但还是被迫暂时住在阿墩子，直到他把债务还清。为了还债，他不得不卖掉他的大量财产来完成这件事。此外，由于他有两个妻子，一个漂亮的藏族人姑娘，虽然这个女子没有钱，但他喜欢她；另一个是相貌难看的中国女人，这个女人很有钱，但他不喜欢她，所以这个可怜的男人陷入了困境。在这种情况下，要从他的合法妻子那里得到帮助，需要付出最大的努力。因为她对那个篡夺她地位的藏族人小娇妻子感到愤怒，而且毫不掩饰这一事实。

债务最终还是还清了，当然，也有部分债务逃避了，并且曹和商人们为夏瑚举行了一个盛大的欢送宴会。我猜测，其中大多数人可能都被他骗过。村落那边摆着一张桌子，所有的士兵都排成一列，夏瑚和那些向他表示敬意的官商们一起吃饭。他们都是以这样的交际来搞好关系，频繁往来的。大家都发表了动听的送别演说，响亮的喇叭声震天响。最后，曹骑着自己的马，在士兵们的先导和护送下回衙门去了。而夏瑚在与所有人亲切告别后，也开始出发去新地方任职了。

18日，我们出发去金沙江上的奔子栏，要走为期三天的路程。我一直想在这个通道上收集一些资料，然后再比较一下分水岭两侧的植物区系。为了尽可能靠近通道，我们一直往前走，直到天黑，最后在海拔约14000英尺（4267米）的草坡上宿营。

第二天一早我们就离开了营地，只带着我的藏语翻译，我们爬上了隘口［海拔15800英尺（4816米）］，沿着山脊向白马雪山走去，一边走一边采集种子。

在山口上方大约海拔1000英尺（304米），海拔近17000英尺（5182米）的地方，物种丰富。在这一海拔位置，高山草地面积逐渐缩小，但仍然包括各种各样的物种，如石岩报春（*Primula dryadifolia*）、宽叶绿绒蒿（*Meconopsis rudis*）、藨草属（*Scirpus*）、葱属（*Allium*）、十字花科植物［岩荠属（*Cochlearia*）］和几种垫状植物，包括委陵菜属（*Potentilla*）和三种石竹科（Caryophyllaceae）。

第十二章　山与寺——第二次金沙江之旅

我曾在其他地方说过，这个地区大多数高山落叶松都有小种子，无疑可以借助风力传播繁殖。但第二个原因自然就表明了这一点，那就是它们的成熟时间很短，这将不利于它们在生长季节获得大量所需要的营养物质。

必须记住，即使在比较干燥的澜沧江—金沙江流域，海拔16000～17000英尺（4877～5182米）的高空，晴朗的天气也很少见，而通常是湿雾的天气。实际上，即使没有下雨，也会从温暖的山谷中冒出雾来。在这些条件下，昆虫游客——无论是蝴蝶、蜜蜂，还是小苍蝇［我在海拔17000英尺（5182米）的高度上看到了最后的两种］——与花的数量相比已经很少了，受到限制。如果不是完全需要的话，那么很明显，与更有利于授粉的条件相比，花必须在更长的时间内保持吸引力。这就意味着可以用更少的时间来让果实成熟。此外，大量的胚乳对周围的种子来说是没有什么价值的。我的最佳策略是尽快地前进，雪一融化，我们就充分利用他们短暂的生命。这些发芽的种子必须在低温条件下生长，油质或淀粉质胚乳的转化和吸收将是一项单调乏味的工作，而最简单的事情似乎是尽快生出根和叶。

无论如何，值得注意的是，在这些海拔高度的大多数植物都是一年生或两年生的。因此，从种子发芽到果实成熟，它们的存活不会超过四个月。考虑到它们生活的严格条件，它们也不可能吸收这些补充养分，也不可能产生出储备养分来供应。它们吸取的一切能量也只能供应它们当前的需要。

我终于从碎石堆中爬上了这个山谷的顶峰。这座山峰占据了这个山谷，这是一个岩石金字塔，从这里可以看到被白雪覆盖着的白马雪山群。但是再往上爬几百英尺，当我距山顶不远的时候，一场刺骨的暴风雪席卷了我的身体，遮住了我的视线，使我麻木。我想最好还是放弃前进这一尝试，尤其这里的石头已经风化，一些横越的路线更是让人讨厌。所以我决定下到我的向导等我的地方，然后我们就重新返回营地。

在我爬到的最高地方，岩石的隐蔽处还生长着开花植物，如绿绒

蓝花绿绒蒿的原乡
——清末英国博物学家的滇西北及川康纪行

蒿属的美丽绿绒蒿（*Meconopsis speciosa*）、垫状植物等。但是我认为，在这个范围内，海拔18000英尺（5486米）是开花植物的极限。在这之上，土壤可能太冷，根系功能无法正常工作，因为在远高于这一极限的高度，植物没有理由不能获得足够的防风保护。

第二天一早，我们来到营地，前往东竹林（Tung-chu-ling），天气晴朗。穿过山口后，南方偶尔可以看到白马雪山的巨大扶壁，虽然有一部分埋在云中。而就在我们的正上方，向北延伸出一个由风景如画的塔顶和尖尖顶起的石灰岩荒岭形成的风光。通过比较卡瓦格博雪峰峰值和由于水蚀而形成的优美曲线轮廓，不能更好地证明这两个分水岭上的降雨差异。白马雪山的壁侧、肥厚的顶部冰雪，更确切地说是由于干燥空气侵蚀而形成的，特别是与温度急剧变化和极端温度相关的区域。

白雪皑皑的白马雪山断崖上，雪花一片片地、一缕缕地贴着岩壁，呈片状和条纹状，特别有层次感。如瓶鼻状的冰川虽然有几英里远，但可以清楚地看到它们正在后退，它们的鼻子离终端冰碛还有一段距离。

我们的路线穿越了这个高原地域，因为我们在穿过山口之后，没有下到谷底，而是继续穿过其他几个山谷的顶部，上上下下地在起伏的高原上往前行进着。一小块明亮的蓝色龙胆覆盖在石灰岩上，在这里呈现出显著的囊状结构。在海拔14000～15000英尺（4267～4572米）的高空，同样引人注目的是奇异的鲜卑花（*Sibiraea laevigata*），它在灌木植物区系中占主导地位。它形成了大约6英尺（1.8米）高的松散生长的灌木，但不凑巧的是，它现在还没有开花。

中午，突然下起了一场可怕的大雨，我们躲到牦牛牧民住的帐篷里，并吃了午饭。不久，我们到达了最后一个通道口的山顶。在我们的下面一点，能看到东面的四川有碧绿的群山森林，再往下一点是金沙江流经的深谷，深深的山谷里长满了茂密的落叶松和冷杉。

我们到达第一间小屋的时候，天色已经很晚了。在我们下面，夕阳照在东竹林寺金色的塔尖和苍白的墙壁上闪闪发光。不久，我们就被黑暗包围了，沿着激流上方一条最危险的路走了两三个小时。每时每

第十二章 山与寺——第二次金沙江之旅

刻，我都希望那匹小马能安全通过。值得庆幸的是，在我们到达那里之前，没有发生担惊受怕的事情。这时唯一要做的事就是静静地坐在马鞍上祈祷。尽管我的小马是个聪明的小家伙，但是，在最危险的地方，我不得不牵着它。最后，我的向导完全迷路了。当他站在山腰和人夫争论的时候，我独自向前走了。因为我有一种本能，可以在最黑暗的夜晚凭直觉找到那条正确的路。我设法找到了准确的路，沿路来到了散居的东竹林村。在那里我们找到了舒适的住处，那是一个朴实无华，但很宽敞的房子。这里很暖和，我几乎没等到吃晚饭就倒在床上睡着了。

　　我醒来时，发现周围的环境焕然一新。一望无际的田野，稻谷和玉米在风中摇曳，高大的扁豆在婆娑起舞，一望无际的青菜地，一朵朵硕大的向日葵映入眼帘。在我们上方的小山顶上，坐落着一座大寺庙，虽然从这里几乎看不见，但却是这个地方的主要特征。

　　让人夫先去前面的奔子栏后，我和向导一起去参观寺庙。这个地方四周高墙环绕，里面像一个陈旧的休闲公园一样。喇嘛们对我的到来很惊讶，但还是礼貌地接待了我。我在院子里转悠，探索房屋布局，进入主寺庙时，他们的脸上表现出很友好的态度，那里的仪式通常都是吵闹的。然而，我对这座寺庙本身没什么兴趣，只对一幅绘着一座拉萨大寺庙的壁画感兴趣。但事实上，壁画面积巨大且工艺粗糙，除了视角画有些古典韵味，并无其他特殊。接着我爬上了寺庙的屋顶，屋顶上覆盖着由岩石压着的木板，就像怒江上的怒族人的小屋一样。整个建筑的顶上是常见的铜或黄铜装饰物，像模拟的烟囱或斗篷，装饰着各种喇嘛教的象征符号，中间是一个金色的圆顶，当太阳照射在它上面时，从很远的地方就能看见它。有大约300名喇嘛生活在这个寺庙里，由于其独特的地理位置，不管是从山谷的上面还是下面看，整座寺庙都显得十分壮观。但是，近距离观察，还存在有不美的地方。

　　在山坡上方有一个较小的女僧人寺庙，如果我可以使用这个词，女性喇嘛在这个地区并不少见。不过，尽管我很好奇，但我还是认为过细探听这件事也许是不妥当的，所以我没有做进一步考察。

蓝花绿绒蒿的原乡
——清末英国博物学家的滇西北及川康纪行

　　金沙江流经非常干旱的地域，在山谷口处有倾斜的梯田和灌溉冲积扇平原。这里有棉花、烟草、大麻和无数麦田地，石榴树上结满了鲜红的果实，桃树、橙树和核桃树，其间散布着几座白色的大房子。

　　这里的女性与澜沧江流域的藏族人一点也不同，她们身材矮小——也许最能形容她们的词就是"娇小"。她们穿着褶皱的裙子，就像那些在麽些人中流行的裙子服饰，我倾向于认为她们是麽些人而没有藏族血统，尽管她们说的是藏语。西藏高原以东的整个山区居住着一些与世隔绝的藏族部落，与西藏东部真正的半游牧民不同，能够明白最广泛意义上所定义的"藏族人"这个术语。古老而曾经强大的麽些王国，它的首都是丽江府（Lichiang-fu），可能这些虔诚的藏族人及其部落是最成功地从中分出来的。在澜沧江流域上，从茨贡一直到多克拉，我们遇到了奇怪的藏族部落，但在这些边境地区，交通便利的道路上部落的融合是如此明显，包括可怕的黑人部落和非常漂亮的女孩们，任何试图解开这些谜团的企图乍一看都是无望的。

　　在奔子栏和东竹林之间，有几个屋顶上矗立着高大的瞭望塔，它是汉人沿着这条贸易路线活动中留下的纪念碑。必须承认，这条道路除了前往拉萨的喇嘛车队外，其他任何人都很少使用它。自1905年以来，尽管在奔子栏和中甸（Chung-tien）（今香格里拉）有驻军，但藏族人仍完全按照自己的方式在使用它。这条路提供了大理和巴塘之间最快捷的路线，但是除了大量的汉族人使用以外。汉族人总是喜欢经转维西厅，我不记得在阿墩子和奔子栏之间有单一的汉族人马帮车队。这里金沙江的河道宽度比巴塘下流的部分要窄，而且在很大程度上不会被急流所打断。因此，除非在异常或突然的洪水时期，它可以使用渡轮跨越，贫瘠的石质冲积扇平原——如果有水的季节，它会被当作田地耕种，在奔子栏下面一点就有这样的田地——在河流的上方，它们最终形成了陡峭的砾石悬崖。我打算继续沿着金沙江，经过茂顶（Mo-ting）并返回阿墩子而不是隆茨拉（Run-tsi-la，音译）。但是要知道这意味着在干旱地区有五六天的旅程。我放弃了这个想法，并决定在第二天早上以同

第十二章 山与寺——第二次金沙江之旅

样的路线返回,再花一天时间在白马雪山上收集植物标本。

第二天早晨,我找不到人夫,而岗通本来可以在很短的时间里安排六七个人夫去干活,可是一个小时又一个小时过去了,我那年少的翻译也没有帮助我记录物品清单。终于在中午1点钟可以出发了,我们在到达东竹林之前,天已经黑了下来,我很高兴又有了一段在夜间赶路的经历。最后,除了我的被褥外,所有的东西都安全到达了,随从拿着一支火把返回去寻找。我们发现一个人夫显得疲惫不堪,在黑暗中随地坐下来休息。

第二天,9月23日,我们又出发晚了,以休闲的方式爬上陡峭的山谷。只走了一小段路,就在山顶宿营。离开奔子栏的第三天,我们就在山口下面海拔15000英尺(4572米)的地方宿营,这里的风冷得刺骨。

当我骑着马穿过高原时,身后有两个藏族人来到我的面前。其中一个人,既没有微笑也没有鞠躬,他抓住小马的缰绳,把一个酒瓶塞近我的脸旁,示意我喝酒,这一动作看起来很粗鲁。然而,我一点也不喜欢喝中国酿制的白酒。当我礼貌地拒绝他时,我并没有发现对方表现出那种真正感到的任何不安。此时,他变得更加咄咄逼人,在他那巨大的外套里摸索着某种东西——我开始怀疑是一把刀!无论如何,我觉得最好哄哄他,就喝了一口冰凉的烈酒。这让我倒抽了一口气,透不过气来。最后,我把酒瓶递了回去,拒绝再喝下去。陌生人松开了我的缰绳,像来时一样走了,一边走一边大喊大叫,而我不知他在说些什么。

东竹林的松林散布在石灰岩中,就像在茨姑一样。和往常一样,成群的绿鹦鹉从一棵树跳到另一棵树。有一种半寄生灌木的红色浆果,我相信是属于檀香科(Santalaceae),也许是一种槲寄生属(*Viscum*),我经常看到鸟儿在树枝上摩擦种子,它们的鸟喙可以除去黏黏的部分,甚至把它们从对方嘴里拉出来,这也是最滑稽的表演。在一些树下,人们经常可以捡到几十颗这样的种子和半熟的浆果。

我本来打算在天一亮就动身,在云层从山谷中升起之前,爬上白

马雪山。由于这个原因,我在山口附近扎营。我们在风口的位置,住着非常不舒服。到了晚上,我突然病倒了。第二天早晨,几乎不能吃早餐,登山的想法都不得不放弃。这使我感到非常痛苦,因此,我下了命令,要返回阿墩子。路上,我觉得要紧紧抱住我的小马都有些困难。晚上我们到达了宿营地,我很快就感觉好多了。在下山的路上,我发现了一大片最鲜艳的蓝色喇叭状的华丽龙胆(*Gentiana sino-ornata*)。这是一种典型的石灰岩植物,刚刚在9月底开过花。

当我到达时听到的第一个消息是,我房东的小女儿,一个十二岁的快乐小女孩,从屋顶掉下来摔死了。这场灾难的来临让她的父亲陷入了困境。从那天起,他的父亲经常在晚上喝醉酒。

与此同时,我们又重新安顿下来。过了一两个小节日,各种商人、朋友和士兵都来拜访,求医的人和藏族人舞蹈演员的来访,使我们松了一口气。女人们穿着绿色、蓝色、紫色和鲜红色的华丽长袍,腰间系着叮当作响的铃铛围裙,脖子上总是戴着很大的珊瑚和绿松石,用它们来作护身符。她们用刺耳的声音唱着歌,男人们跳着轻快的舞步,伴着铃铛声和鼓声。有时会有一个喇嘛出现,急于给大家算命、驱鬼。人们相信一定数量的恶魔在村落里隐藏着,所以喇嘛的驱鬼行动在当地总是大受欢迎。后来村里的理发师来了,他为我刮过一两次脸,他胳膊上有一个6英寸(15厘米)长的伤疤,这个伤疤是在一周前被猪咬伤后留下的。他为了杀死一头猪做腌肉,在猪还没有被完全杀死之前,这个可怕的野兽成功地将它的"标记"留在了理发师的手臂上。

我知道这些食腐动物吃的是什么,我很惊讶这伤口,伤口上随意涂了大量的黄油,没有比这更令人讨厌的了。我给病人一些高锰酸盐来清洗伤口,并告诉他要用糌粑来敷糊。我拒绝继续给他医治,因为我现在没有时间再做这些奇怪的医学实验了。伤口在一个星期内痊愈了,但我不能说是因为黄油还是由于药膏的功效。

9月的最后几天,秋天悄悄地降临到了高大的山谷里。

第十三章　翻越隆茨拉：第三次金沙江之旅

　　村落的上面看上去凄凉荒芜，耕地上的庄稼已经收割了。因此，这块地方显得光秃秃的。打麦秆的连枷有节奏的起落声从邻近屋顶上传来，藏族人跟着起落声一起唱着歌。变黄的树叶从树上掉下来，花儿凋谢了，高山迎来了冬季，但天气还没有稳定下来，经常下着阵雨。有时整个山谷都被云笼罩着，根本看不清村落有多大，接着天空中就下起了绵绵细雨。9月中有十七天都在下雨，其中有三天整天都在下；在10月1日到17日之间有十三天在下雨，其中有六天我们根本没有见到太阳，因为雨几乎一直下个不停。

　　阿墩子有两个雨季，第一个通常在5月之前的早春，第二个通常在9月夏末的某个时候结束，今年的第二个雨季反常地延长了。正是这种夏末的雨水使得澜沧江—金沙江流域的秋季植物区系丰富多彩。在澜沧江—怒江流域积雪已深的高海拔地区，我们发现了盛开的虎耳草属（*Saxifrage*）和滇龙胆草（*Gentiana rigescens*）。后面有一个山脊的植物群基本上是夏季植物群，在6月和7月生长得最好，因为6月底之前那里会有降雨。在向东直线距离20英里（32公里）的地方，植物群在两个月后将迎来它们的鼎盛期。

　　对于采集工作来说，时间有点紧迫。花已经开始谢了，金以一种令人愉悦的心情整理了滇龙胆草（*Gentiana rigescens*）的名单，只剩下等待种子结果时去采集。我像往常一样出外攀爬，但不像以前那么急切了。有时候我一大早就拿着枪出去了，尽管我偶尔会看到普通的野鸡，

但我很少能射击到比鸽子更大的东西。还有更有趣的，如野鸡和其他种类、松鸡、鹧鸪，我总是会在没有拿枪的时候才遇到它们。然而，白罗尼先生带着一只极好的诱鸟野鸡，因而他成功地射杀了许多只野鸡。他不时地把其中几只送到我身边，它们很好地改善了我的饮食。

我已经收获了大部分的种子，并且为了再次回到山上而焦躁不安，部分原因是希望获得我在旅行中看到的植物种子。而据我所知，这些植物并没有在阿墩子附近生长。还有一部分原因是为了确保可以获得一些高山植物的种子，不管我没有见过它们开花，因为从植物学的角度来看，它们很可能会引起人们的兴趣。

如果我想经茂顶（Mo-ting）越过澜沧江—金沙江的分水岭，现在是最佳时机。因为官员曹与来自云南府的高级军官——一个穿着漂亮的日本军服，佩带着长剑和戴着白羊羔皮手套的云南花花公子——去旅行了。于是在阿墩子没有一个人有足够的权力来阻止我，我希望得到许可的人就是那个下级军官。他是我的一个朋友，经常过来和我聊天，他经常会看看我的手枪和其他神奇的东西，或者向我讨一些枪油，所以他不太可能拒绝我的要求。诚然，曹本人可能允许我去，因为他最近没有搭理我，但他几次都苦恼地抱怨我总是想离开主干道去最隐蔽的地方，而通往茂顶的小路只有几个藏族商队在进入蛮子（Mantze）中心地带时走过。

在月光下的夜晚，我听到了打麦秆的砰砰声，藏族姑娘们在附近的屋顶上唱歌，欢声笑语，或断断续续地谈话，发出嗡嗡声，而我在房间里不停地烘干和包装种子，于是我变得焦躁不安起来。在10月的寒风中，小雨被狂风吹扫在我的脸上。高山又被白雪覆盖了，天气很冷，我的房间里总是有一大盆烧红了的木炭。

10月17日，一切都准备就绪。18日，我们动身前往茂顶，金留下来收集种子，并照料那些正在晾干的种子。在翻译方面，我找了一个当地的藏族人做翻译，我对他很满意，后来我让他在我返回阿墩子时继续为我做翻译。

第十三章 翻越隆荧拉：第三次金沙江之旅

我们的路线是沿着我已经爬了好几次的山谷走的，但是我们没有拐进任何一条分支的悬崖山谷，我们继续沿着主谷走。在其中一个人的陪同下，我慢慢地爬上山口附近，并且在林荫湖旁边停了下来。林荫湖有一部分是深洼地，我打算在这里过夜。

那里有许多矮小的杜鹃花可做柴火，我们的海拔大约是16500英尺（5029米），淡水充足，有一个很适合用来遮蔽的凹地，里面长满青草。我们可以在那里搭起帐篷，因为那里不受风吹，同时也不受周围积雪的影响。但是马帮远远地落在后面，等了半个小时后，还不见他们上来，我就叫随从回去找他们。雪开始下得很大，天色已晚，短暂的秋日已近尾声。前面是被积雪覆盖的分水岭，裸露的碎石一直延伸到上面的石灰岩峰。湖很小，但最引起我注意的是它的外流量，因为一堵坚固的岩石墙把它从山谷下面四五十英尺的地方切断了，水一直延伸到大约15英尺（4.6米）高的水平面，并从两扇相距几英尺的石门中间流出来，在剩下的距离里，它像瀑布一样落在石块上。盆地里的水是一片美丽的深绿色，以一种壮观的方式反射着上面的雪山。然而，它已经半冻住了，狭窄的出口被冰柱堵住了。我无法判断，水是不是真的通过盆地中的坚硬岩石凿出了这条水道，但我认为这不可能。然而，在这种情况下，毫无疑问，湖泊占据了一个岩石盆地。而且，在山谷中，我们又经过了另外两个湖泊。当我们登上山谷长长的台阶时，在每一层都发现了一个湖泊。

我绕着它爬了一圈，发现了许多石生植物，并且吓走了一只鼠兔。于是我就回到了帐篷里，捡了一大堆杜鹃树枝当柴烧，自得其乐。但是暴风雪却越来越大，我再也不能忍受这样的寒冷，于是开始往下走，寻找落下的马帮。过了半个小时，我才和他们会合，天黑前是不可能到达我的露营地了。

现在唯一能做的就是去到第一个湖泊并在其旁边扎营。于是，我把帐篷搭在海拔15000英尺（4572米）的森林分界线附近。

这是一个光辉灿烂的夜晚，天空中布满了无数的星星，但是寒冷

刺骨。在跳跃的火堆四周，人们的影子在黑暗中蜷缩着。那孤寂的山谷，感觉好像有鬼魅的存在。我只能听到潺潺的流水声，偶尔还能听到小马们一瘸一拐地寻找青草时铃铛发出的叮当声。除此之外，那天晚上出奇地寂静。我刚要入睡，就听到藏族人跑来跑去，大喊大叫。显然是骡马走失了，或者是有另一群动物闯了进来。接着，帐篷的帆布开始在结冰的时候发出刺耳的声音。于是我把它卷了起来，尽管我身上穿着一堆羊毛衣服，还盖着五条毯子保暖，但依旧睡得不好。

第二天早晨，天气晴朗，我们早早地动身去山口。路上结了严霜，路面就像铁一样，周围结了更多的冰。沿河散布着矮小的柳树，偶尔还会有一簇簇的千里光属（*Senecio*），它的长枝叶直直地伸开到四周。

值得注意的是，当树木在山谷两侧延伸到比山谷底部更高的高度时，灌木在山谷底部延伸到比山谷底部更高的高度。究其原因，毋庸置疑的是，在流域的顶端，风和水都集中在山谷底部，前者对树木有害，而在较高的海拔，后者对灌木植被至关重要。因此，在树木的极限范围内，占据了山坡上的避风地。在灌木的极限范围内，能经得起风的矮生植物被驱赶到谷底，杜鹃花栖息的海拔在柳树之上。

就在我前一天发现的湖面上方，我们遭遇了一场雪，大地被雪深深地覆盖着。但幸运的是，前一天晚上加入我们并继续前进的队伍已经踏出了一条小路，否则我们要发现路将是一项极其艰苦的工作。

植物的极限生长种类包括委陵菜属（*Potentilla*）、矮小的宽叶绿绒蒿（*Meconopsis rudis*）、矮小的报春花属（*Primula*）、藨草属（*Scirpus*）及数种草，还有在花丛中的七叶龙胆（*Gentiana arethusae*），在涓涓细流的最顶端处山谷源头有千里光属（*Senecio*）和在碎石中有几株菊科（*Compositae*）和伞形科（*Umbelliferae*）。

在阳光和风的混合作用下，雪呈现出一些惟妙惟肖的形状。有在岩石的阴影下，小石柱从地上立起来，显然是以如下方式形成的：终有一天，巨石上的雪融化了，阳光照射到岩石上，雪化成水滴下来，很快又冻结了。当它进入阴凉处，一个冰柱就像往常一样形成了。最后它到

第十三章 翻越隆茨拉：第三次金沙江之旅

达了雪地，当太阳转了一圈后，与岩石接触的那一端融化了，所以垂下来的冰柱变成了竖立的冰柱。在山顶，朝南岩石上的雪在水平的蕨类植物状的板块和美丽的水晶中显得格外突出，通常有几英寸长。我看不清它们是怎样形成的，但很可能是由于在温暖的阳光下，雪几乎同时融化，在凛冽的寒风中，雪又冻结并且重新结晶。

雪下得又深又软，而且经常让人跌倒，情况很糟。最后我们来到石谷的一个小湖边，在一群藏族人上山的路上停下来吃午饭。那些人告诉我，有两条路可以选择，要么沿着我们前面的山谷走到乃古茨（Ngoug-chi，音译）村，然后沿着金沙江走，走一天的路就到了茂顶；要么经过第二个山口，然后沿着下一个山谷走。然而，我主要考虑到山上的植物群，于是我决定一直往前走。

第二道通道，即楚玛拉（Chnu-ma-la，音译），似乎海拔并不像隆茨拉那么高。不过南坡积雪较少，因为它的地势比较开阔。

而在北坡上，雪几乎和隆茨拉一样深。从山顶上，我们看到了正南方主要流域中一座大雪山的壮观景象，但我不知道它的名字。我在阿墩子以西的山上看到了这座同样的雪峰，它的位置几乎就在那个村落的正东方向。除了向南几英里的白马雪山，我相信它是澜沧江和金沙江流

从楚玛拉向南看澜沧江—金沙江分水岭

域以南的巴塘之间唯一的雪山。考虑到雪线的异常高度，它不可能低于海拔 21000 英尺（6401 米），而且可能要高得多。北面和东面的景色截然不同，那里分布着一片蓝色的山海，森林中暗黑的线条标志着深深的山谷与四川山脉的分界线。

我们的路线仍然是向北穿过几个小山谷，但是我们已经离开了光秃秃的石质山坡，又回到了灌木丛中。在不远的东面矗立着一座巨大的悬崖，颜色鲜红，在傍晚的阳光下闪闪发光，形成了一个非常显眼的地标，四处散落的岩石碎片表明这是砂岩或长砂岩。

露营地就在下一个山谷里，海拔约 15000 英尺（4572 米）处落叶松和杉木林的边缘。我们搭帐篷时，一场暴风雪袭击了我们，但很快就过去了，随后迎来了一个灿烂的夜晚。我发现在这样的海拔高度睡觉很困难，尽管我设法保持了相当的温暖，但还是无法休息。第二天早晨，所有的东西上都结满了霜，落叶松干枯发黄，在阳光下显得非常美丽。两座奇形怪状的石灰岩山峰在西边引人注目，它们被一个低矮的马鞍形山隔开，在它们的后面是一座被雪覆盖着的更高山峰。

中午时分，我们走了一段很长的下坡路，终于看到了有人居住的迹象，并且我们在这里发现了一个温泉。我们继续穿过森林和峡谷，松属（*Pinus*）和灌木丛栎树（Oak）取代了落叶乔木，但不久树木全都没了，我们又一次进入了干旱地区。在中部的森林里，在海拔约 10000 英尺（3048 米）的地方，我发现树荫下的岩石上生长着一朵开红花的虎耳草属（*Saxifrage*）。

茂顶村的头人是一个高大强壮且满脸皱纹的藏族人，他和蔼可亲地出来迎接我们，把我们带到他的家里。在经过了山间严寒的天气之后，这里的天气变得暖洋洋的，空气是那么的纯净，俯瞰着天空中的云彩，它就像一条银色的带子在天空中伸展开来。

茂顶村有四五十户人家，村落中有一个小小的喇嘛寺。村落是建在被山洪冲断的一个楔状尖坡上，山坡的顶端呈现出一个相对平缓的斜坡。它有 1000 多英尺（305 多米）高，离金沙江有 1 英里（1.6 公里）

第十三章 翻越隆茨拉：第三次金沙江之旅

远。无液气压计的读数，我的住处是 21.45 英寸，在河床是 23.07 英寸，两者之间存在 1.62 英尺（0.5 米）的差异。

这条河的宽度比巴塘的河更窄一点，在某些方面类似于干旱地区的怒江或澜沧江，因此第十章所指出的一些差异并不适用于这里。它在非常高的悬崖和台阶之间流动。这些悬崖就像被暴雨或突如其来的洪流冲刷过一样，伤痕累累，船只无法航行。往东北方向去往理塘（Litang）或打箭炉（Tatsien-lu）的马帮无疑是从下面走过去的。但即使这样，也很可能是像奔子栏那样乘渡船，而不是溜索桥。

茂顶梯田是由山洪改道灌溉的，上面种植了大量的大麻。这种植物在花岗岩上生长得很好，可以长到 10 英尺（3 米）高。除此之外，这里还种植有谷子、大麦、荞麦等作物，核桃树、石榴、橙子和一种特殊的小柿子使这些干旱地区的村落在远处很显眼，多刺梨在一些地方也有种植。

下午，我们动身向衣卢贡（Yie-rü-gong，音译）村走去，衣卢贡村是距离金沙江上游约 10 英里（16 公里）的一个村落。道路距离河有 1000 ~ 2000 英尺（305 ~ 610 米），峡谷是位于我们这边的。尽管我们听不见入江的汇水声，但我们一般都能看到它。在河的另一边，偶尔可以看到高高耸立在河上的村落，但在河的下面没有任何可以居住的地方，山谷里的人口非常稀少。

随着夜幕降临，道路变得越来越不好走。我们在悬崖峭壁的阴影下沿着崎岖之道，如粗略排列的锯齿形台阶曲折地向上攀登，悬崖的山顶在黑暗中消失了，小路陡直地朝着一座横跨山谷的树干桥延伸。在一些路段确实非常危险，因为有几块裸露的石板向下倾斜，如果一不小心打滑就会摔到悬崖下。在这种情况下，我便用手和膝盖爬过去。在黑暗中我不知道是哪一个更可怕？是上面的，还是下面的悬崖？天黑后，我没有骑马，在我们到达衣卢贡村之前已经 10 点钟了。

我们晚上的住宿是用砖茶（brick tea）交换来的，主干道附近的藏族人总是喜欢用银子，因为它可以马上使用，而后者则没有；此时我已

经学会了此种对价交换的方法。为此，我携带了砖茶，银子的使用价值不被藏族人看重。

凌晨3点左右，虽然我看到月亮很早就落下了，但当我醒来时仍看到床前有一束月光。我走到屋顶上，我看到一颗非常耀眼的行星，可能是金星，它正从东方升起，明亮得让我可以看见它移动的痕迹。

离开衣卢贡村后，我们继续沿着金沙江行走，半天后向西爬上一条峡谷，以便绕过群山，到达巴塘路上的察雷（Tsa-lei，音译）。另一条路线是继续沿着金沙江到乍丫的甘瑟克河的河口处，然后再到巴塘的道路，在那里它汇入了那条小溪。这确实是人们更想选择的一条路，因为他们坚持认为通向察雷的路太难走了。但是，我给他们开了个价（当然不是一个过高的价格），因为继续沿着干旱的金沙江流域山谷走下去不会发现什么，于是我说服了他们去尝试翻越察雷。

那是10月22日，当我骑行前进时，我逐渐意识到了北方天空中有一种奇特的外观，它呈现出一种深紫罗兰的色调。这时候我想拍几张照片，但是光线渐暗，我犹豫不决。然而当我瞥了一眼太阳时，我惊讶地发现它显然还是像以前一样明亮，这是一件让我无法理解的事情，我可以发誓它被云彩遮住了。但是这里没有云彩，除了遥远的南方，那里看起来像是深夜，光线是如此的柔和。天变得越来越黑，最后我突然意识到这是一次日食（an eclipse of the sun），这是我以前从未见过的自然现象。

这是个完整的日食，太阳变成一个被狭窄的银色边缘包围的红色圆盘。透过一层云层可以看到障碍物的黑影从上面向下穿过，通过雪地眼镜看到它显得很黑。日食开始于上午9点左右，并且持续了大约两个小时，我们当时的位置大约是北纬28°5′，东经99°15′。他们没有注意到逐渐变暗的情况，但是当他们看到我透过蓝色眼镜盯着太阳时，开始相互交谈起来，尽管他们远没有显示出惊恐，甚至几乎没有表现出惊讶的迹象。

我们从一个深谷的底部开始往上走，这里的激流沿着一条巨大的

第十三章　翻越隆茨拉：第三次金沙江之旅

花岗岩阶梯跳跃过一系列巨大的台阶，阶梯周围是岩石的环状墙壁。起初我们爬上巨大的石块，穿过类似于干旱山谷的茂密灌木植被，这些植被在树荫下的悬崖间生长得更茂密。每一丛灌木上都挂着攀缘铁线莲属（*Clematis*）和缠绕着多边形的萹蓄属（*Polygonun*），以及一种等级较高的草本植物，接着是零星的枫树、柳树、栎树、杨树、桦树、榆树和其他树木，松树绝望地攀附在悬崖上。就在最后一道瀑布的后面，有两三块巨大的花岗岩从崩塌的悬崖上延伸出来，我估计其中一块至少有 20000 立方英尺（566 立方米）。在它们之间骑马是一项危险的游戏，因为在有些地方马匹会被卡住，我的一条腿差一点就被压断了。

过了这一段，山谷开始变宽，后面有杨树和核桃树形成的小树林。正如前面所指出的，在干旱区，山洪破坏了河谷结构的正常序列。我们发现山脉中有一个宽广的山谷逐渐收缩，直到最后溪水穿过一个被垂直的悬崖所封闭的狭窄的峡谷，而不是一条从河流源头伸入一个越来越宽的山谷，直到最终形成一个漫滩，这与岩石的种类无关。然而，至少在这个地区，反向山谷纯粹是一种气候效应，因为暴雨发生在山谷顶部和山脉中。洪流向下流入无雨的干旱地区，在那里，除了峡谷什么也不能形成。

我们在海拔约为 2000 英尺（610 米）的杨树和冷杉丛中一块茂盛的草地上宿营，醒来时发现正在飘雪。

在途中，骑马很快就变得难以忍受，因为我的脚和手几乎冻僵了，所以我徒步穿过森林。当我们在几棵刺柏树下停下来吃午饭时，雪比以往任何时候都要厚。除了灰色的云、满是雪花的树和雪花纷飞的世界以外，什么都看不见。透过浓雾，一切都显得苍白而模糊。一走出森林，我们就充分体验到了风的力量。花岗岩取代了通常覆盖这一山脉的石灰岩，但是我们现在所看到的美丽景色，几乎是我从未看到过的景观。山谷的顶部被一个圆形的岩石丘堵住了，在岩石丘上有几条小河从上面倾泻而下，形成几个小瀑布。我们绕过瀑布，到达一个开阔的高原山谷。矮生的杜鹃花都被埋在厚厚的积雪下。我们的可视范围不超过 100 码

蓝花绿绒蒿的原乡
——清末英国博物学家的滇西北及川康纪行

（100米）。不久，我们进入了一条狭窄的石沟，两边都有巨大的石壁斜坡陡峭地向上延伸，直到石壁顶部破碎的石灰岩峰上。这是一个非常荒凉的地方，行进非常艰难，因为峡谷被大石头堵住了，所以有必要穿过山麓本身。

最后，我们爬上了一堵岩石墙，来到了真正的山口。这也是麻烦真正开始的地方，因为我们已经转向了北方。由于下雪，我们很难从两侧植被的比较中得出海拔高度的近似值，但显然我们已经接近了南北坡植物的极限，所以海拔17000英尺（5182米）可能是阿隆拉（A-lŏng-la，音译）的近似值，它比察雷拉（Tsa-lei-la）雪山要高得多，在戴维斯少校的地图中标记为海拔15800英尺（4816米）。

这条支流将直接流入衣卢贡村附近的金沙江水与更北的甘瑟克河分开，因此阿隆拉不位于主分水岭上。然而，在离南面仅一箭之遥的地方，可以看到第二条路，我想这条路一定是在主要的分水岭上。

穿过小路，雪更深、更柔软。人和小马在松软的山坡上滑行，我们不得不走得非常慢。正是呼啸而过的寒风和扑面而来的大雪，让我觉得自己是个傻瓜，我发誓再也不做这样的事了。过了一会儿，我的感觉几乎消失了，但我继续骑着小马，不想在这些危险的碎石地上滑来滑去，也不想像人们经常做的那样在雪地里打滚，尽管小马不止一次看起来像要跌倒的样子。

我注意到下面有很多的美丽绿绒蒿（*Meconopsis speciosa*）群落，但不知何故，风在枯死的秸秆间嘎嘎作响，让我对植物学产生了短暂的反感。山麓下是一个不大不小的冰湖，呼啸的大风使干燥的粒状雪在它的表面嗡嗡作响。听着这凄凉的声音，看着薄雾中隐隐约约隐现的苍白山峦，马帮小心翼翼地顺着山谷往下走，不禁让人想起了瑞典探险家斯文·赫定（Sven Hedin）对羌塘（Chang Tang）高原的描述。我很高兴这次旅行只有那么几个小时，而不是几个星期！

湖底的山谷开始变得开阔起来，出现了矮小的灌木。我们向西转得更远了，雪突然停了下来。就在这时，太阳出来了，照耀着大地，闪

第十三章 翻越隆茨拉：第三次金沙江之旅

耀着光芒，白色的群山和蓝蓝的天空出现在我们的头顶上。在我们身后，我们瞥见了掠过的云彩。在遥远的西边山谷里，我们看到暗黑的森林上方有一片厚重的蓝石板样的云层，夕阳还把我们头顶上的轻云涂成了美丽的颜色，一切看起来都很好。就这样，我们由七个男人、一个女人、两匹马和一头驴组成的大马帮被雪淋湿，缓缓而艰难地沿着山谷蹒跚行进。

当我们进入森林时，夜幕降临了，有些人想宿营，但我不愿听到他们这么说，察雷村离我们已经不远了，我可以看到前面的主要山谷了。天很快就黑了下来，这条小路绕过一条深深的峡谷，我们必须非常小心地走下去。为了保持清醒，同时减轻马帮的压力，我牵着小马走在前面。有一次，我迷了路，发现自己正站在悬崖的斜坡上，我不得不手脚并用地爬行以寻求安全。在有些地方，我们不可能看到前面超过 5 码（4.6 米）的地方。但我们很幸运，没有发生意外，也没有失去一头骡马。

最后，我们从森林里出来后来到了平地上，看见天空再次闪耀着星星，然后我们发现自己置身于一片草地的黑影之中。与此同时，不远处传来了夜间藏族村落最熟悉的声音——狗的低沉吠叫。晚上 9 点左右，伴随着疯狂的叫嚣，一支疲惫而又兴高采烈的队伍爬进了察雷村。在走爬了 12 个小时之后，我们已经筋疲力尽。在通往巴塘的路上，我们在 4 个月前晚上睡过的小屋里栖身。

第二天早晨，我们又遇到了和上次一样的困难和耽搁。我对旅行者的忠告是，要避开察雷村。我付钱给茂顶的人，令他们高兴的是，我又给了他们一些额外的东西。因为前一天他们做得很好，但我无法说服他们和我一起走另一个行程。此外，可以说，察雷村的马帮会强烈反对四川的马帮到云南帮我搬运货物，由此他们并不急于出发。我们出发时已经 10 点钟了，有些行李直到中午才搬完。

溪边的沙棘树现在结满了橘黄色的浆果，而察雷拉则被新雪覆盖着，虽然雪并不深。也许在接下来的一两天内，它南面的雪会融化。从山顶往南望去，是一片白雪皑皑的壮丽雪山全景图（panorama of snow-clad mountains），其中最引人注目的是金字塔状的卡瓦格博峰。

我们又一次在森林边宿营过夜。第二天晚上，10月25日，我们到达了阿东村。

我到达时听到的第一个消息是传教士们离开了巴塘！这简直是晴天霹雳！据说，有两名欧洲人在前一天抵达了阿墩子。还有两名欧洲人也到了阿东村，后来我得知他们是美国传教士。然而，我决定不去打扰他们，因为他们在旅途之后可能会很累，包括我也是一样很累。因此，我上床睡觉了。我以为第二天一早就能见到他们，但我来晚了，他们比我起得更早，已经走了。

在去阿墩子的路上，我遇见了一个士兵，因为在四川发生的事件的影响，他是官府派来找我，护送我回去的。他的态度很好。

我们在10月26日中午到达了阿墩子。在这之前，我们只走了九天的路。由于天气寒冷，这段路似乎要长得多。总的来说，我的行程相当成功，搜集到了几颗新植物的种子。但是，唉，在这次旅行中拍摄的大多数照片，连同在前往奔子栏途中拍摄的所有照片，随后都丢失了。

第十四章　怒族之地，冬天之旅

　　在我抵达阿墩子时，我直接走到村落的另一头，找到白罗尼并了解具体情况，但就在外面，埃德加先生向我打招呼，他和他的家人暂住在村落下面土司（Tussu）的家里。我从他那里打听到的第一个消息，贝利上尉已经安全抵达印度。埃德加先生告诉我，巴塘的哨站已经杂乱无章，电报线路被切断了，所有传教士都因此离开了这个地方，去了海岸码头。关于一些英国传教士在西藏某处旅行被隔离的命运，有一些悲观的谣言，据报道还有一群法国传教士失踪。但事实上，所有在四川的传教士最终都安全地到达了海岸码头。

　　阿墩子现在至少有11名欧洲人，包括来自巴塘的英国和美国传教士、他们的妻子和家人、白罗尼和我自己。晚上我们举行了一次紧急会议，村里的几个中国知名人士参加了会议。但是有一件事我们想知道，那就是云南的情况，参会的中国人却一个字也没有说。有人建议我们应该留下一个机构，作为一项预防措施，但这是不可能的。因为该村不能提供足够的交通工具，让一方以上的人员同时出发。第二天，美国特遣队离开了。

　　与此同时，我和金正在完成我们的工作，因为我想按照原计划在11月离开。如果再拖延下去，我们翻越高山到怒江去的机会将很渺茫。因为据报道，通道口附近已经下起大雪，积雪也已经很厚了。

　　10月28日，地方官员回来了，如果他知道有什么值得怀疑的事情，他会谨慎地保密。两天后，埃德加先生与他会面了。

蓝花绿绒蒿的原乡
——清末英国博物学家的滇西北及川康纪行

　　我离开的前一天发生了一件不幸的事。不知是通过什么途径，我一心想回到怒江山谷的消息被泄露了。到了下午，这个消息就传遍了全村。这更让人心生厌恶，我故意保密我的行程计划，甚至连我的随从也不知晓，我想最好还是什么也不说就出发。也许是我想找个藏语翻译帮忙——顺便说一句，我没有成功——引起了怀疑，导致有人对我的真实意图做出了相当准确的推断。因为不需要携带藏语翻译，独自一人就可以安静地前往维西，维西是我离开阿墩子后的指定目的地。尽管如此，我的朋友，当地官员曹听到了这个谣言后，立刻派人来阻止我的这次旅行。他说，他很乐意为我提供人力和骡马，让我安全地下到维西。但是如果我坚持去怒江的计划，他会下令禁止所有的马帮不给我运输，因此彻底堵死了我返回怒江的路。

　　下午，我去拜访了那位官员，他对我很好，对我很体贴。我请求他允许我自己去怒江，但没有得到任何回应。拜访结束后，曹礼貌地说，他希望我明年再来。

　　第二天上午，即 11 月 1 日，三个士兵护送几匹骡马来到我家。不到 9 点钟，我终于离开了我住了六个月的小村落。现在唯一留在这里的欧洲人是白罗尼。他勇敢地坚守在他的岗位上，他已经习惯了这个地方，与当地人也很熟悉，什么都不怕了。我常常想知道他在那些麻烦的日子里过得怎么样，在 5 月底，我收到了他在仰光写的一封信，说他一切都好。

　　作为赠别的礼物，我从我的行李包里拿出一个有银盖的瓶子送给曹，这是我唯一剩下的一件可以体面赠送的东西。他收下了，我想他不大可能对我的计划感兴趣。他曾表示反对，因为他有责任这么做，这是毫无疑问的，事情就这样结束了。不过，我暂时保留了自己的意见。

　　冬天的晴朗天气终于开始了，白天的天气很好。但是在正午的阳光下，天气很热。傍晚时分，太阳刚从那孤零零的寺院后面落下来，天气就变得很冷了，灯火辉煌的夜晚更是难熬。

　　当我们骑马沿着山谷而下时，有趣的是，我们看到阿墩子上方光

第十四章 怒族之地，冬天之旅

秃秃的树木逐渐被绚丽的秋色和鲜红的浆果所取代。继续往前走，可以看到许多绿色的树木，最后在澜沧江流域，可以看到生长茂盛的荞麦等秋季作物。

这两天前往金沙江的旅程没有什么新的发现，因此有必要重新制订一个行动计划。因此，我告诉金，我们将在金沙江渡江，其余的马帮按原计划赶往茨贡，在那里等待我们的到来。他在一旁悄悄地与一名了解藏语的士兵交谈，并贿赂他，让他与我们同行且担任翻译。起初，这位士兵犹豫了一下，说当他回来时，曹会打他，这很可能是真的。因为众所周知，我早已被禁止去金沙江做调查。但当我指出，曹是我的好朋友，如果告诉曹，你是我的朋友，他只会象征性地打你五十下，这样做只是为了"挽回他的面子"。条件是我得让他觉得这样做是值得的，我的提议立刻就被接受了。

我给了另外一名士兵一件银质的小礼物，叫他把剩下的马帮车队，连同我那漂亮的小马驹，都安全护送到茨贡。第二天早晨，我们又分成两组出发了。士兵们如果按照命令行事，拒绝支持这种安排，我就会搜集渡金沙江的溜索，在夜深人静的时候悄悄地将行李运到江对岸。然后，我和金会在天亮时出发，把马帮及队伍里的其他人留在另一边。

在我确定前往茨贡的那队人马走了以后，我告诉我们的士兵去寻找江对岸的装备，找人夫把它带到我们从多克拉来的龙德里村，6月份的时候，我们从多克拉下来曾经路过这里。但是，由于误会，有将近一半的人落在后面。他走到村落时，走了三个小时的路程，他和我们都只能听天由命了。于是，金留下来看守行李，并安排人夫把行李搬上去。尽管在此期间，我已动身前往龙德里村，派人去帮助他，但他还是在晚上10点钟才把所有的东西都搬到这里来。这不是一个吉祥的开端，因为我没有吃午饭，晚餐只喝了杯牛奶。而且，我们刚过澜沧江和金沙江南部，天就下起雨来了。在这个季节，山谷里有降雨就意味着山上已经开始下雪了。

第二天早上，我们的士兵似乎非常害怕藏族人，他浪费了四个小

蓝花绿绒蒿的原乡
——清末英国博物学家的滇西北及川康纪行

时才找到四个愿意越过山口通道的人夫。尽管通道口的海拔只有海拔 13000 英尺（3962 米），但它已经被深深的积雪所覆盖。我们没办法携带大量的东西，所以必须有选择性地放弃一些行李。我把帐篷和金的被褥留在后面，并吩咐士兵看管，让他带上另外两个人夫尽快跟着我们前进。如果我们再耽搁下去，那对我们的计划是致命的，我们已经浪费了一上午的时间，更别提昨天下午的耽搁。

安邺①峰（Garnier Peak）海拔 14000 英尺（4267 米），位于隆茨拉之首

事实上，我们的士兵从来没有跟上来，我们在没有翻译也没有帐篷的情况下，完成了整个旅程。事后，那个士兵告诉金，他不介意事后挨打，但他害怕暴风雪和山贼。因此，他没有为我们的困难处境担忧，而是直接把我们留下的东西运到茨贡。最终，他没有得到我准备给他的丰厚报酬。

---

① 安邺（Garnier，1835—1873 年），又译弗朗西斯·加尔涅，是法国海军军官、探险家，曾于 1866—1868 年入湄公河及云南等地进行地理探测。关于澜沧江与怒江分水岭之间的这个山岭，法国奥尔良王子的著书《云南游记：从东京湾到印度》中对安邺峰有这样的描述："这个山口海拔（3907 米），是我们即将告别湄公河流域的分水岭……我们将最高的山峰叫作弗朗西斯·加尔涅峰，以纪念这位著名的湄公河探险家。"（2001：230）美国洛克的著书《中国西南古纳西王国》，在察瓦龙的记述中认为该雪山当地人称为德拉钦，而法人称为安邺峰。"我们在此很清楚地看到怒江山谷的日宗拉（zhi-domla）……在后者的上面是德拉钦（Dra-chhen，写为 Brag-chhen）山峰（即大岩峰），这个山峰法国人取名为安邺峰（Francis Garnier Peak），而许多外国旅行家错误地称为玛雅（Maya）峰。"（1922：22）

第十四章 怒族之地，冬天之旅

下午 2 点钟以后，我们才出发前往山口的通道。傍晚时分，我们在森林里宿营。金很幸运，随身穿了很多厚衣服，借了我足够的床上用品，但我仍觉得很冷，而他自己也不是特别暖和。虽然露营地在海拔 10000 英尺（3048 米）以下，但现在确实很冷。更糟糕的是，天快黑的时候下起的细雨后来变成了雪，到处都是湿漉漉的，火也没办法烧旺。

他们挑选了三棵粗壮美丽的杉木（*Cunninghamia lanceolata*）树下的地方作为营地，我们生了三堆火，一堆给金和我，一堆给三个藏族人夫，一堆给怒族人夫。现在他要和他的朋友一起回到他在怒江上的家，这时我们的队伍里有七个人。这是一个奇怪的事实，藏族人和怒族人不会在一起吃或睡，也不会围在同一火堆旁取暖，正如我在两次旅行中所说的那样。从怒江回来，我们有四个怒族人和一个藏族人当人夫，后者总是选择最好的位置，通常在我附近，把怒族人独自留在离我几码远的地方。

尽管我们头顶的大树上挂着厚厚的藤蔓和其他蔓生植物，但我还是无法把我的床放在能避雨的地方，一场细雨从我头顶上的藤蔓里渗了下来。我很早就醒了，觉得很冷。水桶里的水结了一层冰，地面上有坚硬的霜冻，我刚从床上起来，我的脚和手就被冻得麻木了。太阳还没升到山脊上，我们就出发了。枯叶冻得僵硬，在脚下欢快地噼啪作响，一切都是白色的。不久之后，这条被霜冻的小路就被大雪覆盖了，雪越积越深，很软，但它的深度还不足以给我们的行进带来不便，直到我们走完最后 1000 英尺（305 米）到达山口。

温带雨林现在看起来是最好的。大部分树木是常绿的针叶树、杉木属（*Cunninghamia*）和其他树种，但在溪流的下游是桦树、白杨树和枫树，它们在这块大地上分别形成了金色、橙色和红色的斑点，在冉冉升起的阳光下，阴暗的森林里充满了浓郁柔和的光芒，到处都是，非常美丽。随着冰雪的融化，成百上千的叶子从树上旋转着飘落下来，轻轻地沙沙作响。在第一道阳光照射下，森林里折射出一缕缕彩色光线，叶子随风在林中空地上翩翩起舞。大百合（*Cardiocrinum giganteum*）巨大

的骨架僵硬地立在两旁，其中一些高10英尺（3米），上面有十几个或更多已经裂开的大果实，这些果实慢慢地随风飘散或落下它们的种子。但是，这些种子是不会发芽生长的。据我所知，这种植物虽然孕育了数千颗的种子，但很少会有饱满的颗粒。在这里和那里，一个陆地兰花群引起了我的注意。

快到中午的时候，森林面积变得更加开阔，阳光照在被冰冻的雪地上，折射出刺眼的光芒，让人无法忍受。我们沿着山谷的通道往上爬，向遥远的东面眺望，瞥见了澜沧江—金沙江的分水岭，上面没有太多的积雪。

在一个破旧的小屋里，我们休息了一个小时。吃完午饭后，我们动身进入了竹林，朝山口方向，沿着陡峭的山坡往上爬。这时，被冰冻的雪地已经开始慢慢解冻，随着积雪越来越深，我们行走的步伐也越来越艰难。这里有漂亮的桦树和冷杉，到处都是竹子，还有高大的杜鹃花灌木丛。爬上陡坡后，我们来到一条平缓上升的狭窄溪谷，这里的柔软积雪已经有几英尺深了，甚至连灌木都被淹没了。刺骨的寒风从宽阔的马鞍形山口呼啸而下，太阳现在隐藏在山的后面，空气冰冷。我们在齐膝深的雪地里挣扎着，有各种各样高山植物的枯枝，它们憔悴的身躯在刺骨的寒风中摇曳着，我在这里发现了另外一种绿绒蒿属（*Meconopsis*），我收集到了它的种子。

在山口的东南方，耸立着一座宏伟的岩峰，如金字塔状。我们经过的时候，它完全被雪覆盖着，直接高出山口约500英尺（152米）；在西北方向，它继续作为一个低矮的山脊，朝多克拉方向逐渐升起。除了山口附近，这座山脊上生长着杉木森林。这些杉木生长在山脊上，它们那残缺不全的样貌，充分展示了横扫这狭窄山坳的狂风的威力和严重性。

正如藏族人所说的那样，称为隆茨拉的山口是这个地区最容易到达怒江的通道，它的海拔没有多克拉那么高，也没有锡拉那么陡峭。在戴维斯少校的地图上，它的海拔标记为12900英尺（3932米）。根据

第十四章 怒族之地，冬天之旅

隆茨拉，海拔 13000 英尺（3962 米）

植被类型和其他比较指示来判断，我应该将其降低到大约这个高度，或者稍高一点。然而，它每年大雪封山两到三个月，而澜沧江—金沙江分水岭的隆茨拉，至少有海拔 4000 英尺（1219 米）高，开放的时间也一样长——这是两个流域降水差异的一个显著例证。

所有前往巴塘的马帮都要越过隆茨拉，虽然，到目前为止，这条小路的路况还不错，但怒江的下坡路段很糟糕，我很高兴没有骑着小马来冒险。藏族人驯养的矮种小马是一种脚步稳健的马匹，但在主干道之外的路段，更敏捷的骡马是首选，至少作为一种驮兽是这样的。

从山口向西南望去，可以清楚地看到怒江—独龙江分水岭上的美景，上面几乎没有积雪，南部的山脉明显要低得多。北面和西面的景色都被一座大山给挡住

怒江—伊洛瓦底分水岭的日落：从宗茨拉看西南的景色

了，从它上面可以看到这座山的两座雪峰，显然是已经提到过的山峰高黎贡山的克尼冲普山。

怒江一侧的降雪量较少，或者它的融化速度较快，但是下山的路更陡峭，到处泥泞不堪，非常危险。我们从陡坡的竹林里另开辟了一条道路，依靠茂密的竹林来防止滑倒。但是我们这样做并没有得到预期的效果，因为巨大的、到处是结巴的根茎总是成为障碍，人和动物都可能被绊倒。在一些最陡峭的地方，被粗糙削成台阶状的圆木帮助了徒步旅行的人。

傍晚时分，我们又在森林里宿营，不久就在熊熊燃烧的篝火旁安顿下来。燃起篝火是我们必须要做的事，因为我们爬到了比前一天海拔更高的地方，而且天气很冷。夜晚视野非常清晰，满月已经升起，整个森林在月光下都亮了起来，高大的桦树树干像镀了银的柱子一样发出微弱的光，而在杂乱的树枝间，可以看到西边山上的雪在闪闪发光。

快到早晨的时候，寒冷使我们无法继续睡觉。我们起得很早。走到下面的深谷里，我们发现自己又一次被茂密的亚热带森林所包围。

人们会记得，在澜沧江上，金沙江标志着多雨地区的北限地域，相当于怒江上的菖蒲桶以北的一点。在最后一个命名村落的南面，怒江和独龙江之间没有很高的山，因为我从山口可以清楚地看到这些地域没有积雪的山脉，而且在独龙江和雅鲁藏布（Bramaputra）江之间可能没有高山来阻止阿萨姆邦的风吹过来。

我们正在靠近怒江的丛林地区，绕过之前一直阻挡我们视线的高山，现在看到这条江正向日落的方向流动，那是在菖蒲桶以南一点的地方。

虽然在主要的山脉上降雨量很大，但是侧翼的低障碍山脊不是这种情况，因为它被前面已经提到的平行支流阻挡。过了那个把我们与最后山脊隔开的深谷，深谷里长满了茂密的树木，除了茂密的凤仙花属、蕨类植物等，还有一些高大的白杨树，我们又爬到了长着蕨类植物的裸露山边，那里巨大的松树又形成了一个很有特色的景象。怒江似乎就在

第十四章　怒族之地，冬天之旅

我们脚下，但是在我们下面两三千英尺深的地方。

西面，在一排长长的低矮的阴云密布的紫色云层的映衬下，是一个宽阔的山谷，形成了一条通往印度的道路。河的上游可以看到光秃秃的石灰石崖，那是菖蒲桶的所在地，在雾气中几乎看不清。夜色渐浓，白雪皑皑的高黎贡山的克尼冲普山峰高耸入云，冰雪显得异常耀眼。

在我们到达桌桶之前，天已经完全黑了，现在，夜晚的空气很温暖。人夫们很快就进入了一间小屋，匆匆吃过晚饭，我就上床睡觉了。虽然身上只有几条毛毯作为保暖物，但是，能再次睡觉我很高兴。

虽然太阳快落山时乌云密布，但当我睡觉时向外看时，满月已经升上了晴朗的天空。夜半时分，我看到了一幅美丽的景象，菖蒲桶后面明亮的白色悬崖，笔直地挺立着。在浓密的黑色植被的映衬下，河流像结了霜的银色带子一样，蜿蜒在林立的高山之间。快到早晨的时候，山谷里浓雾弥漫，深达 100 ～ 200 英尺（31 ～ 61 米）。我们醒来时，只看见下面有一条巨大的白色云河在悬崖上翻腾。直到太阳升到我们刚刚越过的高山顶上时，它才慢慢散去。当它开始蒸发时，树上潮湿的蜘蛛网也逐渐被晒干，直到它们看起来像薄纱一样，我们的视野也逐渐变得开阔起来。第二天早上也发生了同样的事情，我倾向于将这一现象归因于这样一个可能的事实：怒江的河水此时比山谷的岩石还要冷，因为岩石受到植被的保护，将冷风阻挡，因此与河流接触的空气逐渐冷却到零度以下，并以密集的云层形式沉淀其水分。我在澜沧江流域没有看到过这样的事情发生，那里的岩石周围基本上没有植被，水汽蒸发也相应地更迅速，而且那里的空气更干燥，因为更高的澜沧江—怒江分水岭将水汽吸收了。

桌桶村由大约 20 户组成，这些小屋建在离河几百英尺高的悬崖上。我们以前住过的桌拉，可见他们的小屋就在我们脚下平坦的河滩上，离山谷不到半英里（0.8 公里）远。我们吃过早饭，就到那儿去了。

这是一个美好的日子，我决定在开始穿越锡拉山的艰难旅程之前，先在这里休息一下。因为在寒冷的山区待了一段时间之后，还有

什么能比在阳光下晒一天更令人愉快呢！山谷里开着几朵美丽的兰花，平原上种着荞麦和小米，妇女们坐在她们的小屋外面织麻布。后来，我走到河边，那里景色优美，翠绿的河水清澈见底。这里气压计显示24.96英寸。

现在，怒江上的桌拉、澜沧江上的茨贡和金沙江上的奔子栏，实际上都在同一个纬度上。9月，在奔子栏的河床上，气压计显示的是22.25英寸。11月份，在河口的澜沧江河床上，则是23.96英寸。当然，这些读数不能给出河床的绝对高度，但为了比较，我相信它们相当准确。因此，我们看到金沙江流经澜沧江上游几百英尺，而澜沧江又流经怒江上游几百英尺。我已经猜到了这些水位上的差异，部分原因是山谷里植被的差异（尽管这主要是由降雨造成的），部分原因是我在三个山谷不同地方测量的气压计读数，尽管不是在河床下面。

这是一个有趣的观点，因为它暗示了这个国家地势向西倾斜的可能性，就好像喜马拉雅山脉的巨大重量导致了地壳的下垂，这三条河流就流经青藏高原穿过的地方。然而，在金沙江、澜沧江、怒江和独龙江的两个支流的相应位置，准确的气压计读数是非常重要的。

在桌拉，我遇到了一个第三代的中国人，他翻山越岭来到独龙江，曾给夏瑚担任翻译，因为他在怒族部落中生活过很长一段时间，所以他学会了怒族人的语言，并在某种程度上适应了他们的生活方式。夏瑚曾任命他为村长，或者是当地官员。事实上，他担任的是个闲职，没有任何报酬。他告诉我，在独龙江上有羚牛（他称之为野牛），并描述了居住在这些森林中的俅子（今独龙族）是一个害羞、不加害人的部落，他们的脸上有刺青（tattoo）。

这里有精美的苹果，现在已成熟，还有多汁的橘子和石榴。除了已经提到的作物之外，这里还种植烟草、核桃、酒器用的葫芦和漂亮的南瓜。一种常见的常绿乔木山茱萸科（Cornaceae）树［可能是山荔枝、鸡嗉果的头状四照花（*Dendrobenthamia capitata*）］，是一种奇怪的聚合果实，和当地人吃的草莓一模一样。这种树由茨贡向南延伸到在澜沧

第十四章　怒族之地，冬天之旅

江下游山谷数量更多。

在桌拉，我试图拍摄一些长得很漂亮的女人的照片，但很少成功。因为她们跑进了自己的小屋。在那里，我发现她们懒洋洋地围着火塘抽烟，喝着用发酵玉米酿成的暖热汤汁状的酒；她们经常嘲笑我，却不肯从屋子里出来。有一次，一个男人递给其中一个女人一串念珠，她开始数着念珠，然后又把念珠递了回去。她几乎被我说服和我一起拍照，但现在她又回到了火塘旁。我想命运对我不利。人们通常也会发现这些人坐在火塘边抽烟喝酒，但毫无疑问，在这个季节，他们在田地里没有什么活儿可做，所以我不认为他们懒惰。

11月8日，我们沿着老路线往回走，晚上到达木拉桶。我注意到有生长旺盛的西红柿，它们可能是由法国传教士引进的。第二天，人夫们在12点就到巴杭（Ba-hang，音译）那里了，但他们却都不愿意继续往前赶路了。我和法国传教士共进了午餐后，我妥协了，不往前行，而是去往途经这个村落的垭口处的山峰。在半路上，我留在那里露营，人夫们重新回到巴杭去拿补给品，在巴杭过夜，第二天一大早再回来。这一安排将使我能够及时到达第一个关口，以获得一个不间断地观察怒江—独龙江分水岭的机会。正如我所想象的那样，在那里，云雾从山谷中慢慢地升起来。

因此，他们在灌木丛的边缘搭起了帐篷。这里的植被类型主要由生长在潮湿洼地里的竹子、桦树、杜鹃花和生长在干燥山坡上的高草组成。怒族人的四名人夫动身回巴杭，这里只留下了一个藏族人，还有我和金。

与此同时，天气变得阴沉且危险，西边的山脉被乌云笼罩，开始刮起了寒风，我们很遗憾地错过了小屋。夜里开始下雪，但我坚决地把头埋在毯子里，假装什么也不知道，直到雪融化，渗进了被褥里。雪停了，火也熄了，但我们起床了。不一会儿，火又烧起来了。我不需要麻烦自己。

在一个寒风刺骨的早晨，我们刚吃完早饭，怒族人就带着补给品

蓝花绿绒蒿的原乡
——清末英国博物学家的滇西北及川康纪行

到达了,并立即登上了陡峭的长满青草的高山地带。怒江山谷像往常一样布满了乌云,群山被炫目的暴风雪完全遮住了。更糟的是,山上吹来的冷风把它吹到我们这儿来了。一个小时后,我们就置身于漫天飞舞的雪花之中,在山口的另一边,1英尺(30厘米)厚的雪覆盖了所有的地表。我费了好大的力气才找到以前我看到的,需要采集的植物。这些植物被发现时,只结了很少的种子,掉落埋在雪地中。在七个月之间,由雪来保护这些种子。不过,在这个海拔高度(12000～14000英尺,即3658～4267米)的澜沧江—金沙江分水岭上,还没有一点雪的痕迹,龙胆属的花儿还在那里盛开着。

沿着陡峭的森林山坡下到一半,此时,我惊讶地遇见了我的朋友皮尔·蒙贝格(Pères Mombèig)神父,他正在前往巴杭的路上。这是他和他的人夫打算在两天内完成的旅程,因为今早,他们已经渡过了锡拉河。这样,他们就能在三天内从一条河渡到另一条河而跨越山岭,这是相当顺利的。他带来了来自四川的令人安心的消息,并建议我不要浪费时间越过锡拉河。因为雪下得比以往任何时候都早,这会使过路变得困难。

下午,我们到了山谷里的一个小屋,但它的样态是如此的不同,我几乎认不出它是我们6月份曾经睡过的地方。仅是在五个月前,我们还在这里饱览过那山花浪漫的时光,现在却看不到一朵花。我们跋涉过的那片茂密的灌木丛中也几乎没有留下任何痕迹。在四面通风的小屋里,我们围坐在火炉边,我遭受着烟的折磨,整夜都在下雨。

第二天早上醒来时,我们看到外面是一个寒冷刺骨的白色世界,这景象和我们在6月里看到的完全不一样,这是发生了多么大的变化啊!所有美丽的高山草甸,上面点缀着绿绒蒿、报春花、楼斗菜、百合花,还有许多其他植物,都被秋风吹得变干枯了,完全淹没在谷底。现在,在风中,桤木和桦树沉闷地摇动着长长的苔藓,每一个悬崖上都挂着冰柱,溪水在冰雪覆盖的河岸之间蜿蜒流淌。

爬上锡拉是一段很长的路,又有一层滚动的雾气笼罩着一切,所

以我们看不见东边的澜沧江—金沙江分水岭。当我们在 6 月穿过这个山口的时候，人们也许会记得，在山脊的险峻地带或西南侧几乎没有雪，但现在积雪从山谷延伸到山顶，最后几百英尺——非常陡峭——我们行走得非常困难，因为这里的积雪有几英尺深。澜沧江一侧的情况与 6 月份大致相同。然而，最后面积 1000 英尺（310 米）的积雪只是累积数月未融化的冰雪残余物，表面仍然又深又软。现在，积雪最多也就几周的时间，但已经有几英尺深了。雪地的表面很脆，但下面还没有压实。小径被冲毁了，因此我们每走一步都在齐膝深的雪地里挣扎。

雪已经停了，但是大风从山口呼啸而过，把冰冻的雪面搅得粉碎，空气中充满了刺脸的细雪。在这些令人眼花缭乱的云层和浓雾中，我们的三个领路人（因为怒族人这时似乎变得异常迟钝）完全迷失了方向，还差点滑下了悬崖。然而，我们翻过岩石的边缘，很快再次走上了小道。经过一个早晨的艰苦奋斗，我们终于安全地到达了山谷。

从岩石上的冰量来判断，锡拉河可能在两三个星期前就已经被雪覆盖了。所以在一年中，这里的山口通道只有三个多月的时间是可以通过的。

那天晚上，我们顺利地穿过森林，在 6 月的激流中发现了很少的水，确实有一段河道突然消失在石板下面，流了几百码远，甚至连一点儿声音都没有，直到它再次从地下河道中奔涌出来。

我们在最后一座大山脚下的空地上宿营，我高兴地发现了一个破旧不堪的小屋，我和金住在那里。整个晚上都下着大雪。藏族人安顿在金生火的帐篷后面一点，怒族人在 50 码（46 米）外单独生火！第二天早晨，森林呈现出美丽的景象，但天气非常冷，我们很早就出发了。在山脊的顶端，我们看到了下面的澜沧江，穿过了冉冉升起的薄雾。在中午之前，我们回到了茨贡，剩下的马帮、车队正耐心地等待着我们，藏獒阿波很高兴再次见到我。

从村落上方陡峭的山坡上下来，我看到一群藏族人用诱捕鸟类的方法诱捕秃鹫。一旦看到秃鹫，他们就用腐肉来吸引秃鹫。与此同时，

这些人就藏了起来。当秃鹫在悬崖的高处盘旋，从远处看到下面的盛宴时，它们会飞下来争夺食物。此时，被驯化的鸟儿会立刻扑向它们，与它们战斗，藏族人也从掩体中冲出来。捕捉这些鸟类，是为了获取它们的羽毛。在大理府，这些羽毛被用来制作扇子。

我们花了两天的时间，在茨贡把收集到的植物标本晒干，以及整理在旅途中包装好的种子。11月15日，我们终于和"逃兵"岗通一起向南出发，向维西前进。山谷里的天气很暖和，下着小雨，但是有很好的猎鸭活动来消磨时间，我们很容易就到了小维西（Hsiao-wei-hsi）。

澜沧江多雨地区的森林与怒江河谷丛林相比，怒江河谷的植物种类繁多，形式多样，具有本质上的亚热带特征。松树和麻栎树很显眼，但除了在深沟里，下面的落叶林很快就让位给上面的冷杉林，以至于形成了一个在南北方向延伸大约一个纬度的雨带，是介于怒江亚热带森林和干旱地区植被之间的中间地带。

在康普，我居住在土司家里。发现了一些傈僳族人聚集到土司衙门里，并且了解到这个衙门主要统治着大约15000个家庭，有汉族人、民家（Minchia）人、麽些人和从东边山上下来的傈僳族人。当我第一次见到他们的时候，我本能地想到了埃德加先生所说的小矮人群，因为参加聚会的女人大部分都是矮人，腿部非常发达。更令人瞩目的是，他们中的一些人表现出了明显的类似尼格利陀（negritoid）矮黑人的特征，这些特征在藏族人和怒族人之间不时地给我留下了深刻的印象。我对自己说："就是这里！""埃德加所说的矮小奴隶！"但后来有人告诉我，每个家庭在一年中只有五天义务为土司工作。我很幸运能在院子里见到他们的晚餐，一种仅由油腻的杂食组成的食物。

这些妇女穿着褶皱的裙子，就像麽些人穿的那样，只不过她们的裙子只到膝盖位置，粗壮的小腿上打着紧紧的绑腿。但与麽些人不同的是，她们又奇特又邋遢，甚至怪诞可笑。唯一令人愉悦的特征是她们扎头巾的贝壳头饰。这些可能是家族传下来的传家宝，尽管我想尽一切办法，提供了等价的银子来购买，但是我购买的所有努力都是无

第十四章 怒族之地，冬天之旅

澜沧江流域的傈傈族女人

维西的喇嘛

济于事的！

第二天，我们到了小维西，在那里我和法国传教士共进晚餐。岗通的朋友们按约定来到了这里。虽然在从茨贡出发之前，我曾极力劝说他跟我们一起去，或者直接从澜沧江流域去腾越，或者去维西，但是他们担心自己和马匹在小道上冒险，不愿前往，除非支付他们高额的工资。他们这样做让我觉得很过分，尤其是这两天他们对去维西的行程提出了荒谬的要求。

我决定这次也要讲道理，设法使岗通清醒过来。因此，一开始我就拒绝给他钱，直到我们离开小维西。他也许也在考虑，要么按我给出的价格去维西，要么给我另找其他的交通工具。

我们为此争论了一整天。最后，我们双方都做出了适当的让步，直到我们彼此之间给的价格相差一先令，但我坚持我的原则，拒绝承认这一点。我并不着急，只是觉得无聊得说不出话来。不过，我还是在小维西的营地里安顿了下来，看上去很高兴，收集了些植物，自娱自乐。当岗通发现我很固执时，他试图报复我，并告诉几个当人夫的村民不要跟我走，并且法国传教士都无法说服我。简而言之，在我离开之前他不

会拿到报酬。最后，他只得放弃了他那些小动作。因为在此期间，骡马必须被精心喂养，所以就我的立场来说，即使违背契约，也是完全无懈可击的。

　　第二天早上，几个前天根本找不到的人夫出现了，而当最后一个人夫出发以后，我与面带微笑的岗通把账单给算清了，并且解雇了他。就像他在前一天慷慨地说的那样，我即使把他的人夫解雇了，也还是有留下他的一半心情。因为正如我提醒他的那样，他仍然欠我两个星期的服务。然而，我对我的道德胜利感到满意，这是我唯一从这位精明的翻译身上获得的胜利，我们友好地相互告别了。

　　两天后，我们到了维西。在那里我明确地了解到，滇南革命如火如荼，云南省都及大理、腾越都掌握在革命家手中。

　　没有人夫愿意听从提议，即沿着这条马帮小路穿过部落的地区。所以我决定最安全的道路是走主干道，马帮在护送下到达目的地。而我自己则走小路，因为我的出现可能不仅会让这些愿意在这种混乱时期旅行的几个人夫感到为难，而且还会招致强盗或匪徒的攻击。而且，现在我有必要以最快的速度到达腾越。

　　接下来的事情就是把这个计划付诸实施，所以我就叫上了我的朋友丁坤（Ting-kuan），他很快就针对这个计划做前期调查。我听到了他对道路的状况、旅程的路程以及强盗的数量和残暴的程度的汇报。我说这无关紧要，我很坚定，无论如何我都要去。最后，他让步了，答应让两个人夫帮忙，并提供一个士兵和翻译，然后让我出发了。令他高兴的是，在他遭受严重的咳嗽折磨的时候，我借机给他带来了一些精心配置的氯酒。他高兴极了，还送了我一份临别礼物，一只家禽、一条火腿、一罐茶和一包晾干的羊肚菌（Morels）。这些都是极好的食物。

第十五章　弩弓大地

　　第二天，11月23日，我们离开了维西厅。我们的两队马帮在小城市里引起了不小的轰动，骡马的马蹄在易滑的石板铺成的街道上发出嘎嘎的响声，双方向相反的方向走去。

　　金故意装出一副很体面的样子，骑着美丽的小马，带领着主要队伍前进。这支队伍由五匹驮着行李的骡马、两名人夫和一个由三名士兵组成的护送小队构成。护送小队需要护送他们穿过栗地坪，这个地方正如我已经描述过的那样，在山顶上分布着荒凉的森林和沼泽，一般被人们认为是强盗出没的地方。士兵们只负责护送马队到金沙江，即行程只有两天。在行程中，我的行李由金负责看管，至少要运送到大理府。他得到了充足的银子，并携带着我的护照，官员告诉我，如果我的马队落入了帝国主义者和革命者手中，他们都会尊重我的护照，因此我在这方面没有遇到任何麻烦。和我同行的人是宋，一个掌管我当地护照的衙门人员，有权征用翻译、护送人员和他认为对这次旅行进行安全护送所必需的一切。两个人夫扛着我们的被褥和几个炊具。最后，藏獒阿波，它注定要在滇西南引起轰动。

　　我们沿着山谷往东南走，经过几个村落。在那里，一群漂亮的麽些姑娘站在阳光下谈笑风生。许多人急急忙忙地进入维西的集市，其中一些人是从相当远的地方来的，他们都满载重物。人们面带微笑，表现出一副很快乐的样子，路人用好奇的目光看着我且与我的人夫们打着招呼。他们来自森林定居点的小部落，带来的主要商品是木炭和

陶罐。

　　沿着山谷行走，就在山谷的上方，我们到了最后一个麽些人居住的村落——拖枝（T'o-che，音译），并在那里停下来吃午饭。稻田在缓缓的山坡上形成大美的梯田，采用这种土地利用方式，这里的水稻就可以种植到海拔 8000 英尺（2438 米）以上，这是一个不寻常的高度。看到笨重的水牛又在稀泥中挣扎，一切都是那么的美好。

　　在拖枝，我为我们的队伍增加了一名白族（Pe-tzu）翻译，他的职责就是在下一个村落里为我们找住处，那里住着白族和傈僳族两个部落的人，这个翻译在这两个部落中很有名。如果没有这样一位翻译为我们协调，我们这一群官模官样的人不拘礼节地来到这里，那么村民们也许会持复杂的心情来迎接我们。事实上，我发现这些人大多数说着一种不地道的云南方言，有时甚至我的随从们也难以理解那离谱的方言。

　　在拖枝短暂停歇后，我们转向正南，仍然沿着维西河走，山谷逐渐变得狭窄。茂密的森林覆盖着大地，像圆锥形那样的山丘拔地而起。随着夜幕的降临，我们又来到了一片起伏不平的开阔田野里。在这片广阔的田野里，分散着大约 20 间小木屋。

　　箐口头（Ching-k'ou-t'ou，音译）村落善良的人们也属于白族和傈僳族部落，尽管他们大部分都身着汉族服饰。我在当地的其中一户人家受到了热情的接待，他们对待我就像对待他们部落里的其他成员一样。在当地，玉米是主要作物，村落分散的性质显然是因为保有这些土地，而且是由于在这些起伏的丘陵地带耕作困难所造成的。每个家庭都在原始的土地上建立家园，在那里有合理的机会能够成功地清理森林并在山坡上垦荒种植。

　　由于海拔超过 9000 英尺（2743 米），一场巨大的霜冻过后，草地和树木都覆盖了白色的冰花，在阳光下闪闪发光。当太阳从山顶升起时，我们出发了。翻过低矮的山谷，穿过树木茂密的小山，我们来到了斯斯头（Ssi-shi-to，音译）村落。这个村落只有 20 户人家，却广泛地分布在周围的山坡上。到目前为止，有两个翻译一直陪着我们，另外还

有两个也是专门为我们安排的，把我们带到了下一个地方。但事实上，这些人更多的是导游和护送人员，因为我是在官方保护下旅行的，而不是翻译员，我旅程的任何阶段几乎都不需要他们的工作。他们通常手持大刀和弩弓，有时他们只携带长矛，以表示他们具有的公务性质。

我已经说过了，怒族人用的是弩弓，我接触到的麽些（Moso）人、白子（Pe-tzu）、拉玛（Lama）、民家（Minchia）和掸（Shan）这些部落也是如此。事实上，它是在整个澜沧江和怒江山谷，远至北纬25°30′以北普遍使用的武器。我模糊记得曾经在维西厅和界头（Kai-t'ou，音译）这段旅程中进过一间小屋，那里有几件这样的武器挂在墙上，每一个弩弓都有一个箭袋。除了在掸族中使用一个简单的竹筒外，箭袋总是用黑熊皮做成的一个长方形盒子，内含两个或两个以上的竹筒，其中一个装有普通的箭，另一个装有涂抹毒液的箭。它是中国人通过长期实践经验积累的草药知识，是由乌头制成的。

弩弓一直被认为是傈僳族部落的特殊属性，或者至少是他们中最明显的特征，但事实并非如此。它的结构简单，射程短，但威力惊人，这明显地表明它是丛林部落制造的丛林战争武器。因此毫无疑问，它起源于阿萨姆和中国之间的河谷部落，从而向东扩散。毫无疑问，这些山谷中鸟类稀少的部分原因是每个小男孩都带着一个微型的弩弓，向他所看到的一切进行射击，就像英国乡村男孩带着弹弓一样，也许出于同样的原因——娱乐自己，并成为杀戮的艺术技巧，而不是提供食物。男孩在任何地方都或多或少是个野蛮人。

到了斯斯通（Ssi-shi-to，音译），护送我的两名士兵转道回去了，把他们的下士留给我指挥，他是一个让我既愉快又有用的优秀人才。来自衙门的陪同人员也让我很满意，接下来的三天大家过得非常愉快。我们从松树林往下走了2000英尺（610米），沿着一条连云南骡马都很难通行的小径行走，来到了小河旁边的贡洲（Kung-chou，音译）。这条小河的名字来源于这个有10~12个拉玛家庭的小村落，不过毫无疑问它还有其他几个名字，因为地理名称在中国有着出了名

蓝花绿绒蒿的原乡
——清末英国博物学家的滇西北及川康纪行

的本地化现象。可耕地被限制在山谷底部的狭窄地带，小屋也不像在山区定居点那样广泛分散，虽然现在河的水流不大，但是标志着河流高水位界限的巨石整齐地排列在河道的上部位置。村落看起来甚至比实际更小，事实上，它的面积可以容易地塞进一个中等大小的英国农场。这些人几乎不进行贸易活动，这里几乎可以种植他们生活所需的一切——虽然有种植小麦、小米、玉米、烟草、大麻、红辣椒、豆子和萝卜等，但种植数量并不多。尽管如此，我认为在树木繁茂的狭窄山谷里，12户贡洲家庭种植的土地面积超过了2英亩（8094平方米）。

在贡洲河上游几公里处，有一个大得多的村落叫作靠山青（Kow-shan-ching，音译），住有20名士兵及1个指挥官。指挥官住在一个小小的官邸中，很可能是盯着盐井。因为第二天，我们遇到了一个马帮，在有护卫的保护下到澜沧江流域贸易的小盐业商队。盐在中国是一种官府垄断行业，它的流通戒备森严，最复杂的预防措施是打击走私。

第二天，我在顺江而下的路上，误打了一只鸬鹚（cormorant），把它当成了一只鸭子，这使村里的护卫队感到非常高兴，因为这样就有了野味。他们向我保证，这道菜吃起来味道会很好，但我觉得他们所说的清炖汤（old man of the water）的味道，我的舌头难以明白。再往下走几公里，那人烟稀少的狭窄山谷就向外拓宽了，我们就在那里停下来过夜，几个大的村落点缀在平缓的山坡上。开阔的地上生长着稀疏的松林和麻栎树林，这些地方的大部分地区给人带来了一种干枯和凄凉的印象，部分植被覆盖的山坡又被梯田所取代，西边云层中隐约可见的雪山表明我们离澜沧江不远了。

我们来到由三个村落组成的大村落里，住在一个叫碧玉河（Pi-iu-ho，音译）的村落中，这里是我们歇脚的地方。这里的人口全部都是拉玛，房屋的屋顶除了木瓦片的木屋外，还有不少用泥砖砌成的房子，屋顶是瓦片。这些人也还是知道一些西方的东西的，因为当我拿着一个指南针时，一群感兴趣的拉玛人过来围观。我无意中听到他们中的一个教导那些无知的同伴，大概是说，我所持有的仪器是一只手表。也许他

第十五章　弯弓大地

不知道手表是什么，但在中国的西部，任何东西，或多或少是圆的，并且在玻璃面下有针的东西，例如指南针或无液气压计，都会被认为是一块手表。我朋友的博学作为拉玛来说是相当惊人的。

戴维斯少校认为拉玛和白族部落都可能是民家人的另一个称呼，但我发现并非如此。他们自己也强烈否认他们是民家人或汉族人——他们似乎对这一划分很不高兴——虽然我没有记下任何词语来证明这一点，但我听到拉玛和民家人说话，语言上是有很大差异的。拉玛的语言有一种浅显的藏语色彩，尽管我从来没有想过这两者之间有什么联系，但是，要指出任何特征，无论是科学价值的，还是简单方便的，一方面可以区分拉玛和民家，另一方面又可以区别汉族，都是一件困难的事情。正如戴维斯少校所言，汉族吸收他们所接触部落的文化并且附带着的无意识的影响力是相当惊人的。只有藏族人似乎能够抵抗——甚至逆转这一进程。但这个事例的特殊之处在于，在维西和喇鸡鸣（La-chi-mi，音译）井[1]之间几乎没有汉族人。其推论是，这些人本身就是移民，在他们来到这个地方之前，就完全被灌输了汉族的习惯。事实证明确实如此，有几个人在被问及他们如何说云南话和理解云南话时，回答说他们来自云南的南部。

拉玛人已经采用了汉族服饰，而且，毫无疑问，他们已经逐渐地接纳了汉族的礼仪和习俗。这在一定程度上破坏了他们自己作为一个部落的独特性。更值得注意的是，他们通常在彼此之间讲中文，同时又极力否认自己是汉族人的后代。只有极少数情况下，我才能听到男人在平常的交往中说拉玛语。毫无疑问，如果他们的服饰有明显差异，会关注他们和汉族之间的相貌特征差异。我想一个训练有素的人类学家，不仅仅是要关注他们的外部特征，还要追寻这些的不同点。例如，即使是几个世纪以来与汉族通婚的潘泰人（Panthays）[2]，即云南伊斯兰教徒，

---

[1] 译注：喇鸡鸣井，今怒江州兰坪县啦井镇。由于喇鸡鸣井不仅产盐，而且还是怒江流域的重要要隘，成为川滇藏茶马、盐马古道的一个重要驿站。

[2] 译注：缅甸称为潘泰人，又可称为伊斯兰教华人。

仍然保留了一定的独特性，这使得他们很容易识别。但我必须承认，这些更微妙的分歧使我感到困惑。

的确，这里有几个拉玛人，只穿着宽松的白色棉布背心和裤子，他们似乎是一个非常贫穷的阶层，人数不够多，不足以做比较。他们可能真的是奴隶。

另外，女性虽然也采用了汉族服饰，或者是对汉族穿着的模仿，但对她们的识别困难较小。事实上，她们没有裹小脚，这足以表明她们不是汉族人，当然，这也不能证明她们是拉玛人。到目前为止，一个部落吸收其他文化可能会继续，女性似乎正在严格地避开这种令人反感的做法，满族妇女就是最好的例证。与那些保留本土服饰的部落不同，拉玛人的妇女头上佩戴的珠宝很少。拉玛人的妇女佩戴小的首饰，世代传承下来的小银耳环和手镯并不显眼，人们经常从麽些妇女的头上看到这些配饰。至少在未婚女孩中，头发是梳得很整齐的，就像在满族妇女中一样，而在汉族人中，长头发似乎曾经是男性的标志。

尽管有这种困惑，但我通常会发现，通过仔细查看一个部落的妇女，无论她们表面上看起来多么像汉族人，经过一段时间的观察后，有可能一次又一次发现她们独有的特征，这是所有部落特征的共同因素。可以说，我发现拉玛人和民家妇女都是如此。更多的是一个特殊的小帽子，而且是采用军用草帽的风格，中间没有凹痕，并在边缘装饰着大型金属铆钉，在拉玛人和民家妇女中很流行。她们面带笑容，头上戴着这种帽子，搭配着用金属镶嵌的衣领，看起来非常好看。一些拉玛人的女孩也很喜欢这种服饰搭配。

接下来的一天，我们来到澜沧江上的拖衣村。在穿越高山的过程中，阴沉沉的天气一直尾随着我们的脚步。现在，乌云逐渐退去，灿烂的阳光开始出现。在西面的澜沧江—怒江分水岭可以看到雪，但能看到的山峰并不明显高。到目前为止，我们走过的每一个村落都提供了2~3个人作为护卫，一直到下一个村落。这样我们就得到了观察记录不同人群特征的机会。他们带着最凶猛的刀和弩弓，这些临时追随者已

第十五章　弩弓大地

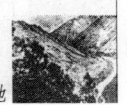

经不少于 15 人了。

深秋的炎热天气现在持续了一段时间，因此山谷呈现出明显干枯的景象。紫色页岩或灰色变质岩的山脉，被一簇簇枯草和散落的松树或橡树稀疏地覆盖着，狭窄的沟壑中，大地已经深深地裂开。这说明上面山区可能下暴雨，山谷本身的降雨量非常少。沿河而下，较为平缓的山坡上种植着大量的农作物，虽然村落很少。高高的河岸上布满了灌木，大部分是常绿植物，很好地隐藏了河流。河谷中到处长着茂密的花梨树。我们又一次到了一个非常干燥的地区，随着我们继续向南移动，干旱的情况越来越严重，虽然很难与金沙江北部、澜沧江流域的干旱地区相比，但是，很明显，我们在茨姑遇到的夏季降雨在这里是不存在的。澜沧江峡谷极其狭窄，海拔也很高。再往东的山脉就像雨水的传输线，可能是这里的季风无障碍地越过澜沧江，将高原往东的部分地域冲刷形成。就像在金沙江上游一样，山洪冲断的深谷需要绕道而行，这条经常被急流打断的河流，甚至连渡船也很少能通航。溜索桥到处都有，但都是那种让人讨厌的自动降落在河中央的溜索桥。在那之后，不管你是决定继续走，还是转身回去，都需要在空中不停晃动身体，你能做出的唯一选择就是待在那里等待救援。

到了晚上，我们来到了一个不起眼的箐坂（Ching-p'an，音译）村，我睡在一个烟雾弥漫的小屋里。每个人都忙着把这个地方尽可能地装饰一番，以两块木板为横梁，三块木板为竖板，搭成一个简单的床架和餐桌，还有椅子和洗漱台，由于这个屋子实在太小了，我们都没有活动的空间。尽管大家已经充分利用了所有资源，但还是很拥挤。

第三天，我们到达了石登（Shi-teng，音译），我从维西带来的护照使我可以在官府的陪同下旅行。这就是说，如果顺利的话，自己的费用由别人来承担，依赖他人来旅行。在石登，我必须向当地官员办理新的护照，因为中国官员不能办理上级管辖地区的护照，而可以办理下级官吏管辖地区的护照。此时，我们已经到了维西地方官员在这个地方的管理极限，石登和喇鸡鸣井都在丽江府的管理范围内。

蓝花绿绒蒿的原乡
——清末英国博物学家的滇西北及川康纪行

　　然而，当我们那天早上到一个小村落里，在那里暂作休息，我在吃午餐的时候，听说石登的官员刚到山谷，我们马上过去与他见面。和往常一样，当一个人打算在超出审批管理的地域上旅行时，会遭到拒绝，那位官员找到了很好的理由，要求我重新回到剑川（Chen-chuan）的主要道路上。我可以通过一次四五天朝东翻山越岭之旅来完成这一任务，但是，在礼貌地拒绝了他保证我安全的必要性之后，我坚持了我原来的计划。我注意到，如果他不能给我一本护照，我就不要了。那官员，虽满脸惊慌，但仍然在犹豫着。当我站起来告诉他见面已经结束的时候，他求我再坐下来好好谈谈，并命令他的文书给我开一本护照，活动范围限定在所辖地域以南的喇鸡鸣井。协议达成后，他变得非常和蔼可亲。过了一会儿，他带我去欣赏他的小马，把那件让他烦恼的事搁置起来，谈起了天气。

　　我们已经浪费了太多的时间，等我们重新振作精神，整装出发的时候，太阳已经下山了。我们到达石登已是9点钟了，月亮已经升起很高。它给我们足够的光亮，除了在深谷里，我们还能清晰地看到路上的障碍物。我们在一家客栈里找到了舒适的住处。

　　我与官员会面的工作现在已经结束，但我必须承认我一直很喜欢这样的社交活动，我把这些社交活动看作是免费的中文课。这里的人夫、村人们从嘴里说出的方语，我费了很大力气才理解了，这样与一个受过教育的汉族人，或是与从事普通苦力的人们对话的过程，总是给我一种宽慰。当然，没有一个汉族人会因为我不懂中文而刻意放慢语速，但我总能理解他要表达的意思。而且无论如何，我总能得到我想要的东西，这是主要的事情。

　　中国的乡下人是一个有趣的人群，他们的阶级观念是很普遍的，如果你不明白他在说什么，他只需要说得更大声一点，你就不能不说了。因此，如果你指出他的话完全偏离了你的本意，他马上就变得如大

第十五章 弯弓大地

嗓门的人（Bull of Bashan）①那样咆哮起来，相信你只是有点耳聋，而不是不懂他的语言。而且由于他的热切期望，他比以往任何时候都想更快地倾诉他的想法，这让那些试图上一堂廉价语言课的人深受伤害。

然而，我现在急于继续我的旅程，并且很清楚每次与官员的会面都意味着至少要耽搁半天时间。因此，当我得知前一天又有一位官员从省都来到石登时，我并不感到高兴。这位先生在早上第一时间拜访了我，在早餐时找到我，向我表示欢迎后便离开了。一小时后，我拜访了他，受到了最亲切的接待。我唯一的烦恼是要如何替换人夫。我的两个忠心耿耿的维西人终于离开了我，我只好听从那个官员的命令去找其他人。我们离开时已经是中午了。

石登是一个相当重要的村落，居住着九十户人家，有二十名士兵驻守在这里，这是我与有规模的拉玛人接触的最后一个地方。不久，我们离开了澜沧江，向东进入了一个小山谷，四周又被群山环绕。在我们过夜的小屋附近，我幸运地射杀了一只鹧。自从离开维西以来，粮食供应一直不太顺利，因为除了鸡蛋，我很难买到别的东西，最困难的是除了荞麦粉，我没有别的东西可以用来做面包。荞麦饼的口感比饼干差得多。11月29日，我们早早地出发了，希望能在天黑前到达喇鸡鸣井。因为我们已经浪费了许多宝贵的时间，而且我也不能肯定能赶在马队前面到达腾越。我们继续沿着山谷往前走，沿着一条与澜沧江平行的向南延伸的道路前进，澜沧江现在隐藏在一些高山峻岭的后面。这附近有大量的耕地，还有小屋。虽然小屋的分布范围很广，但小屋与小屋之间通常是分散和孤立的。在这些被隔离的角落里，拉玛人似乎比他们在澜沧江流域的同胞们更大程度地保留了他们自己的习惯和习俗，他们说着自己的语言，其中只有很少的人会说一点汉语。我有理由相信，女人们是不会说汉语的，因为她们跟在向导后面。后来走错了路，而这条路又有许多可供选择的去向。我发现我不可能让我遇见的几个体态丰满的姑娘听懂我的话，结果她们都觉得很有趣。

① 译注：Bashan出自《圣经》，指约旦河以东的沃土，有壮牛之意，转指壮汉。

蓝花绿绒蒿的原乡
——清末英国博物学家的滇西北及川康纪行

　　我们穿过山谷顶端树林茂密的低矮斜坡，继续向南走。在我们遇到的第一个部落小屋中停下来吃午饭，另外四五个小屋离我们很近。他们的门敞开着，火塘里的火熊熊燃烧着，但是没有看到有人出入，甚至连一只狗也没有吠叫。要么是只限今天这个地方没有人，或者我们偶然发现了一个沉睡的村落。然而，这些人夫毫不畏惧，立刻开始四处寻找食物。经过五分钟的搜索，没有发现什么比一堆萝卜更有营养的东西，我们勇敢地围着这堆萝卜，很快就把它们全部吃完，因为我们实在太饿了。后来他们发现了一个鸡蛋，人夫们把它交给了我，同时我们把饭煮了，泡了些茶，而我把注意力转向了更直接的储藏箱。不过，我只发现了剩下的几片培根。甚至连我们吃饭的面包都没有，这更让我为难，因为我不得不自己做饭。宋愚蠢地跑到向导后面，落在了后面，最终迷路了，就像一大早我自己所做的那样。他一直到下午3点钟还没有出现，这时我们突然看见他吃力地爬上紧挨着小路下面的深谷陡坡，每隔几码就停下来抓住一棵松树。他吃着松子，好像什么事也没发生过似的——我们第一次错过他已经有五个小时了——他慢吞吞地、不动声色地讲述着他是如何被告知要沿着山谷尽头的路走的，那副受伤的样子使我一阵大笑。

　　与此同时，人夫们在小屋里已经很自在了。为了寻找埋藏的财宝或有趣的东西，他们把所有的东西都翻了好几遍。我留下了一些钱作为我们拿走东西的报酬，我非常小心地从后门出来，关上门。我知道，如果两个士兵中的任何一个看到了我所做的，他们不会就此罢休，一定会想尽一切办法得到那笔钱。事实上，在没有理由付款的情况下付款的想法会给他们留下深刻的印象，因为这是一个全新的做法，他们本来会花很长时间才能挣得这笔钱。人夫详细地解释道，由于我们需要食物，而且碰巧在一间废弃的小屋里找到了，而且没有人接受报酬，那么唯一公正合理的做法就是接受我们所能找到的东西，并心怀感激。此外，这样做村民们也会非常高兴和自豪地把任何东西送给英国绅士。

　　我们还没走到离小屋50码（46米）远的地方，我就注意到一个士

第十五章 弯弓大地

兵手里拿着一个铜壶。我以前从来没有注意到这是他个人行李的一部分，看起来很陌生。我问他铜壶是从哪里来的？他回答说，他是从小屋里拿出来的。我对这种厚颜无耻的说词感到非常恼火，于是我用拳头打了他的脸，他跟跟跄跄地被他的步枪绊了一下，倒在地上，嘴唇出血，像半空的玉米袋一样躺在了地上。我命令他立刻把铜壶送回小屋，并且说服他，他要为自己可耻的行为赎罪。我亲自护送他，用我的枪戳在他的后背，威胁说，如果他再做这种事就开枪打死他。与此同时，他为自己的行为和制造荒谬的借口而悲伤道歉，其主要原因是他认为我不会介意！

事实上，正因如此，士兵们总是努力利用他们天真地认为我的存在给他们带来的豁免权，去获得一些免费的东西。我相信，当我在藏族人和藏族部落之间旅行时，我拒绝任何可能的陪同，我憎恨和害怕汉族士兵，因此我怀疑地看着在他们保护下旅行的任何人；反过来，汉族人也害怕藏族人，他们之间也相互鄙视对方，他们不放过任何鄙视对方的机会。

一个部落的人不会因为我抢了他家一半的东西而恨我，更不会因为我让我的一个士兵拿走一只铜壶而恨我——至少我是这么认为的。由于水壶又回到了它原来的火塘边，这件事暂时告一段落。乍一看，它的后果似乎有些奇怪。

那天是不可能到达喇鸡鸣井的，因为新月已经落下了，森林里变得非常黑暗。繁星在晴朗的天空中明亮地照耀着，一阵冷风把它吹了起来，我们高兴地到达了下一个村落，村落位于松树林边缘的一片空地上。我们第一次接触到部落里的民家人，他们亲切地接待了我，并为我做了一切必要的安排，尽管那些狗对可怜的藏獒阿波非常嫉妒，一点也不友好。像往常一样，小屋是用木头建造的，石板屋顶用石头压着。而妇女们，头上立着深蓝色的高头巾，就像一块抹布，这与掸族人头饰的风格很相似，穿着汉族人的服装。然而，她们的外表却没有汉族人特色，因为他们都是些身材魁梧的漂亮姑娘，虽然长得并不显眼，但她们

那大大的圆脸让人想起了胖矮冬瓜。每个房间里都挂着弩弓和熊皮做成的箭筒。

  第二天早上，我们前往喇鸡鸣井，只有10英里（16公里）的路程。在中午之前，我们站在山顶俯视着狭窄的山谷，那里有数百个灰色的屋顶，这预示着有一个大村落的存在。在西边，穿过山谷的宽阔处，我们看到澜沧江—怒江分水岭，在薄雾中显得非常蓝，它较低的山坡上茂密的森林纵横交错，波浪形的山峰上还有少量积雪，在深蓝色的天空映衬下，轮廓分明。

  我站在那里看了几分钟，第一次开始注意到，我的两个士兵悄悄地落在后面，一声不响地消失了，没有给我任何解释。目前的情况，衙门的人解释说，他们可能觉得自己不值得进入喇鸡鸣井！也许是他们所认为的那样。我在心理上把他们在这个特殊场合的行为，归因于中国人自己最好理解的一种更具有隐喻意义的不值得行为，通常翻译为"面子"。他们放弃继续做下去，这一点关系都没有——我很高兴这么轻松地摆脱了他们——但我对其中的原则并不赞同。我突然想到，他们由于害怕被人告发，又因为前一天的行为而遭到殴打，他们认为最好还是不要再陪我了。因此，他们便悄悄地溜走了。他们放弃了所有能够领取小费的机会——这是根据每个人的具体表现，然后给他们的工资以外的一些奖励。但是我错了，如果我听了他们在几英里外与一群村民私下交谈的话，我也许真的能够对他们的奇怪行为做出完全不同的解释。

  最后，我们下到了大约1000英尺（305米）的山谷里，瞥见了密密麻麻的屋顶，迅速让人对这个村落有了一个更广阔的认识。在那里，我和藏獒阿波引起了民家（Minchia）人和汉族人的关注。我把我的东西放在一家客栈里，根据我的财力设置了一个简单的厕所，我立刻就去了衙门。

第十六章　革命军占领喇鸡鸣井

喇鸡鸣井是一个热闹的小村落，这个村落会如此重要主要是因为当地的盐井，也间接是因为它地处三条贸易路线的交汇处。其中一条主要道路沿澜沧江向南延伸至永昌府；第二条主干道（也是一条非常好的铺砌道路，至少在喇鸡鸣井附近来说是这样的）向东延伸至剑川；第三条主干道向北通往澜沧江，穿过维西。我的旅程在某种程度上走的是第三条主干道。

这个村落位于离澜沧江几英里远的一个深谷的顶部，四周都是光秃秃的山。它有好几座小寺庙，其中一座保存得较好。而我发现了一座正在建造的有遮雨廊的拱形木桥，它建立在进入峡谷的小溪上，建成后将绝对是风景如画的一番景象。这里有200多户人家，主要是民家人，但是众多的商店和瓦片屋顶给这个村落增添了鲜明的汉族人特色，居民的风俗习惯和言谈举止更增添了这种特色。许多房子是用泥砖建造的，屋顶用的是块木板。而妇女们与我们已经提到的汉族人相比，他们的差异虽然很小，但却是显而易见的。衙门是一个古色古香的小地方，有两尊古老的大炮守卫着台阶的入口，庭院四周有无数的常绿灌木和矮小植物置在木盆里。墙上挂着两只斑鸠笼，在明亮的阳光下，斑鸠轻柔的叫声让人听起来很愉快。屋顶上，一只被驯养的猴子被一条长长的链子末端拴拉着，它正在嬉闹玩耍中。

我隐约感到有些惊讶，但并没有特别注意这样一个事实：院子里和四周的房间里都是全副武装的士兵，有三四十人，他们身材魁梧。然

而他们并没有穿着云南特色的破旧官服，而是穿着用蓝色布料缝制的大衣，头上还有一顶蓝色帽子，每个人都带着一把火枪和一条子弹带。

那位官员亲切地接待了我，主动向我握手，就像他也许在云南府看到过的欧洲人那样，我注意到他似乎非常激动。他答应在明天找些必要的士兵护送我，然后我困惑地回到了客栈。

在这里，我了解到革命军在今晨占领了喇鸡鸣井，而且大约250名士兵组成的部队将于第二天进驻该村落。这就是我们在山顶上，随从们为何要盯着那面奇怪的旗子的原因。而在院子里全副武装的士兵中，有一支先遣队正在忙碌着。

下午，我决定去参观盐矿。后来才知道，在这个季节这个盐井是不进行运作的。唯一可用的盐是在许多水槽及其支架上结晶的盐，这些水槽和支架用于将盐水输送到进行水分蒸发的小屋。还有一些人正在忙着凿掉这些结壳。在顺着排水沟寻找矿井的位置时，一位友好的工人向我打招呼，并从相邻的小屋取出一盏油灯，表示愿意为我们带路。我欣然同意了他的建议。

我们沿着一条离村落不远的狭窄的水沟往前走，来到山洞的入口。山洞的一头很高，我们点亮了他的油灯。我的向导打开了门，领着我们进入了盐矿。这条地道大约有5英尺（1.5米）高，宽度相当窄，在两边支起的木头堆之间，像铁路枕木一样，有一层盐渍在潮湿的红黏土上闪闪发光。

这些用于支撑的木头，每1码（0.9米）都有，向里倾斜了几度。由另一组木材将其固定在原来的位置，左右一边一根木头支撑着顶上横着的木头，大致呈梯状。因此，洞顶的宽度比地面更窄。在盐井的一侧有一条水沟，水泵工作的时候，水就从水沟里流出来。现在已经干涸了，沙质底部的盐分，即使在油灯微弱的灯光下，也闪闪发光，仿佛覆盖了一层白霜。

我们在相当平坦的地面上，局促不安地走了一百二十步，结果颈部出现了严重的抽筋。我们到达了第一个泵。从这一点开始，两条通道

分开了，我们现在要通过一条陡峭的台阶，沿着粗糙凿出的台阶迅速往下走，进入盐矿深处。与此同时，隧道的高度已经缩短到 4 英尺（1.3 米），空气稀薄，又闷又热。下完所有台阶，我们到了第二层，看见近处有一大摊盐水，我们刚才看到的那根木管的另一头浸在盐水里。这个管的直径约 4 英寸（102 厘米），实际上是泵的抽水管，现在泵停止运作的原因已经很明显了，因为盐水的深度不足以覆盖管子的下端。

这一层，有第二个水泵，沿着另一个陡峭的台阶往下走，我们到了更低的一层，那里有另一个盐水池。第三个水泵直接与主要的盐水池相连，似乎深埋在山的中心。但是，真正的盐水井，无疑是从很远的地方渗透到这里来的，上面的两个盐水池是人工池，依靠水泵引来。我们不再往下继续探索了。

盐水通过水泵的中转，从一层泵到另一层，每个水泵由一个人操作，直到它到达主隧道的排水沟，然后被排到几个蒸发室。

我思考泵是如何工作的，是怎样回到地面上的——这是一项非常简单的工作，因为它只包括一个桶和活塞。这个桶不是像人们预期的那样用竹子制成的，而是一个挖空的树干，也许是松树。树皮已经从外面剥去，并且它经常被捆扎起来，无疑是为了防止木材翘曲和开裂。活塞由长约 6 英尺（1.83 米）的细竹子组成，靠近其竹竿末端用圆形皮革圆围固定，直径略大于管子。在周围系着一根细绳索，这些绳索被拉下并固定在手柄的一个位置，就像半开伞的伞骨一样。除了这些绷绳不是坚硬的东西之外，这正是与活塞最相似的地方。

一些家庭生活在村落下端盐井附近的简陋小屋里，对盐水进行蒸发。四五个铁锅，每个铁锅可盛一块不少于 75 磅（34 公斤）的盐块，放在泥堆里，底下点着火，整个制盐过程就这样快速进行着。但此时没有进行制盐活动，因此，所有的东西——墙、地板、炉灶、平底锅和管道——都被盐包了起来。在喇鸡鸣井，盐的价格是每百斤 3 两银子，相当于 18 磅 1 先令，当然这个价格并不昂贵。这里的盐供应剑川、大理府、永昌府、腾越，甚至遥远的缅甸八莫。

蓝花绿绒蒿的原乡
——清末英国博物学家的滇西北及川康纪行

　　傍晚，我在村外散步的时候，遇见一个巡逻队，他们提着的灯笼在风中欢快地摇晃着，他们几乎是沿着一条横贯群山、向东延伸的铺着石块的道路奔跑。

　　第二天早上没有人来，我忙着观察事态的发展。在这个寂静的村落里没有什么令人兴奋的事，许多人都在这条狭窄的街道上，所有的商店都开着。不一会儿，有人喊了起来："他们来了！"所有还没有走到街上的人都涌向了商店的门前——这是我在那儿时唯一的兴奋表现。从东南方走了七天的路程，有一个穿着讲究的人骑在马上，从大理府方向铺着石板的街道上走下来，前面有六个步兵护送着许多骑马的人，这是李队长。显然，他是从永昌直接来到澜沧江流域，这是与一直沿着主干道向北走的另一支部队联系的队伍。他们的目标可能是同时在维西汇合，然后向北进入巴塘，与四川革命军汇合。不时有三四个人组成的小巡逻队匆匆走出村落，有说有笑，大多数人向大理方向东行。

　　看来，除非我亲自去把事情弄清楚，否则是不可能马上脱身的。所以我又到衙门那儿去了一趟，那位受了许多叨扰的官员又热情地接待了我，他的神色比前一天更加忧虑不安。新来的士兵坐在院子里吃早饭，他们的骡马站在旁边，他们好奇地看着我，但什么也没说。像以往一样，全副武装的士兵三五成群地站着聊天，随意地进出房间，加入谈话中来，感觉他们都把这个地方当作自己的家一样。衙门听他们摆布，这位官员实际上就是个囚犯。

　　这个不幸的官员说，他所有的士兵都已经逃离了，所以他不可能安排我的行程，或者为我明天的出行提供护送士兵。但如果我能够耐心地再等待一天，我一定能够在第二天早晨动身。他恳求我坚持下去，以至于我开始认为他在英国人面前感到有一定程度的安全感，至少可以依靠他来看待公平竞争。但事实上，这位官员几乎没有什么可担心的，对于帮助他这件事，无论如何我都无能为力，我自己也感觉很无助。

　　然而，拖延就是浪费时间，我坚持要与两个人夫立即出发。正如我试图解释的那样，如果我的马队提前到达腾越，很有可能因为我与他

第十六章 革命军占领喇鸡鸣井

们相距得太远,因为欧洲人可能会担心我遭遇了意外。

回到旅馆,我发现许多士兵站在街上,和居民们闲聊,从孩子们那里买橘子,在茶馆里喝茶。他们似乎有充足的钱来支付他们购买的一切,而这些都是当地村民所关心的事。他们开始对我的枪感兴趣,要求我告诉他们它是如何开枪的,于是我们就开始聊天。

最后,我的人夫来了。快到中午的时候,我们出发了。因为我们不再受官方保护,只能靠我们自己了。我们刚进入下面的峡谷,就听见后面传来一声喊叫。李队长骑着马飞快地过来,他后面有一群卫兵,为了跟上他而在快速地奔跑。然而他看见我,却停住了他的小马,很有礼貌地问我的职业和要去哪里。我回答了他的问题,祝他一路顺风。他向前冲去迎接他们正从澜沧江上来的部队。半小时后,我们遇到了革命军的主力部队——但这是一个多么大的变化啊!

他们有200余人在狭窄的峡谷里排成一列,形成了一幅引人注目的画面。他们大多数是搬运行李的人夫、苦力,有傈僳族人和民家人,强壮的小部落成员,胸部肌肉发达,皮肤黝黑,外表一副很凶狠的样子。他们的腰间挂有佩刀,肩上挂着巨大的3英尺(91厘米)长的弩弓。云南人身穿破旧的官服,手持步枪,他们中的大多数都挎着满满的子弹带。他们的枪,长度非常短,口径却很大,都是短枪,看上去很不寻常,还有一些人举着朱红色的旗帜和号角;还有近一半骑着小马的人,包括我的朋友李队长。

这些衣衫褴褛的部落成员看上去多么奇怪啊!他们拿着大刀、弩弓和一个用黑熊皮制成的箭盒,每个人的背上都扛着一件很重的东西,用一根皮带套在前额上。号手们偶尔把长长的号筒放在嘴唇上,仰起头来,发出呼呼的响声。他们继续赶路,旗帜飘扬,直到他们在狭窄的峡谷中消失。

这一切意味着什么?这是什么意思?李队长正在鼓动部落成员崛起,并争取什么?我还没有搞清楚。

不久以后,我跟在我的队伍后面,一个骑马的人带着通常是全副

蓝花绿绒蒿的原乡
——清末英国博物学家的滇西北及川康纪行

武装的士兵从一个村落里出来，粗暴地向我打招呼。他似乎是一个没什么职位的人，我对他的态度感到不满，几乎没有注意到他，于是他策马向前，挡住了我的去路，粗暴地要求我给他办点事。当然，我也没有客气，很直接地告知他我们的情况，并且说明已经与李队长谈过了，这似乎使这个人感到满意。"哦！你是从喇鸡鸣井来的！那好吧！"他咆哮着说。然后，他立刻回到村落里去了。显然，他希望通过我转达消息，恰恰相反，他的这一行为给我的整个旅程留下了唯一一次很差的印象。

傍晚时分，我们才到达营盘街（Ying-p'an-kai，音译）村，这个村落中民家人和汉族人分开居住，全村有100多户。在这里，我在山坡上的一座寺庙里找到了舒适的住处。整个寺庙里弥漫着刺鼻的香味儿，我在一群面目严厉的佛像神的注视下，在屋角的一张床上躺了下来。

通常中国的寺庙，就像在这种情况下，有时是由信者来管理的。如果可以说服管理人，那么在当晚，甚至是在周末，能够给需要帮助的人提供一个住宿庇护所。事实上，在中国像这样的地方有很多。每年居住在沿海或内陆的欧洲人，除了专门提供的住宿地方外，没有其他的住宿地点。一座佛寺，为了一点小小的收益，和尚们乐意让他们灵活使用。当然，他们也可以提供这样的服务，因为他们不再仅仅是祈祷的殿堂。对于我来说，作为躲避中国人好奇心的避难所，寺庙比旅店要优越得多，而且通常更干净、更宽敞。但在这件事上，门卫却提出异议，说我没有护照，他不会让我睡在寺庙里。宋慷慨激昂地争辩着，但他太温顺了，不能给我们这样一个好斗的人留下太多印象，而且宋对门卫选择对我们采取的说教语气感到很恼火。我插嘴说道："不管我是否有护照，我一定要留下来，这不关他的事。"

当他察觉我一直在默默地听着谈话时，似乎有些吃惊，但现在他变得完全顺从了，把我的东西抬进来，生火，准备茶。按照古老的习惯，像一个汉族人迎接客人那样来招待我。但他搞完这些退到院子的时候，对五六个人大喊大叫，把怒气发泄到他们头上。直到我离开为止，他一直对我都是非常和蔼可亲的。

第十六章　革命军占领喇鸡鸣井

第二天早上，我还没穿好衣服，一个拿着李队长文书的信差就急匆匆地来了。这个文件说："金敦·沃德正在前往腾越领事馆的途中，为了确保我这段收集植物旅程的安全，在我旅行期间，他将为我的这次旅行提供一些便利。为避免被村民干扰，为确保这些命令得到执行，还将安排士兵护送我前进。"无论是因为部落成员同情革命者，还是因为他们代表了他们曾经接触过的最具体的权威形式，我可以说无论我在哪里拿出李的文书、证明李的权威，我都得到了村民们最好的待遇和尊重。

除了渡船，还有一座在营盘街横跨澜沧江的单绳溜索桥。从那里有一条小径穿过群山，通向怒江地区，那里住着黑傈僳族人。他们不建议我去尝试。

现在，我们继续沿着沉闷的山谷前进，有时在高高的丘陵上艰难跋涉。在我们下面很远的地方，河水在蜿蜒的 S 形河道中咆哮而过，最后我们来到被激流冲断的深深的峡谷底部。植被越来越少了，到处都是可怕的干燥景象。可怜的藏獒阿波，头和尾巴低低地垂着，在我们身后以一种非常沮丧的心情慢跑着。也许它在想着它家乡高原上的雪和凛冽的寒风，它的精神被眼前日复一日出现的灰褐色世界和蓝色天空所吸引。

整个山腰上的红色岩石没有一点生命的痕迹，在岩石裸露的地方，全部被植被覆盖。它是一种可怕的草，它把带芒的种子刺进任何碰到它的东西里。一旦被它们刺到，它们可以迅速刺穿一个人的衣服，并且到达皮肤。这一点将渗透到深度一毫米或更多，造成受害者无限的痛苦。这并不难看出它们有像针尖一样的芒，这些令人憎恶的装置，被倒钩钩住，就很难挣脱。然而，这些小酷刑工具如此之小——大自然为这种植物的分布提供了出色而又成功的条件——以至于即使它们的确切位置被发现了，也极难提取出来。这可不是一件容易的事。在我们经过的少数贫困村落附近，植被更加丰富多样。例如，一棵高大的仙人掌似的大戟属植物，它那不显眼的红花正在盛开；还有一棵产植物油的树（石栗属，*Aleurites*），在这片到处是岩石和青草的土地上特别显眼。

我们在下午的时候到达了小打楚（Hsiao-ta-chu，音译）村，人夫

们想在那里过夜,他们花了两个小时准备做饭,以此挨到天黑,能够作为懒惰的借口。然而,我已经表明我打算到下一个村落去,他们固执的唯一结果是我们在日落时又开始走了 6~8 英里(9.66~11.3 公里)路。这段行程并不容易,过了一段时间,月亮从山脊的后面慢慢升起,照亮了山谷,足以指出路的方向。这时我已经筋疲力尽了,几乎不能提起脚步继续沿着山路往上爬。当我们终于听到狗的叫声时,我松了一口气。我们艰难地爬上山坡,突然发现了一片傈僳族小屋。人夫们很快就找到了一些好心人。尽管我们来晚了,但他们还是愿意收留我们这些陌生人过夜。

我们继续沿着山谷左岸走下去,第二天早晨就到了洛玛底(Lo-ma-di,音译)渡口。那里和前一天走过的山谷一样干旱,虽然很荒凉,但阴沉的天气使它比以往任何时候都能够让人舒适一些。只要有可能种植水稻的地方,都被充分利用起来,山谷两边都有梯田。我们还在这个地区发现种植有烟草、蓖麻、棉花和大麻,尽管数量很少。在洛玛底,我们利用了一段水流相对平缓,河宽收缩到 30 码(27 米)的水域,成功渡河来到右岸。峡谷的优势还体现在横跨双向溜索桥的吊索上,这是我们离开营盘街后看到的第三座溜索桥。从这些桥所通向的河对岸山脊上的小道,以及我们经常看到的几支傈僳族人小队的攀登路线来看,毫无疑问,在海拔不高的山区里隐藏着许多的傈僳族村。

洛玛底——这名字似乎主要是给这座桥命名的,因为我没有看到周围有人家居住——橄榄绿的水流在由垂直倾斜的板岩组成的陡峭河岸之间流动,下面有一片沙滩,后者当然在夏季完全被河水覆盖。这些狭窄的深水区域看似很安静,但在急流之中有白色泡沫涌出。

渡船是由两只独木舟绑在一起组成的,我们在渡河过程中没有遇到任何麻烦。两个人在船头划桨,只用几分钟就把我们送到了对岸。此刻,狂风在山谷里肆虐,把一粒粒细沙吹到我们脸上,但这一切都像开始时一样突然停止了,一切又恢复了原来的平静。

到了晚上,我们到达了一个民家人村落——土窝(T'u-wau,音译)。我刚在土司家最好的一间屋子里安顿下来,就有人来访了。我听

第十六章 革命军占领喇鸡鸣井

到院子里的大声喊叫,就走到外面,看见房子前面五个士兵排成一排,每人都拿着大刀和巨大的弩弓。他们正在通知守卫土司家宅的人(土司本人不在),老窝(Lao-wau,音译)土司就要来到这里,必须立即为他和他的随从准备房间。这些人,从外表上看是掸族人,是首领的先遣队。半小时后,老窝土司也来了,带着大约四十人的卫队,掸族人、傈僳族人和民家人全都全副武装。听说我在衙门,他就送了拜帖过来,过了一会儿又亲自来拜访我,还有他的两三个朋友陪着。土司首领穿着中式服装,说一口流利的中文,非常和蔼可亲。他告诉我,他要去喇鸡鸣井和李会合,并告诉我该走哪条路最好,就告辞了。

第二天早上,我发现他已经为我在怒江上的六库(Lu-k'ou,音译)村落安全旅行做了必要的安排,其中另一名负责人将接管我的保护工作,就是土窝土司。但事实上我没有得到更多的士兵护送我离开土窝,也没有遇到任何麻烦。根据我的经验,边境国家的部落成员或中国西部的山地民族对于我来说,是非常友好的。

老窝土司吩咐村民们把我的两个行李从一个村落运到另一个村落,各村都要另派一两个人护送。因此,我们在路上浪费了许多时间,因为我们到达的每一个村落都意味着要耽搁半个小时,而村长却在寻找必要的男女人数。一般徭役是不分男女的,因为这些搬运货物通常是由女性承担。至于陪护人,我从来就等不到他们露面,我们就出发了。以前,我曾请过人夫,就是雇佣掸族人来陪我们几天,所以这种耽搁不那么频繁,取得了令人满意的进展。但是,现在,各村人夫要相互交接,当村落与村落相距甚远时,人夫的到来非常耽搁时间,在这样新的旅行条件下是不能达到我的要求的。

那天晚上,即12月5日,我们到达了缥茨(Piao-tsun,音译),这是一个居住着六十户人家的漂亮小村落,是民家人和傈僳族人,与汉族人有明显的差异。这个村落位于河流的上方,梯田建在倾斜的地面上。它的乡村魅力在于:虽然村落里的房屋比较聚集,但每家的房屋都有自己的特点。每座房子所在的小菜园周围都有低矮的泥墙,还有几个

蓝花绿绒蒿的原乡
——清末英国博物学家的滇西北及川康纪行

远处的高杆，上面每个都缠绕着密集的豆荚。因此，村落景观的整个效果在一定程度上是用大量的绿色藤蔓植物把整个村落包围起来。从这些藤蔓植物中间，茅草房和刷成白色的家屋不时向外探出头来，与后面那半圆形的棕色小山形成了鲜明的对比。这是我们在澜沧江流域的最后一天。为了完成到水钦（Shui-kin，音译）的漫长旅程，我们不得不在天黑后继续走了几个小时。

在广大的褐色草坡和麻栎树与松树林之间，我们穿过里面那深深的林荫沟壑，那里的植被比我们以前在其他地方看到的都要丰富得多。在河流变窄的地方，这个没有阳光的峡谷里，布满岩石的斜坡上覆盖着丛林，令我惊讶的是——因为我们刚刚离开一个令人讨厌的草地区域——树上爬满了弯弯曲曲的天南星科藤蔓植物，还有无数的鸟窝和蕨类植物。更令人惊奇的是，一串串华丽的兰花，包括一种大美的大花蕙兰，像施了魔法一样，在碎石地上盛开着，照亮了暗黑的森林。

十分钟后，我们走出了森林，又到了温暖的阳光下，蕨类植物、兰花和森林都与阴沉的环境一样突然消失了。

显而易见的是，我们正在接近一个地区，在有利的条件下，季风植被得以生长。山谷由高山之间的深沟组成，这种植被在数量上分布很小，不足以影响山谷的总体面貌。在这些深邃的峡谷里，这并不是因为降雨量更大——这显然是不可能的——植被是如此茂盛。只是这里长期不能被太阳光照射，重露水沉淀在强烈的辐射区域可以使植被一整天保持湿润，而在主山谷，太阳一出现在山脊上，露水就会被蒸发。

正如前面说过的，我们在太阳落山后很长时间都还在继续赶路。那天晚上天气晴朗，夜晚非常平静。我们在黑暗中走了一段时间，当满月终于出现在山脊上时，一股耀眼的光像洪水一样涌入山谷，我们几乎能借着这光看清树上的纹路。俯视从深深的阴影中蜿蜒而下的河水是一幅美妙的图画，当它从岩石上奔涌而出时，黑色的河水突然变得银光闪闪。与开阔的山坡形成鲜明对比的是，必须穿过的深深的沟壑就像洞穴一样黑暗。我回头一看，在茂密的森林里，我看到了野香蕉，它们巨大的叶子在灿烂的月光下闪闪发光。过了一会儿，我们到了水钦。

第十七章　告别澜沧江

　　这注定是我们最后一次见到大澜沧江。跨过云南（北纬 25°15′）和西藏（北纬 29°35′）桑巴杜卡（Samba-dhuka，音译）之间的铁索桥，这条河流大约流过 500 英里（805 公里）。我们已经沿着这条河走了整整十七天，走了 250 英里（402 公里）的路，现在我们将要和它告别了。接下来我们将从这里向西转，穿过澜沧江—怒江分水岭，前往腾越。

　　虽然沧江峡谷说再见，我几乎没有什么遗憾了。这条峡谷是群山之间夹着的一条漫长而又险峻的裂缝（rent），在我们向北行进时它变得越来越干旱，越来越荒凉（我们向南走时，它也几乎没有改善）。它是一个异常的、严酷的大自然的怪物，是一种完全不同的空间场所。

　　虽然这条非同寻常的河流把我摧残得遍体鳞伤，但我仍对它有着深深的爱意。旅行者在暴风雨和山峦中遭受打击和蹂躏，通过亲身的体验和感受，作为对手的它仍然是值得尊敬的，可以使你获得从未有过的成就感。冬日里橄榄绿的河水，夏日沸腾的红色洪流和它永恒的轰鸣声，带来了一种奇特的魅力。那些宁静的小村落，一些隐藏在山间的斜坡凹处中，另一些则散落在倾斜的冲积扇上，或者栖息在一些古老的河阶上，那里散落的石块暗示着文明的衰败。所有这些绿洲打破了令人沮丧的单调的裸露岩石和营养不良的植被，它们美丽的绿色和丰富的农作物让人眼前一亮。

　　这些幸福的人们啊！他们对西方世界的纷争和骚乱又能了解多少呢？我们竭力在一件事情上挤出时间，却又在另外一件事上将这些时间浪费；我们匆促地将时间度过，仿佛我们已经对生活感到无比厌倦。而那些幸福的人的生活却不是以小时为单位，而是以春日庄稼的长势和秋日果实的成熟来度量时间。他们工作，能保证自身和家人吃饱穿暖就足矣；他们生于斯，死于斯，子孙后代也将是如此——就像他们的先祖那样，被群山所围，与世隔绝。

从水钦出发，我们通过一条像山脊一样的坡尖，登上了偏西的山脉。这些坡尖在深深的沟壑之间屹立着，夏季洪流终日轰鸣，只有在冬季才偃旗息鼓。低矮的山坡覆盖着松树林，在地势较高的地方，有几户农户分散在河边两三千英尺的地方过着简朴的生活，他们在那里耕种。成群的绿鹦鹉鸣叫着掠过山坡，来回逡巡。一匹狼在枪的射程中穿过了小径并停下来凝视我，却在瞥见藏獒阿波的时候迅速逃窜。除此之外，鸟兽和这里的人类一样稀少。到了山顶，植被茂密，也变得更多样化。在走了数不清的崎岖山路之后，我们终于在正午过后到达了隘口。

众所周知，澜沧江流入中国南海，而我们眼前缓坡上流下的河水流向印度洋，所以我们又一次身处分水岭。这小小的岩石屏障将两个海洋分隔开来，我们是否意识到，在西南季风的侵蚀下，这个分隔海洋水域的岩石屏障可能将逐渐消失。总有一天，可能来自怒江的激流将会跨过大分水岭，山洪来回冲刷这堵坚固的岩石屏障，又冲进另一边的水里，这样澜沧江终将消失不见。现在怒江已经从澜沧江水线以下1500英尺（457米）流向2000英尺（610米）的地方，由于怒江的山谷降雨已经形成了洪水，使河水向着更偏东的地方分流，所以山脊悬挂在澜沧江上方。这条河流是西藏最大的河流之一，它的断流只发生在北纬28度以南，因为北面是干旱地区，那里的降雨量几乎也是相同的。但在这里情况发生了变化，怒江河谷的热带降雨正在逐步抑制不断萎缩的澜沧江，河水流淌在无雨的峡谷中。

在我们脚下展开了一片绿色的山谷，小村落被耕地包围着，在丛林中若隐若现，零星的寺庙那白色的墙有些耀眼，远处的老窝村在明媚的阳光下隐约闪烁。山谷上升起一片山脉，完全挡住了到怒江的视线，

第十七章 告别澜沧江

在更远的地方将怒江和瑞丽江（Shweli）隔开的黑色锯齿状的山脊显现出来。

在这一边，这个地域并没有像东部的澜沧江那样突然地转向怒江，而是被流经宽阔山谷的山间溪流切割成小山和河谷。这些溪流向南向北流过一段距离，然后向西转，冲破第二级山脉，加入主流。暴雨在这个地域多样化的地形上留下痕迹，宽阔的山谷进一步以其平缓的圆形形状为特征，大量的植被平滑地消除了山脊的突起。这里没有典型的澜沧江风光那样的粗线条。

沿着陡峭的山路下行，起初是铺得很好的台阶，现在又变成了一条狭窄而湿滑的小径，穿过与澜沧江相似的一片松林，我们来到了山谷，并在一个小村落吃了午饭。

这里有一些灌木丛，山茶花正在绽放，一两棵槟榔树从茅草屋顶上伸出来。我们确实正在接近温和的冬季地带，虽然头顶紧挨着崎岖的山崖，但这并不意味着会暖和一些。

溪流穿过前面山脊的缝隙向西流，我们到达了老窝村。傍晚早些时候，我在一座小寺庙里找到了住处。

像之前说过的那样，我曾经在澜沧江河谷遇到过的那位土司，他的副手，一个瘸子，由一个男子背着来拜访我，询问我需要什么而为我调配。火在床边的火塘中熊熊燃烧，大约20人逐渐围拢过来看我吃晚饭，他们是民家人，非常友善。晚饭后，我邀请他们围着火塘坐下，他们对英国很感兴趣，问了我很多问题："你的国家有山吗？""它离这有多远？""你们种植什么作物？""你们吃什么？""你们有国王和王后吗？"和其他一些相似的问题。我握着一支发射枪，想找个机会向他们展示英国人是多么神奇。"现在，"我一边说，一边给他们看装了子弹的枪膛，"我一吹口哨，子弹就会射向我。"于是，我打开枪膛直到弹簧几乎脱落，我用严厉的眼神盯着它，发出尖利的口哨声，一次、两次。与此同时，我偷偷地继续拉着枪膛，直到弹簧完全释放。如我所愿，子弹蹦了出来，落到我的膝下。我的魔术表演引起阵阵的欢呼声，

蓝花绿绒蒿的原乡
——清末英国博物学家的滇西北及川康纪行

那一刻他们非常吃惊，只是难以置信地盯着看。最后，为了弄明白，他们要求再来一次。我重复了几次，甚至邀请这个瘸腿的土司副手用这颗魔法子弹试试他的魔力。他摇着头大笑，他不会吹口哨。实际上中国人吹口哨大多是模仿而来，经过长时间的练习以后能吹出一两个音符，但只能发出微弱的声音。不过，对于长期从事体力劳动的中国人来说，他能发出这样一两个口哨音符实属罕见。

我变着花样地去展示我令人惊奇的能力，不仅来自从枪里取出子弹，而且相同的戏法也被用在我的折叠相机上，我一边吹口哨，一边压住弹簧。土司副手也尝试着吹口哨，直到能发出嘘嘘的声音。他拿过相机来，尽管他也能够用同样的方法打开相机，一只手像我那样握着它，但是他疏忽了，他的指头并没有放在弹簧上，他的嘴里发出嘘嘘的口哨声音，相机完全不服从他，这使他面露沮丧。我的枪和相机引起了这群中国人和部落的兴趣，极大地满足了他们的好奇心。但是藏族人、怒族人、傈僳人相对于中国人来说对此要淡漠一些，我认为这应该归功于他们对迷信的深信不疑，这使得他们对如相机这样令人难以置信的东西毫不害怕。

看到我的枪后他们想让我开枪，但这里没有什么猎物可以让我射击，并且我也对曾经在老窝做过的事感到羞愧。如果有可射击的猎物，我也不会答应这样的要求。

老窝村，人口大约 400 人。就我所看到的，我认为没有理由相信它的重要性。它坐落在澜沧江和怒江之间的几条路中的一条上，这地方实在是太小了。

接下来的一天我们要到位于怒江一边的六库，但是我雇佣的两个人夫是衰弱不堪的老人，其中一人是独眼，他们二人加起来只有三只眼睛！我们前行得很缓慢，尽管到了夜间也还要赶路，我们最终在离河仅仅几公里的地方停了下来住宿。

在河床上较干燥的部分生长着一些高高的草丛，高处有时达 12～15 尺（4～5 米），大大的羽毛状的花序像银丝一样闪着光。这

第十七章　告别澜沧江

种草被居住在怒江河谷的掸族人和傈僳族人广泛地用来搭建茅屋。沿着江边的一条路，我们下到峡谷。在炙热的太阳下，我们不断穿过茂密的丛林，这多少能提供一点阴凉。很显然，自我们离开维西以后，我们正走进一个居住更稠密的地域。我们经过路边的一个货摊，上面摆放着诱人的梨和金黄的橘子，偶尔有背着棉织物前往老窝的人从我们身边走过。傍晚，我们在马帮的营地吃了晚饭，他们赶着三四十头公骡马在这个峡谷中行进。

当我们再次出发的时候，天已经完全黑了，如墨汁那样的漆黑。我们走在树林里，月亮时隐时现，路非常难走，只有一只眼睛的人夫不能准确地判断距离，他的脚几次踩在了悬崖边，还不时地绊倒，甚至差一点掉到了河里。在这样的情况下，我们行走得很慢。很显然，我们无法在午夜前到达六库。在我们前面的山脚下有一个小棚屋，火光从敞开的门里透出来，我决定先停下来，并在这里休息。到达棚屋已经10点了，月光洒落在山谷中，夜晚像白天一样变得明亮了。天冷极了，棚屋里一群人围着火坐着。我弄来了两块木板，把木板搁在两个盆上，搭了一张小床。棚屋看起来还不错，茅草屋顶能够挡住雨，但这样的建筑是挡不住寒冷的。相对于房子来说，它更像一个简陋的栅栏，简单粗糙的树干垂直地插在地里，用横梁临时搭在一起就是墙了。墙上不仅漏出大条的缝隙，而且墙头到屋檐的接口处是完全敞开的。睡觉的地方因为紧靠着风口，清晨之前我就被冻醒了。

人们开始从四面爬起来，我发现我们睡的这间棚屋房里有十四个人。尽管有那么多人住在这间房子里，但无论怎样，也没有感到有什么不便。这个棚屋面积足够大，通风又极好。

这里给我留下了尤其深刻的印象，女人们在房间的另一端，夜间她们挤进了自己的床，准确地钻进被子，空间很小，就像把沙丁鱼装进盒子里一样。这就是说，被子的一头才是母亲的位置，另一头是她的孩子们，最大的女儿大约16岁。铺床的床架比通常的床架要短，人们很自然地就能料到，孩子们能看到母亲的脚，而被子的中间是孩子们缠在

一起的腿。

　　大女儿是这个家庭的得力帮手，既能够帮母亲干家务活，又能照顾妹妹们，早上第一个起床，生火、扫地、喂猪，接下来自己洗漱，然后给每个人准备热水。半个小时后，母亲也起床了。两个小女儿，无疑是为了取暖，光着身子睡觉，看到我这个白人，她们似乎不想起来，在被子下面把自己遮得好好的，小脑袋从被子里钻出来，两双又大又亮的黑眼睛好奇地瞪着我骨碌碌地转。她们彼此看了一会儿，狡黠地笑了起来，然后从被子里钻出来，各自麻利地穿好衣服，在寒冷中起床了。

　　没有等到吃上一顿合适的早餐，我们就沿着峡谷出发了。走了两个小时的路程后，我们到达六库。这是一个小村落，有掸族人土司，因在怒江上有渡口及渡船而有名。这样的组合无疑赋予了这个地方比起它微不足道的外表更让人有想象的空间。衙门和官方客栈是有瓦顶的结实建筑，墙壁不是如民家人以及在山上所看到的那种木头建筑，而是用泥砖搭建的，屋顶覆盖着竹席或者茅草。这里的人口主要来源于掸族人和傈僳族人，但他们衣着汉族服饰，讲汉话。汉族人的影响力沿着这条贸易线在某些地方分割开来，留下几乎没受影响的地区，在我经过的六库南部就生活着几乎仍处于野蛮状态的掸族人。

　　我在小客栈待了几分钟，土司就来找我了，但是宋却愚蠢地没有告诉我这位先生是谁。我很自然地把他误认为是土司的仆人，结果对他很没礼貌，事态变得糟糕起来。他是来邀请我到衙门去的，他已经为我准备了丰盛的早餐。很快我就发现我刚才犯了一个大错误。他给我准备了一顿好饭，有肥猪肉、卷心菜、米饭及

六库，怒江渡口

第十七章 告别澜沧江

一两盘配菜，还喝了一大瓶葡萄酒，这实在是太贵了。我和他断断续续闲聊了一个小时，然后就客气地道别了。

怒江在六库这个地方河道变得非常狭窄，几乎不到 30 码（27 米）。河水静静

会坡（H'we-po）附近，怒江河谷山脚下的掸人村落

地在沙堤土间流过，水位比夏季时要低 15～20 英尺（4.6～6.1 米），橄榄绿的河水似乎变得更深了。过了渡口，河床又变宽了，平均保持在 50～60 码（46～55 米）的宽度，我的气压计记录是 27.08 英寸，相当于 3000 英尺（914 米）的高度。

我们坐着一艘大型平底船渡过怒江，很快就到达了河右岸，沿着蜿蜒且岩石环绕的河岸往上走，穿过丛林，发现里面有一条很好走的小路。不知名的水果悬挂在我们的头顶上，奇异的藤蔓缠绕着树木，偶尔，一朵明亮的花朵在阴暗的树叶中闪出。河的右岸虽然呈现出热带的面貌，但左岸则不然。尽管如此，两岸仍然是和谐的。

这里离白洛（Pai-lou）的距离很近，直到傍晚，我们都一直沿着山谷行走。我们来到了一个掸族人的简陋的山间小屋住宿。河流被鹅卵石堆成的小岛分隔，河水以极快的速度轰鸣而下。怒江河谷有着狭小的丛林带，这里水稻梯田密布，懒洋洋的牛在田间吃草，伸展的榕属孤零零地矗立着，村落在棕榈树和芭蕉叶下被遮挡着。这里有明显的热带特征，夜晚非常寒冷，随着露水降落下来，但到了早晨被蒸发后，空气是清澈的，白天的辐射是非常强的。这的确是一个极端的气候，白天热，晚上冷，整个夏天都在下雨，冬天的日子是晴好平静的。

夜幕降临时，我心怀感激地坐在熊熊燃烧的火炉旁，寒冷很快就

穿透了那间简陋的木屋。我想起了前一天晚上我睡在火炉旁几乎冻僵的经历，随后我在火炉旁边睡着了。

女人们日常嚼着槟榔，晚上她们会在结实的土墙屋里熟睡，一切都是那么宁静。有两个小男孩的汉语说得很好，并趁这个机会向我说了一些内地布料的事情，至少就目前而言，那是他们最想要的东西。他们穿着薄薄的白色棉布衣服，是由掸族人做的，又旧又破，白天穿着还行，到了晚上是无法遮挡寒冷的。我碰巧有几码粗糙的蓝色布料，我把布料送给了这几个可爱的小淘气鬼，他们高兴坏了。

弩弓在北方的一些部落很常见，他们通常挂在墙上。在我们沿着山谷旅行的途中，每天都会遇到带着这些武器四处游荡的小孩子，他们试图钻进灌木丛捕杀小鸟，对此他们已经习以为常了。

河对岸是陡峭的石灰岩悬崖，目前水位耸立于大约10英尺（3米）高的地方，在那里有一条明显的水痕。青藏高原上连续下了6个月的雨，雨水来到这里后，景色是一个多么壮观的场面啊！

在河流被分开的地方，一个奇妙的渔具竖立在靠近河岸的急流之上。它由一个小栅栏组成，长度约6英尺（1.83米），用粗壮的树干建造，在水面上突出几英尺，堆满了鹅卵石，使树干稳固住，不会被水冲走。它看起来确实像一个坚固的堡垒，但事实上，在水下，它的上端是敞开的，围了一个空间（河水像磨一样在里面横冲直撞）。下端的出口更收缩了，这个洞口紧接着一个柳条篮，就像一个龙虾壶，任何被困在栅栏里的不幸的鱼都会不可避免地被赶进篮子里。

道路紧靠着这条河，在带状的丛林中，河流被枯枝、石块堵塞，形成一个个激流，在河床下方是一个由鹅卵石和一些巨大的圆石组成的河滩。怒江在夏天表现出了非凡的力量，因为很明显，水量多时，这些光滑的石块被高高的水面覆盖，实际上现在的水位只有不到15英尺（4.6米），它们却被冲到了杂乱的河滩上。的确，像怒江这样大的河流，水量的增多，不仅是因为从源头获得了大量的积雪融化的水，还因为超过1600公里的河谷，被季风雨水冲刷，使河谷不断加宽加长，直

第十七章 告别澜沧江

到现在，人们所看到的就是这样。在我们睡觉的小屋里，能很清楚地听到河水的轰鸣声，整个夏天，河水日日夜夜地冲刷侵蚀，几吨重的巨石像小溪中的鹅卵石一样互相碰撞。

澜沧江峡谷可以简单地描述为 V 形横断面，怒江河谷被描述为 U 形，在季风区形成了大量可供耕种的土地，大量的人口生活在这个区域。我们在山谷上面或下面看到的远处景色，呈现出一幅迷人的画面。那条河流蜿蜒在山脊之间，从漆黑的树木丛生的山脊向西猛冲而出，直到在薄雾中变得模糊不清。这与光秃秃的澜沧江峭壁完全不同，陡峭的峡谷耸立在眼前，目光远不可及。右岸，山谷开始逐渐上升。随着分水岭的临近，斜坡变得越来越陡峭。倾泻而下的激流把整个地域分割成了起伏的山麓，由宽阔的开口冲出，形成大量的冲积扇缓缓地向河流倾斜。这些连续的冲积扇不断地被造出，直到形成平均 1 英里（1.6 公里）宽的层面，最后形成台地从山麓向河边延伸，从山麓处分成众多的小溪流下。背后分水岭的山岭界线陡然上升，它的支墩状的山脊在大曲线中旋绕，不知不觉中与谷底起伏的山脚大地融合在一起。

虽然主要的耕作区域是这个冲积平原，但是宽阔的山谷口处也有大片的梯田；山麓处是居住地，每个凹处都分布有掸族人的村落。除了紧邻的山顶外，怒江和瑞丽江之间崎岖的山岭处生长有茂密的森林。然而，在右岸，干燥的褐色山脉几乎笔直地向河道倾斜，只留下很少的耕种空间。由于支流的汇入，河流数量少了很多，形成了一个宽广的冲积扇面，在最后一段距离中，在冲击处形成深深的沟壑。因此，山麓处没有形成任何平地，只有在一些零星分散的地方，斜坡足够平缓，村落才得以建立起来。很明显，虽然怒江流域的降雨量远多于澜沧江峡谷，但这一额外的降水几乎完全局限于怒江—瑞丽分水岭地带。

在南北方向目光所及之处，山脊清晰可见。的确，就在河的西边几英里处，一天就可以爬上去。但是，悬在后一条河之上的怒江—澜沧江分水岭的顶峰根本看不见。因为在这一边流入怒江的溪流不稳定，第二个山脊，就像我提到的那样，已经被封锁在主分水岭前面。山脚的位

蓝花绿绒蒿的原乡
——清末英国博物学家的滇西北及川康纪行

置已经被两个山脊之间宽阔的河谷占据了,反映降水分布的洪流的上游显示出相反类型的河谷结构。从植物生长相对稀疏和植被贫乏的角度来看,是由于在怒江这一侧仅有轻微的降雨量,而激流穿过笔直狭窄的峡谷流入怒江就更清楚地证明了这一点。

怒江和澜沧江之间两种完全不同的气候类型,使得在河谷之间栖息着两个完全不同的种族。这两个种族仅仅相隔两天的路程,重要的是要记住,考虑到部落移民,怒江河谷标志着丛林的东部界限。直到我们到达北纬28°的真正干旱地区,当两个山谷的物理条件变得相同时,我们才发现这里的人也是相似的。此外,由于怒江的河谷本身降雨分布的不均,大部分人口仅限于右岸。

中午的时候,我们离开了怒江,来到位于小山上的防御土墙的一个开口处,一条条小路穿过茂密的灌木丛和草丛,通向掩映在密叶之后的掸族人的棚屋和小村落。对于不熟悉路的人来说,行进是非常困难的。棉田和荞麦田(buck wheat)表明有相当多的人在此居住,但这些村落如此巧妙地隐藏起来,以至于人们一般发现不了它们。

通常会有一条未清理的灌木丛带围绕在村落的周围,我们爬上山脚,灰色的茅草屋顶随处可见,我们可以从一堆槟榔叶、香蕉叶、巨大的竹子丛和一簇高大的羽毛草中窥见它们。这些建筑完全是用竹子搭建的,有一到两个房间,里面是泥地板,屋顶是最好的部分。香蕉通常生长在这里,香蕉的种植最远可延伸到北纬26°的区域,但在那里香蕉很可能不会成熟。无疑这种中国南方的矮小物种已经被成功地引入南海的一些岛屿。

女人们穿着当地的服装,这些衣服就像她们的小屋一样轻盈。孩子们根本就不穿衣服,裸着身体,男人们多多少少已经适应了汉族的衣服。我发现,令人奇怪的是,所经过的这些部落,男人们很容易被汉族吸引而穿汉族服装,但女性似乎比男性还少受此影响。这可能是基于这样的事实——那些没有带妻子的汉族商人和士兵已经和当地的部落女子结婚了,至少是暂时的婚姻。因此很可能就忽视了,他们原本就是汉族

第十七章 告别澜沧江

人。至于他们的孩子,在穿着上男孩倾向于追随父亲,女孩们则更多的是模仿她们的母亲。但毫无疑问,男人们往往是考虑到方便,女人们为贞节的动机则身着本民族衣服,保持本民族的风俗习惯,不受外部等的影响。

傍晚时分,我们来到一条人踏出来的路上。我们从前山的顶端,继续往南走,在无尽的低矮的尖坡上爬上爬下。天黑一小时后,我们终于来到练地(Lien-Ti)的土司衙门——一座泥砖房,附近有几间小茅屋。

第二天,12月10日,我们沿着怒江河谷继续向南走,道路蜿蜒于山脚下,距离河谷有一段距离,不时可以透过宽宽的缺口看到溪流穿过。在每一个倾斜和空落落的掸族人的小村落里,偶尔有一个更大的村落,房子是用泥砖建成的,在阳光下闪闪发光的白色寺庙讲述着一个繁荣的故事。虽然是干季,乡村景色依然是绿色的。沿着小山谷的阶梯状斜坡,庄稼地里的留茬捕捉着阳光,色彩变成了亮黄色。中午,我们终于离开了山脚,开始行走在一段分水岭的山脊上,并准备在一个小屋里过夜。

我们现在身处在河流上方约海拔2000英尺(610米)的地方,当太阳从我们头顶向高耸的崖壁后沉没时,山谷被染上无法描述的奇异的色彩,就像咒语一样无人能够传达。夕阳落在这深深的峡谷中,一切都在渐渐地变黑。夕阳遮住了河对岸的山顶,人们忘记了在反射出来的深红的光下那赤裸裸的棕色斜坡。渐渐地,深蓝色的阴影从山谷中升出,包裹着山峦。一层柔软的薄雾涌上来,沉淀下去,散布在远处的稻田里。在黄昏中,深红色变成了紫色,紫色变成了紫罗兰色,耀眼的落日在山谷间跳跃。在南边,几缕云彩捕捉到了太阳的倾斜光线,反射回来,从头顶上黑色的岩壁缝隙中闪过,把橙色的光芒扩散到越来越深的蓝色中。接着,天上出现了几颗星星,山脊在东方天空的映衬下清晰地显现出来:夜幕降临了。突然之间,河谷对面的整个山腰上爆发出了火焰,火光在阴霾中悄无声息地冒了出来。在随后的雨季里,只有为了进行准备雨季耕作的目的,干枯的草地和森林才被烧掉。

我提到狂风在整个夏天肆虐着深谷,一路横扫过来。我认为,干

季的阴霾很可能不是由于大气中的水分,而是由于无法阻挡的尘埃飞入大气层,在那里飘浮,直到下一个雨季随着降雨落下来。这使我们每个夜晚经历的光辉灿烂的日落成为可能。因为在这种干燥的气候下的夜晚,这些细微的飘浮颗粒在白天和黑夜都增加了放射作用。

由于一个误会,这次旅行差点被一件偶然发生的事毁掉。一时的威胁是严重的,尽管最后令人高兴的是好像什么危险也都没有发生。一天晚上,我遇到一群苗族赶骡人(Muleteer)时碰到了麻烦。当我推门要进入一个房间的时候,这些人几乎把门反撞到我的脸上,我从他们围坐着的木炭火炉的火光中看到,似乎有一支枪管几乎碰到了我的胸膛。在昏暗中,三个人影高高地举着长凳,仿佛要打我似的。考虑到这种情况,有片刻我站在门槛上一动不动。然后我看着他们愤怒和受惊的脸,微微一笑,平静地跨入房间。我确信,很显然我手无寸铁,不会有人碰我。尽管我对那个黑色的枪筒感到紧张,因为枪很可能在你最不想的时候走火。

"这是枪吗?"我对躲在门后的人说。"你想杀了我吗?"我打趣地问道。其实那根本不是抢,只是一支竹矛。在场的苗族人全都笑了,我向他们做了解释,他们很快就被说服并放下了长凳。从那之后,我比以往任何时候都更加小心地与那些不习惯与欧洲人打交道的部落相处。

第二天一早,我们来到了由四座建在小平台之上的小屋组成的村落会坡(h'we-po,音译)。怒江蜿蜒地流淌在深深的山谷间,景色壮美。会坡显然是一个具有重要战略意义的地方,它控制着怒江—瑞丽江分水岭上为数不多的几条道路之一,因为我发现了一支由40名士兵组成的驻军驻守着这条驿道。起初,这位军官非常客气地拒绝我继续前进,要求我返回怒江河谷。当我出示了李给我的通行证,他不仅允许我通过,而且还命令他的两个士兵护送我过垭口。他还给了我一些通行证,上面写的方向和李给我的一样,都是为了能让我安全地到达腾越,现在距离腾越只有四天的路程了。

从会坡出去的道路,在如猪背岭(Hog's-back)的山梁,上我与

第十七章　告别澜沧江

我的人夫们通过陡峭的石阶爬上爬下，即使是轻载的人夫们，行走也非常缓慢。如果有骡子，将会是更糟的，双方将无法交汇！在一些地方，穿过开凿的花岗岩石道，小路已经被削得很窄，并且被风雨不断地腐蚀，而道路深部的小径又是如此狭窄，以至于我们不得不一只脚跨到任何一面墙上，以这种最累人的方式前进。

当我们接近山顶时，我们遇到了一场威力巨大的大风，尽管阳光灿烂，但我们却通体寒冷。我们向

从会坡附近的怒江—瑞丽江分水岭往下看怒江河谷

坎头（kai-t'ou）附近的瑞丽江（东支流）上的铁链条和木桥

北看去，看到了怒江—澜沧江分水岭上皑皑的白雪。这里的森林已经变成了低矮的竹林和灌木丛，冰雪化成晶莹的水滴慢慢流淌下来。我的气压计显示为20.75英寸，这里比起5天前我们穿过的澜沧江和怒江分水岭要高出几百英尺。

从这个崎岖的山脉向西望去，景色极为壮观。就在我们下面，在茂密的山脊和沟壑上，瑞丽江谷狭窄的平原被陡峭的斜坡包围着，从北向南延伸，从山谷中升起的雾气逐渐消失在傍晚的夜色中。一条银色的

蓝花绿绒蒿的原乡
——清末英国博物学家的滇西北及川康纪行

丝带在平原上扭动着，它是瑞丽江的东边支流，数百块灌溉过的稻田，在日益加深的雾气中不规则地闪烁着阳光，太阳已经低垂在天空中。黑暗吞没了落日，越过狭窄的平原，一段又一段崎岖的山脉，如紫色的波浪冲刷着橙色的河岸。我真的又回到了那块被深深侵蚀的土地上了吗？平原和落日被雾气笼罩着，看上去这景象令人吃惊，虽然我已经十个月没见过了。我几乎可以这么想，这个国家仍然保持着它强大的令人敬畏的面貌。群山虽小，山谷却很宽阔，在西南方越来越低的山脊后面，太阳正从缅甸金黄色的土地上落下，这让我感到一阵激动。

我们沿着一条可怕的山坡下行，山坡如此之高，以至于我们不得不从一块石头跳到另一块石头上。我们来到了一座简陋的寺庙里休息，这座寺庙离山顶大概有1000英尺（304米），我们在这度过了一个寒冷的夜晚。

第二天早晨，天刚破晓我们就起床了。士兵们开始返回营地，我们没吃早饭，就开始下山了，平原就在我们脚下。我们已经从靠着山脊的怒江向上爬了一段路程，这需要我们不停地上下攀爬。现在，我们要向下走到一条森林茂密的溪谷。这条路非常陡峭、湿滑，而且被松散的大石头堵塞，我不禁感谢这一路上没有遇到动物。事实上，自从我们离开喇鸡鸣井之后，我们一直行进在这样的路上，李让我相信他带着骡子已经走过很多次了。这长长的陡峭且不规则的石阶，以及两条主要的山脉，伴随着驱赶成群的骡子通过这条通道，想想就是一项冒险的事——在穿过云南的主干道上，这已经是足够糟糕的行路难了。

在到达溪谷入口处之前，我们穿过一条支脉，经过一个更平缓的斜坡，来到了一块平地上，在我们到达的第一个村落停下来吃早餐。

距离河边已经不远了，这是一条快速流淌的小溪，至少在冬天这条小溪的很多地方都很难航行。河上零星分散着一些水坝，开闸的时候水倾泻而出。随着河水冲出的鱼儿被事先放在闸口的篮子截住，这与怒江上的捕鱼器一样，但是钓竿钓鱼也是很受欢迎的。

我们在一个叫老街（Lao-kai，音译）的村落小集市上停了下来，进

第十七章　告别澜沧江

行第二次休息。在街上吃了一顿饭，我们被一群拥有好奇心的"观光客"围观。我注意到许多女人没有缠足，而且长得很漂亮，暗示着可能有其他种族的要素加入进来。

我们穿过望不到头的稻田继续我们的行程，黄昏时分，我们来到了一个叫坎头的街子。这是一个卫生条件很差的小地方，居民们挤在客栈门口观看我们，仿佛我的出现对客栈本身也产生了奇怪的影响。当然，他们看不见我，因为在我旅行的过程中，我已经从这种好奇心中解脱出来了，我发现最后我还是无法忍受，于是躲在房间里不出来。

凭良心说，我对坎头这个地方能说的唯一的好话是，伴着霜冻的清晨实在是太冷了！每个人随身带着一个小竹篮，竹篮里有一个装着火红木炭的陶罐，或者在打扫房间时，或者在做饭时，或者就像我一样耐心等待吃早饭的人——都随身携带着这个东西，但这个装置物品绝不是本地特有的。

如果说，我激发了人们的好奇心的话，那也是因为藏獒阿波的外表，从来没有一个人从我们身边走过时不议论它的体型及毛发的长度，以及它那独一无二的身材。第二天，藏獒阿波赶跑了一队马帮骡群，它对此沾沾自喜，人们无疑认为它是从丛林里逃出来的野兽。事后，藏獒阿波转向我，用好像愉快的语调说："看我做了什么？"就像在邀功一样。我认为在有马帮骡群经过时，用绳子拴住它是个好办法。因为马帮通过时，赶马人偷偷从它身边走过时，都要瞪大了眼睛看着它，害怕再发生什么。

第十八章　重返缅甸

　　沿着狭窄的河谷下行，我们很快就来到了稻田边，这些稻田就像贪婪的触角一样形成半岛状延伸到山脚下。不久以后，我们进入了腾越平原。繁华的村落依山而建，忙碌的渔人在河中的沼泽中支起了渔网和钓竿，成群结队的人们正向城市进发，把大量的农产品运往市场。我已经九个月没有看到这样的景象了，突然觉得平原上的生活的确不错。

　　腾越的城墙已经看得见了，一个半小时后，我来到了英国领事馆。代理领事史密斯（C.D.Smith）先生热情接待了我，令人吃惊的是我的骡队还没有到达。据说在大理的路上革命者发生了战斗，城市一片混乱。在冲突发生以后，除了史密斯先生以外，其他的五名欧洲人被迫撤离到了八莫。

　　腾越的情况简单来说就是这样。一个不引人注目的商人革命成功，清朝的三名军官死去。这名商人率队在10月27日的晚上起义，把一部分清兵击伤，并且一部分死去。然后，衙门被占领，监狱被烧，被关的人也被放了出来。起义是以姓张（Chiang）的这个商人为首的人干的，他需要大理承认他的权威。

　　但是，大理是滇西的军事中心，拥有的兵力至少是腾越的三倍，不仅拒绝了这种要求，而且还准备好了一支军队去打他。在听到这个消息后，张派了一支由1000人组成的军队去阻止他们过来。

　　腾越的军队在两天内就行进到了大理，在那里与大理的部队遭遇。据说，由于领导人的不谨慎，大理的军队已经做好了准备，在接下来的

第十八章 重返缅甸

战斗中,腾越的军队表现很糟糕。他们大部分是新兵,针对的却是受过训练的士兵,结果可以想象,腾越的军队败了。

通往大理的路被封锁了,腾越部队现在向南绕道,但又遇到了防御力量,打了一场不顾一切的战役。腾越军队几乎被歼灭,士兵甚至在惊慌失措中打了自己人。在这次战斗中,有很少的二三门野战炮,但似乎只有大理军队才知道如何使用这些武器,它们发挥了很大的作用。

我对当地的报道持保留态度,我有理由认为金在现场获得的消息是可靠的。他向我保证腾越军队包括来自永昌的同盟军共计2000人,在与大理的千名训练有素的士兵的3次战斗中已经损失了500人。他还说,云南府听说大理有战败的可能性,又派了800名精兵和调了10门野战炮去支援他们。但当他们到达大理时,腾越的革命者已经被完全击败了,军队撤了回来。12月22日,我看着他们穿过这座城市,3个星期前去打仗的1000人只剩下了400~500人。

与此同时,我给大理发了电报,询问我的骡车的命运。12月20日,革命领袖给了一个受欢迎的答复,说这是安全的,已经在护送下上路了。

虽然我想到要去缅甸就有些情绪低落,但有趣的是,我几乎每天都在城市里走动,不受干扰,但不意味着近距离观察也不受干扰。一股军事热情席卷了这个地方,甚至还能看到小孩子在士兵面前玩耍。在宽阔的城墙上,寺庙被改成了营房。在城外,每天都要训练新兵。穿着邋遢的哨兵,配备了刺刀,在衙门、银行、军营门口设岗。城里没有排队的人。然而,市场上生意仍在继续。通常,除了号角的响声、街上的士兵、在南门上空飘扬的革命者的旗帜以外,没有什么不愉快的事了。也许除了中国以外,没有任何一个国家能够在如此混乱的情况下,商业仍然一如既往地展开。

张是腾越和周边地区的领袖,和他商谈是不可能的。为什么大理的军队不来攻击腾越,讨伐他,这是一个谜。这座城市在当时是独立的,所以没有人知道他接下来会做什么。尽管我在那里的时候腾越和大理的和解实际上被安排了,但似乎证明了这只是休战。

蓝花绿绒蒿的原乡
——清末英国博物学家的滇西北及川康纪行

12月27日，我的骡队到达了。金报告说他已经平安到达大理，但是革命者禁止他前行。在两个星期后，道路重新开放之前，所有的交通和邮件都被暂停了。然而，得知一切都很好，我感到非常欣慰。12月29日，我们继续缅甸八莫之旅。

人们可以想象得到——当然，我自己也预料到了——在中国经历的长途跋涉所带来的不舒适，之后在腾越度过了两个星期的文明生活，二者相比，证明我的漫游已经达到了高潮。除了大吃一顿和阅读已经跟上时代步伐的报纸之外，没有什么可做的。接下来，对于到缅甸八日的轻松路程来说，在腾越这个文明世界自我放纵与接下来随波逐流的生活之间，这只是一段琐碎的小插曲而已。但我想得太早了。事实上，在腾越舒适的休整不过是一个令人遗憾的反高潮，我突然出现在这座城市，就像一颗从北方苍穹中冒出来的稀奇古怪的彗星，不经意间出现在这里。我想我不久会出现在八莫的朋友们面前而引起他们的骚动——期待着这个自然的效果。

我崩溃的直接原因是藏獒阿波，它把尾巴紧紧地蜷缩在了它的背上，对每一条经过的狗做出难以理解的摇动尾巴那种友好表示，在我们走了不到2英里（3.2公里）后它就不见了。我们花了很多时间到处找它，很显然它已经被城市生活所吸引，为了不再浪费时间，我让金继续前进，追上骡子，我骑着马重新回到领事馆去报告这件令人不快的事。我直到八天后才在八莫见到了我的骡队，第三天的早晨才见到了金。当时的情况就是这样。

当我再次出发的时候，天快到中午了，我尽可能快地越过山丘，穿过向北靠近腾越死火山坚硬的熔岩层。在急走的过程中，我又把这条路搞错了，就像我十个月前的那样，这是另一个方向，我还渡过了一条河。天黑后一个小时，我终于骑进了南田（Nantien），像往常一样，我期待金站在旅馆门口，并准备好了热水、晚餐，铺好了床等我。但我根本没有发现任何东西，无论是人和骡子，有些失望。

在这里我不会有太大的困难，因为我能说流利的汉语，可以得到

第十八章 重返缅甸

我想要的。如果不是的话，我也不在乎，因为我完全能够接受中餐和临时住所。不幸的是，正如已经说过的那样，为了去南田，我曾经从桥上渡过了那条河。但这次我发现运气不好，我现在需要从没有桥的浅滩处再次渡过这条河。这就像是老天赐予的一样。想到结果是让我又冷又湿，不得不穿着湿衣服睡觉，这样的前景对我来说没有任何的吸引力。

我尝试一个人徒步涉水过河的可能性，这让我有些心里不安。我迷惑了几分钟，发现这个方法不可能。穿过深深的快速流动的河流需要骑马，马在河边驻足稍微犹豫了一会儿，然后踏脚进入河里。河水达到小马的腰部，使我无法掌握方向，水向一个方向旋转，马向上流的斜向方向挣扎前进。与此同时河水冲泻过来，让我不停地旋转，直到完全失去了方向控制，几乎从鞍座上掉到河里。离水下可以落脚的位置还有些距离，马仍然保持着它的步伐前行，但在我们离岸边不到十码的距离，它突然扑通一声掉了下去，我们在水里挣扎。

我的第一个意识冲动是强烈地想要跳下去，但令人高兴的是，也许是对类似情况的熟悉而培养出来的更高的本能，我发现自己比以前更紧地夹住马鞍。河岸很高，虽然马还有几码的距离就可游过去，但它被快速流动的河水冲了下去。我们会找到可以登陆的地方吗？不，马儿做出勇敢的努力，它的脚碰到了底部挣扎着爬上岸。

很容易想象到，我的衣服湿透了，晚上也很让人失望。此外，旅店房间的地板上并没有熊熊燃烧的火，根本就没有火，火还隐藏在厨房泥灶的深处。在他们同意出去买潮湿的木柴给我生火之前，我劝说他们的力量就已经被他们消耗掉了。他们没有烘干我的衣服，但藏族人就会这样做。我和一群要去八莫的年轻人一起吃了晚饭，我借了一条中式裤子，求来了一床被子，把自己卷起来，成功地睡着了。这比我想象的要好，因为我可以躺在草垫上。第二天早上，我有必要先决定接下来的行动计划，看看有多少可行性。几天前出发等着我的骡队，现在还落在后面，所以前进而不是后退显然是唯一的计划。我的衣服已经干了，吃

蓝花绿绒蒿的原乡
——清末英国博物学家的滇西北及川康纪行

完早饭后，我出发了，开始了第二天的旅程。我要在日落时到达坎盖（Kan-Ngai，音译），显然骡队还不在我的面前。

我还记得在3月份我路过坎盖时，村人拒绝给我住宿，我只好到村里学校寻一个落脚处，这是因为受到片马事件的影响。这显然令人不快，我这次又被第二次拒绝住宿了，他们给出的借口令人恼怒，很显然欧洲人在村里不受欢迎。我在中国的不同地区不止一次地有同样感受——表面上很友好的地区，一个微不足道的村落都会表示出对欧洲人有集体性的敌意，原因不明。几乎不可想象的是，整个村落的所作所为完全支持了我的这个观点，在未来的所有场合对所有欧洲人进行报复。我想这是一种褊狭的地方主义，我无法对此做出令人满意的解释，我只能简单地把这一现象归因于当地特殊的性情，很明显这种恶劣的态度在坎盖是普遍存在的。

带着不满，我一家旅馆挨着一家旅馆地寻找我和小马的住处，尘土在脚边飞扬，走了6英里或者是8英里（10公里或者13公里）地，我们到了一个掩映在竹林里的掸族人小村落。这时天已经黑了。跨过沟渠，穿过泥墙中的狭窄通道，我立刻发现我们来到了一片竹屋前。靠我手边的一扇门突然打开了，我进到院子里，叫出了主人，屋里燃着火，火光明亮。主人年纪很大、骨瘦如柴，因为嚼槟榔，他的嘴巴周围很难看。幸运的是，他会说几句中国话，他非常友好。尽管他愿意，但他没有住处能够提供给我，我说服他带我到别处找找看。尽管他的朋友们第一次拒绝开门，但至少他在向他们推荐我，让他们相信我是无害的，而且会向他们支付报酬。尽管有两条好战的狗，但实际上印度卢比像魔法一样发挥了作用。他们又说了几句话，就有两个人出来，走到门前，打开了门。五分钟内，马的胃口得到了满足。我坐在小屋里，周围有五个友好的人，一个漂亮的女孩开始给我准备一顿有米饭、鸡蛋和蔬菜的晚餐。午餐时间，我带着的一块培根被一个狡猾的老女人强行吞掉了，她报了午餐的价格，并收了我支付的卢比，但她随即粗暴地违反了汇率。她没有按汇率找我零钱，我只好自己来找补这笔账。我从桌上拿

第十八章 重返缅甸

起两个鸡蛋和一块培根，放在我的口袋里。当我离开时，那个女人无力地抗议说，那个外国人拿着鸡蛋和培根走了。但她和其他人似乎一点也不惊讶，也没有表现出任何敌意的迹象，我觉得我的暴力购买是很正当的。

第二天，我又受到了一个掸族女人的伤害。她在路边摆了一个摊，我准备买点吃的补充营养，她的行为更令人不可思议，她要求我先给她钱，否则她不卖东西给我。这让我非常生气，我愤愤不平地提出了我的建议，作为反击，她把她的货物价格提高了一倍。

吃完饭后，三个男人、三个女人、几个孩子，还有我，围坐在一小堆燃烧的稻草旁边。他们要我讲讲腾越的消息。我讲的故事很快就被翻译成掸语，以方便妇女和小孩听懂。最后，主人在水牛棚屋顶下面的一个小平台上为我铺了一张床，我疲惫不堪准备休息了。床上铺着被子，稻草上铺着坚硬但干净的棉布床单。到了半夜，下面的水牛几乎要把棚子掀下来，它们在柱子上不停地蹭痒，还有一只鸡栖息在我的头顶上方，我应该睡得很好吧。这个仓促地为客人准备的卧室，三面开放，棚屋是用竹子抹了泥铺成的，大部分都掉了下来，到处都是洞和裂缝，通风良好。

当家的女人大约3点钟就起床了，这时天还很黑，就开始舂米做饭，家禽和水牛也刚刚醒过来。天空刚刚露出晨曦我就起床了，要求吃早餐，然而一个糟糕的时刻出现了，我此时想要购买女人手上的银手镯。这些手镯几乎是掸族人唯一佩戴的装饰品，厚度约为四分之一英寸，但手镯的两端并没有完全连在一起。我在检查时发现，它们并不像我想象的那样是用纯银做的。因此，当他们要十卢比一只手镯时，我发现这个交易做不了。

就像前面说的，掸族人妇女的个人装饰品很少。她们的穿着具有鲜明的特征，烟囱管状的包头巾和漂亮的盘发，紧紧的绑腿，上衣、裙子、夹克和所有服装都是深蓝色或黑色的棉布，只有粗糙的银手镯把颜色冲淡了一些。在节日场合，她们似乎又恢复了原来的风格。在曾经走

过的一个村落里，可能是一个婚礼队伍——可能是伴娘——装饰华丽的色彩和许多珠宝、耳环、手镯、脖子上的银箍和头发上插着的发簪银板，所有这些都与麽些新娘的服装有着明显的相似之处。

男人们已经适应了中式服装，除非萨瓦巴瓦（Swabwa）的人们希望制造出一种城里人的印象。在这里，有一位部落首领有时会以一种可笑的方式模仿欧洲人的风格，比如一件大衣，外加一顶圆顶礼帽。其实，纯正的原住民服装是很华丽的。

在路上偶尔会遇到克钦人，在缅甸也会遇到很多，这是我遇到过的卫生境况有待改善的部落，他们对服饰有着很好的品位！在曼德勒阿拉坎佛塔（Aracan pagoda），一座昏暗的点着蜡烛的佛塔大厅里，我看见那些弯着腰在金佛前祈祷的人，穿着才是真的好看。这让我对克钦人华丽的服饰留下了深刻的记忆。

他们最明显的特点——我说的是女人吗？像是束着藤条的腰带，就像用50英尺（15米）左右的电线缠绕在腰部，膝盖以下的腿上也缠了一些，她们说这样方便走路。男人们肩上挎着精巧的织锦挎包，有流苏，流苏上坠有银色的铃铛、珠子和其他一些镶嵌物做装饰，形状与怒族人及其他一些部落有相似处，但工艺却要高得多。

当我和朋友们在给手镯进行议价时，每个人用不同的语言，但这一点也不妨碍谈判。这时我忠实的金突然走进了院子。

他讲述了狗事件发生后，他是如何在午间赶上骡队的。由于我拖的时间太长了，他们没有看到我的踪迹，骡队只好继续往前走，直到天黑，在离南田几英里的地方停了下来。他们到达南田是在第二天的12点，也就是在我离开3小时后。在那里他们得到了我的消息，并安排骡队尽快跟上。金拿了几件必要物品就急忙向前赶，用来帮助我。当天晚上到达坎盖，他在那里得到了我的进一步消息。如果我不被拒绝入住客栈，那么他就找到我了。第三天一大早金就出发了，他找到了我。

因为我原来预想着到八莫是一段既舒适又方便的旅程，但是我对刚经历过的事件感到相当不快。这就是人性，现在骡队很快就来了，但

第十八章 重返缅甸

我不想和骡队一起走,我决定继续旅程,就像开始时的那样。当然这是有原因的。首先,金不知道骡队现在到了哪里,至少落后我们一半的路程,等着他们是件很烦人的事。其次,在变化的情况下,我得重新制订我的计划,但是现在我已经适应了这种快速旅行的状况,所以我不想再改变这些计划。当然,即使有一小块被褥让我休息一下也是一种安慰,但等待骡队到来就要浪费掉半天时间,所以我宣布我打算直接出发,这让金感到有些恐慌!我已经想好了在八莫的住宿地。我对掸族人的帮助表示了感谢,给了他们一些东西,然后我骑上马出发了。那一天,我们没费多大力气就跑了两天的路程,路很好走,距离也不太远。临近傍晚,我骑着马射到了两只斑鸠,把它们交给了曼县(Manshen)的旅店老板加工,让他在晚饭时做给我们吃。这天是除夕夜,也是我在中国的最后一个晚上。

新年那天,太阳刚刚从山谷升起来,我就又开始穿越边境,进入缅甸的森林地带。白天,可以看到长臂猿在树与树之间重重地落下跳跃,树叶不断地飘落,还有一群鹦鹉(Myna)在滑稽地飞来飞去;夜晚,偶尔会有一只萤火虫在闪光,蝉声嗡嗡,四处还弥漫着奇怪的声音,形成了热带之夜的背景。但是,尤其是到了晚上,下面峡谷里那条河的轰鸣声,把我唤回到回忆那深深侵蚀的土地上,那种茫茫广阔的孤寂世界。

经过40英里(64公里)的旅程,晚上8点我到达卡龙噶(Kolongkha),结果发现,这里的住宿条件远不如中国条件最差的客栈。确实有陶器、玻璃器皿和精美的家具可供旅行者使用,但对饥饿的人来说,不能只看一只陶罐吧!如果是在床架和毯子之间做选择,后者就会被认为是最有用的。我到得太晚了,已经没有什么可以吃的东西。夜深了,天变得寒冷起来,我终于被逼着拉下门帘,把自己裹在里面躺下休息了。

没有早餐,不能保证我会得到任何东西,因此我5点钟就出发了。无论耽搁多久,我2点钟赶到了摩玛克(Momawk),在那里找到了一家由掸族人建的专为旅行者提供餐饮服务的店铺,那里有很不错的松饼

和咖啡。在尘土飞扬的大路上又走了9英里（15公里），我又回到了八莫，距离我离开它只有十个多月的时间。我的旅行结束了。

　　骡队在1月5日安全抵达了八莫。之后在等待的五天时间里，我和我的朋友豪厄尔（E.B.Howell）先生和乔利（Joly）先生住在一起。由于腾越的中国海关完全解散，他们被驱逐出境。1月8日，我从水路来到曼德勒。四天后，我来到仰光，见了一位老朋友，他现在是缅甸政府大学的物理学教授，直到1月25日乘船驶往英国和家乡。

第十九章　深侵蚀之地[①]

在本章中，我将对前述章节中所提到的有关植物学和地理学事实进行概述，并尝试从这些描述的陌生国度的地理学、地质学历史中得出一些结论。

站在任何一个高处通道上的 V 形切口地（notch），俯视下面金沙江—澜沧江分水岭的峡谷，从下面延伸到脚底这座崖壁，由巨大的石灰岩支撑着，山顶是锯齿状的尖峰，参差不齐。随着黎明的到来，冬天天空是晴朗的，能够在荒野中极目四眺。

眼前的河湾很深，距离似乎很近。山脊从下面看不见的深处隆起，荒芜的山坡，被来自如地狱之口的风吹得枯萎，在阳光中闪烁。随着矮树在碎石堆脚中向上生长，山顶上深绿色的森林变得越来越稀疏。在山脊的背后，从山脚到山峰顶部被暗黑的沟壑割断，这条沟壑将我们与支脉分开，形成另一条山脊；在另一条山脊之外，一条山脊向上延伸，向西边窥视，使它变得更暗、更蓝，直到地球和天堂相遇；而在南北方向，它们逐渐消失，在无限远处。远眺，那里有阴郁的森林和闪耀的碎石，以及清晨阳光下那闪闪发光的冠状金字塔的雪峰。

看上去离得那么近，这些轮廓清晰的山脊挤在一起，就像汹涌的

[①] 原注：根据最新的定义，我这里使用了"侵蚀（corrosion）"一词，而不是更明显的术语"腐蚀（erosion）"，来表述"深侵蚀之地（The Land of Deep Corrosions）"。侵蚀现在仅限于河流或冰川的垂直掘出作用，并意味着有机械般的运输材料上的磨损和破碎，从而形成峡谷［论文来自格雷戈里教授和沃德（J. W.Gregory，F.R.S. Geographical Journal, February 1911.）］。

大海上翻滚的波浪涌向海岸一样。然而，它们之间深深划开的黑色裂痕让我们回忆起那些阴森的峡谷。在那里，河流翻滚出泡沫，发出轰鸣声，它们无法抗拒地扑向坚固的钢铁般的悬崖，绕着高耸的岬角摇摆、挥砍、碾压、撞击着，向南冲去。除了这一切的喧嚣，此时没有一声喃喃的声音飘到这里来。连这条通道脚下的那股小溪，也听不到来自它的一点声音，一切都是沉寂的。在旅行者面前展开的这幅场景，与其说是高山之地，不如说是深谷之地。给人留下深刻印象的不是那些壮观的悬崖峭壁的排列，所看到的雄伟壮丽的群峰，而是那些深邃阴郁的峡谷。而且还只有那些远处盘旋的鹰，才能窥视出深邃的峡谷。峡谷的存在是被意识到的，而不是被看到的，每一坡尖都带有黑色的阴影。

　　藏族人对这片土地有着同样的看法，因为埃德加先生告诉我，西藏的古名称为"Ngam-grog-chi"，他将它翻译为"深蚀之地"。的确，至少在西藏东南部没有比它更适合的名称来表述了。

　　这些河流之间的距离有多近，可以从它们穿过这些高大的山脊所用的时间来考虑。例如，这段路程埃德加先生从澜沧江出发用了一周的时间，跨过怒江在盐井雅卡洛渡过澜沧江，随后在巴塘下面渡过金沙江。我们考虑到这是亚洲最大的三条河流，其中一条流入印度洋，另外两条流向中国海的两个末端，我们坦率地认识到这个国家所具有的卓越的特质。

　　从澜沧江上的茨姑经过锡拉到怒江的怒族人村落都可以在三天内完成，当地人两天就可以完成这段旅程。同样地，从澜沧江上方的龙德里，途经隆茨拉到怒江需要两天的时间，或者经过多克拉山，也只需要三天。另外，从怒江穿越到澜沧江需要更长的时间，至少在我的经验中，可能是因为分水岭而不是两条河流之间的对称位置更接近澜沧江。在干旱地区以南的怒江山谷的暴雨很大程度上冲刷着山脉，滚滚洪流在汇合前一直向南流去，跨越一连串令人疲劳的深谷和坡尖。然而，在多克拉山的情形又不一样，洪流穿过干旱地区向北流去。

　　从澜沧江到金沙江的这段旅程四天就可以完成，我自己总是从海

第十九章　深侵蚀之地

拔更高的阿墩子（A-tun-tsi）出发，所以旅程只需要三天。沿着一条更直的小径，可以在三天内从一条河到另一条河，这不会有太大的困难。

在这里，我也发现从金沙江边走的路程比从澜沧江边走要长，原因也完全一样，也就是在干旱地区南部，金沙江河谷干旱区以南的降雨量比澜沧江流域大，尽管它的降雨量比怒江河谷小得多。

这很奇怪。很明显，被峭壁围绕的澜沧江峡谷只是岩石中的一个裂谷，最宽的也不超过 50 英里（80 公里）的盆地，这个区域的海拔和范围都不足以阻挡来自西边的雨水。这些雨水大量浸透在远在东边的怒江山脉中，然后穿过澜沧江流域，剩下的落在金沙江里。这种裂谷状的特征完全是由于澜沧江在北纬 26° 转向西侧的分水岭形成的。我们不费任何力气花了 5 个小时就爬上了分水岭的顶峰，人夫们也很容易就把东西搬运上去了。但是，从那里下到怒江，却耗费了我们整整一天的时间和休整。这就是流入印度洋的水和流入中国海的水的大分水岭。

这对澜沧江西岸分水岭的影响，无疑是由于怒江河谷降雨加剧的结果，使流经澜沧江流域的溪流以更快的速度从源头削减。事实上，流往怒江和澜沧江的溪流的数量比较多，这一点非常明显。其他情况不变，最终结果必须是澜沧江本身转向改道至干旱区以南的某个地方，在该点之外没有发现这种巨大悬殊的降水差异（北纬 29°），并最终流入怒江，尤其是在那条河上相当高的地方有支流流入。

澜沧江流域还有一个已经被提及的特点，那就是在金沙江北部干旱地区和澜沧江中部流域，所谓的干旱地区之间插入了一条降雨带，其强度几乎不及前者。这条雨带虽然在植被丰富度上与怒江森林不可比拟，但由于当地的特殊条件，夏季仍有大量的降雨。

在本章中，我提出了一些事实，这些事实可能有助于我们了解到底是由于什么巨大的力量把这片土地塑造成了它现在的神奇形态（fantastic form）。同时，对实现这一目标而提出几个大胆的推论。

蓝花绿绒蒿的原乡
——清末英国博物学家的滇西北及川康纪行

从整体上看，该地区似乎受到了巨大的横向压力，要么是从东西两侧同时作用，要么更可能是从一侧作用，另一侧通过阻止这种巨大的运动，就如人们使一块布起皱一样，迫使它在平行的山脊上起皱鼓起来。

这的确是这个国家展示出的外观，只要在亚洲地图上看一眼就会发现这种挤压的原因，即靠近西藏有两个临近的巨大山脉——喜马拉雅（Himalaya）山脉和跨喜马拉雅（Trans-Himalaya）山脉——其隆起轴线向东和西延伸；而且这些巨大山脉的隆升同时伴有轻微的向东的横向运动，这也不是不可能。这使中国西部一个相对狭窄的地区内部发生了挤压，结果必然是其占据的空间被挤压。当然，它只能通过与压力成直角角度将自己变成褶皱的方式来实现。需要注意的是，青藏高原山脉向东延伸，从黄河与金沙江流域之间的分水岭开始，基本上横跨中国。事实上，亚洲所有最大的山脉都向东和西延伸运动，只有这个位于东南的西藏的狭窄地带，因为某些原因已经抵制了这一运动，并取得了明显的效果。

假设这些巨大的平行山脊被认为是来源于来自西部的横向运动，而不是东部的，这是我们现在必须提到的主题。

在喜马拉雅山脉和横断喜马拉雅山脉之间的深谷中，向东流淌的雅鲁藏布江，遇到了由此隆起的最西边的山障，并向南边和西边流去。金沙江从最后一条大山脊的东面升起，沿着山势一直往前走，到达挤压效果不明显的地区，不再受当地条件的束缚，在主要隆起占优势的影响下，转向东部。独龙江、怒江和澜沧江被隆起的山脊挤压在中间，一路向南奔腾流去。

在遥远的四川西部地区，主要的山脊仍在向北和向南延伸，但由于此时金沙江向东拐了一个大弯形成了东部大拐弯，从北边流下来的河流流入了它。然而，如果不是这种情况——金沙江像澜沧江那样继续向南流——我认为这些河流本身就会在隆起的山脊的最终影响下独自东流。四川西部似乎代表了上面提到的牢固的屏障，在这一屏障中，西藏

第十九章 深侵蚀之地

山脉的推进是徒劳的。因此，两套运动叠加在一起，使它在混乱中被弄皱了。横向运动的作用仍然十分明显，它确定了河流从北到南流淌的趋势，但也没有完全偏离向东部和西部隆升的这条主要轴线。

当然，上述言说只是一个推论。因为喜马拉雅山脉在第三纪隆起以来，关于对这个理论的证明，最基本的必要性是要证明我们平行的山脊是后第三纪的，因为喜马拉雅山脉是在第三纪期间抬升的。但不可能确定哪个地域发生了什么东进运动，甚至连最粗糙的地质图都没有，如此假设可能不可用。尽管如此，即使基于从几个观点上在大体上泛泛地观察这个地域而形成的简单印象，也可能不是完全无用的。

我不相信平行河流的地带只是简单地表现为一条弱线，青藏高原的水域已经在这个方向上找到了一个方便的出口。毫不怀疑的是，这些河流已经执行了巨大的挖掘工作。如果一条河流的生命不是足够长的话，是不能执行如此巨大的任务的。事实上，有理由相信这样的工作从未完成，并且有更多的理由认为是动态的力量，无论是横向运动的力量，还是直接的抬举力量，都在起作用。

这些岩石清楚地显示出整个地区都受到了四面八方的冲击，尽管火山活动的症状与火山作用的最后阶段相关，而不是其最初阶段，但它们仍在讲述过去可能发生过的大灾难的故事。

在每个范围的低处都能发现温泉。我看见在金沙江、澜沧江和怒江的山谷，远到瑞丽江河谷的南部，继续向西，在独龙江流域的低处，都能看见温泉。在阿墩子和巴塘不时发生可察觉的地震冲击，毫无疑问，地震仪将持续地记录到轻微的震颤。在阿墩子地区发生的大量滑坡表明，某些地盘的不稳定不能完全用大雨来解释。

在腾越北边，独龙江和瑞丽江系之间的低分水岭处，一座古老的火山立在熔岩层的残余之上，熔岩层的残余物一方面流经腾越，另一方面又流经瑞丽江山谷。圆锥体的火山和火山口仍然保持着原有的外形，印度地质调查局的科金·布朗（Coggin-Brown）先生对这个地域进行了调查，他认为火山在过去的四百年间是活跃的。那时在四川

西部发生了严重的地震，巴塘都受到了严重影响。也许它们之间是有关联的吧。

整个中国西部，在我们所关注的东部和北部的这一长距离的地区，显示出火山作用逐渐减弱的类似证据，并且在整个这一地区平行的山脊上表现出有明显的火山活动的迹象。这些迹象具有持久的规律性，可以假设它们位于东部地壳的一条薄弱的线上。这块地壳穿过爪哇岛，通过马来半岛的脊梁，然后通过缅甸掸邦向北穿过这片区域，向遥远的西藏高原地区延伸。这条巨大裂隙的北侧走廊已经有了生机，火山活动的中心已经向南移动。因此，可以推测火山作用波已经从高地亚洲传送下来。确实，土地的构造实际上是沿着狭窄的半岛延伸，最终进入了一系列岛屿。这表明动力从北到南逐渐收缩。

这些火山活动的证据，虽然不能证明山脊是分开向上隆起的构造，或者是可塑的地壳在两种不可抗拒的力量之间被挤压，但这两个解释或许有一个是貌似可信的。至少在澜沧江上游，河流流动的方向与几乎连续的一系列峡谷中岩石的倾斜没有任何关系，而这些峡谷正是它的必经之路。因为我在这些峡谷中，经常观察到岩层倾斜接近垂直，朝着直角的方向倾斜。就这样，河流在其中流动，或与之平行，急流也可能在一处垂直倾斜的石板之间穿过地形不断变换的主峡谷。但是，除非认为这些河流中的任何一条都是独自掘出它的山谷——并不缺乏证据表明它们已经把河床冲刷到相当深的程度——事实上这是不可能的。在澜沧江的一个石灰岩峡谷里，我注意到河对岸在低水位和高水位之间坑洞的残留物和岩石间的光滑洞穴，而在公路上方，可以看到在 30～40 英尺（9.2～12.2 米）高的地方也有相似的洞穴，它们远远高于最高的洪水线。还有，在西藏的桑巴杜卡，澜沧江上狭窄的水流在有凹槽的石灰岩峭壁之间流淌，河流显然已经切断了通道，从峭壁顶端一段很短的距离折回，比现在达到的最高水位高出几十英尺。第二道石灰石的凹槽墙上形成了一条小河阶，这条小河阶长几百码。这和澜沧江的情况非常相似，因此我不怀疑他们的起源是因为同样的原因。

第十九章 深侵蚀之地

让我们记住，在这些狭窄的峡谷中的夏季增水（summer rise）是由于青藏高原上的巨大降雨，它与雪的融化是同步的，这非常好。12月的怒江上游地域，当水还没有达到它的最低水位时，我注意到峡谷壁上有一个近30英尺（9.2米）高的水痕，而在这个地域以南的地方，上面描述的特征更为突出，平均60码（55米）宽的河流向上抬升30英尺（9.2米），水流的流速很快，直到人们看到它在起作用时才相信这种几乎令人难以置信的力量。我们已经看到，在大致相同的纬度上，金沙江、澜沧江和怒江先后在较低的海拔上流动，而且位于更南的地方。这一差异在后两条河流中似乎更加明显，因为戴维斯少校说，在腾越至大理的主路上（北纬25°）澜沧江比怒江高出1700英尺（518米）。

气候的迅速变化——或者应该说是它的局部化，因为它能从连绵不断、骇人听闻的雨水地区迅速地让经过的旅行者湿透身体。在旅行中我试图描述它，这个问题不仅对该地域目前的情况非常重要，而且对未来地质时代可能发生的变化也非常重要，因此有必要笼统地讨论它。

占优势的无疑是西南季风，它吹过阿萨姆邦的平原，吹打这些多山的屏障，一次又一次风雨交加地光临，直到怒江—澜沧江分水岭，然后发生了变化。

北纬28°这个山脊从平稳的中等高度突然上升到卡瓦格博峰的惊人的高度，然后继续向北进入西藏到达大木雅贡嘎的明显的雪域地区。重要的一点是，从卡瓦格博向北这个范围的高度成为气候分布的一个至关重要的因素。

就像我从怒江上方观察到的那样，怒江—独龙江向西的分水岭和我穿越过三次的澜沧江—金沙江分水岭，在大致相同的纬度上突然得到了相当大的提升。

这样的效果是非同寻常的。怒江—澜沧江流域本身，由于卡瓦格博峰压倒一切的高度，在雨幕（rain-screen）以北的一段距离内仍然有大量的降雨。但当风吹过这一大片区域时，几乎所有的水分都被剥夺了。而澜沧江—金沙江分水岭，没有被茂密的森林和起伏的高山花丛所

蓝花绿绒蒿的原乡
——清末英国博物学家的滇西北及川康纪行

干旱地区的金沙江，从巴塘附近向南看

干旱地区的怒江，低于拉卡洛

覆盖，相反呈现出大片贫瘠的区域，耸立着裸露的石灰岩柱和可怕的岩石山脊，展现出如此贫瘠和荒凉的可怕景象。雪线坐落在非常高的海拔——我认为不少于海拔19000英尺（5791米）。因此，虽然这些通道的海拔很高，但一年的大部分时间都是可以通行的。

穿越怒江—澜沧江分水岭的通道要低得多，但由于卡瓦格博附近的降雨量要大得多，所以开放时间并不比东部下一个分水岭的开放时间长。例如，茨姑上方的锡拉，海拔大约有14000英尺（4267米）高，我们在6月份穿越时雪就很深了，在11月的第二周我们几乎无法通过。在6月底之前，雪几乎不可能融化；10月份的时候，那里肯定又下雪了。在龙德里上方的主要通道，位于上面提到的两条通道之间——所谓的隆茨拉——只有海拔13000英尺（3962米）高，但当我们11月5

第十九章　深侵蚀之地

日路过时，深雪层低至海拔 12000 英尺（3658 米）。与此同时，澜沧江—金沙江分水岭上海拔 15000 英尺（4572 米）以下没有积雪痕迹。这些事实使我认为，怒江—澜沧江分水岭的雪线远低于海拔 19000 英尺（5791 米），它以西的山脊也是如此。

通过植被和山顶的构造，可以得到澜沧江—金沙江山脊上季风降雨量突然停止的进一步证据。从植被来看，我已经提及，将茂密的落叶林、深深的草甸和壮丽的花朵草甸与阴郁的针叶林、贫瘠的土地和长满矮花的高山牧场进行比较，可以看出它们之间的变化。从山顶构造来看，两座巨大的方形岩石耸立在澜沧江—金沙江的雪线上，积雪附着在岩面上，沿着分层线呈片状和带状排列，冰川则像冰的瀑布一样落下来，干燥的侵蚀作用（dry denuding agents）、阳光和冰霜将山脊上雕刻出来。另外，西部的分水岭是露顶的，通过平缓的、圆形的山峰到优美的金字塔形状，再逐渐形成针状的尖峰，进入永恒的雪域。这让我想起了欧洲阿尔卑斯山雄伟的马特霍恩（Matterhorn）峰。

在怒江河谷，尽管覆盖着白雪的山脉俯瞰着村落，但夏季的暴雨远至菖蒲桶的北部。我在阴凉的山谷里发现了茂盛的森林，包括附生的兰花和蕨类植物、无数的藤本植物，以及高大的、笔直的林间树木和古乔木。这些都显示出了明显的热带特征。在整个怒江河谷，植被的繁茂持续向南延伸。

然而，在澜沧江的相应区域，情况却大不相同。我沿着山谷顺着河向南持续走了大约 200 英里（322 公里），它的贫瘠的面貌令我感到惊讶。森林，更常见的灌木丛在茨姑和小维西之间的雨带占支配地位。但是在山谷的南部，情况再一次发生变化，只有部分草遮住了烤焦的岩石。确实，在深深的、阴凉的沟壑中，植被变得丰富多样，有大树、蕨类植物、兰花和藤蔓，甚至还有野生香蕉，这在北纬 26° 很常见。虽然这些绿洲与整个山谷连成一片，但还是微不足道的，在外观上它只能被描述为贫瘠的、枯萎的。日复一日地穿越这条山谷，真的很疲劳。

至于怒江以西的山谷，我在阿墩子遇到了两位非常有趣的中国旅

行者，他们对这里的情况有所了解。其中一个曾于1895年与亨利·奥尔良王子一起从澜沧江到达印度；另一个是在两年前，推测是出于政治原因，从澜沧江向西一直到恩梅开（Nmai-kha）江，距离亨利王子那条路线的北边有一段距离。他们两人都形容这片地域被茂密的丛林所覆盖，夏季的雨水持续不断，并清晰地谈论蚊子、水蛭（蚂蟥）（Leech）、老虎和其他与这种气候有关的动物。因此，非常明显的是，怒江西部地区充分受益于西南季风的影响。

直到我们再往北走，那里的三个山脊都突然升高到一个很高的高度，季风的影响才开始减弱。

在怒江上比菖蒲桶稍高的位置，森林突然消失了，蕨类植物、兰花、蔓生植物和所有丰富的植被都不见了，那无穷无尽的无情夏雨也不见了。

突然，岩石开始从河流中陡然上升，并且变得越来越多。河流被巨大的悬崖所封闭，这些岩石显然是裸露的，勉强维持着很少的植被，包括多汁的草本植物、枯死的隐形虫和矮灌木。山谷变得更狭窄，山脉变得更陡峭，峡谷连着峡谷。庞大的碎石坡高山流石滩（screes）一直高耸长达数百英尺，没有任何残存的生命迹象。灼热的风吹过山谷，吸走了每一个生物的活力，仿佛急于要把裸露岩石上的一切都蒸发掉。太阳在蔚蓝的天空中闪耀，单调透顶，阳光从明晃晃的悬崖上反射过来，石头在颤抖的大气中看上去都是扭曲的，连绵的山脊向东和向西却有着不停的雨。

随着气候的急剧变化，人们也发生了变化。在澜沧江以北的羊咱，同样的状态会被重复，有时候出现的强度会更大。我从来没见过这么多赤裸裸、光秃秃的悬崖，峡谷如此令人望而生畏。河水从世界屋顶下来，狂轰滥炸地沿着深谷奔流而下——这是一条夸张的激流，正如法国传教士德加迪菲（Degadifie）恰如其分地说的那样。然而，就像在怒江上一样，这里和那里，山洪倾泻而下，在河流的上方不时地冲刷出小小的冲积扇，人们可以在这里耕种。它的景色确实很美，春天能看到一片

第十九章 深侵蚀之地

片绿洲，那是绿油油的小麦和核桃树，盛夏时节是金黄色的、成熟的玉米，还有散落在斜坡上掩藏着漂亮的藏族特色的"庄园"（manor），而环绕着的峭壁却显得光秃而沉闷。

在岩石屏障后面向东流淌的金沙江也是如此，一些小村落坐落在陡峭的崖壁上，有些则依偎在水边，金沙江上的小村落数量规模上更多、更大一些。几个世纪以来，人类在肆无忌惮的金沙河边与它一直搏斗，为生活而战。只要想到这一点，也许这条河还很年轻的时候，就会使人头晕目眩。

因此，所有三条河流都流经一个干旱区，其南部界限为北纬28°10′，向北延伸至西藏未勘探地区，而澜沧江则通过干旱峡谷向南流过很长一段距离。我认为，金沙江河谷的降雨量与英国相当，怒江显示出两个极端的气候，两者之间有一条绝对的分割线。这条线的位置可以在任何一边的1英里以内标明。在这方面，它至少是所有河流中最神奇的一条。考虑到山区的布局和降雨风向，对干旱地区的解释并不困难。

在怒江—澜沧江的分水岭，如果有风彻底地吹散了它们的湿气，那么它们横扫的下一个山脊就会呈现出不同的景色和多样化的植物群，就像我们在澜沧江—金沙江分水岭地区看到的那样。但由于雨幕的影响，让人感受到其最充分的强度，所以呈现出的情况是一个山脊和另一个山脊分开处有深深的沟壑。

大雪覆盖的位置与从夏季降雨地区到干旱沙漠地区的变化有着密切的关系。因此，毫无疑问，正是该地域独特的地形特征才能解释其特殊的气候条件。更具体地说，这是让人震惊的变化。

在菖蒲桶以西，耸立着巨大的高黎贡山的克尼冲普大雪山，把怒江和恩梅开江的源头隔开，同时也剥夺了至关重要的降雨，这使得怒江丛林延伸到这里便戛然而止。

在东部的怒江和澜沧江之间，矗立着更显著的卡瓦格博峰。正如我们所看到的，它继续向北延伸到西藏的大木雅贡嘎山脉。

再往东，在澜沧江和金沙江之间有一座无名的雪山，一直延伸到北边，向南靠近白马雪峰。在这座巨大的山脊上只有稀少的降水，这使得其他许多山峰无法被永恒的雪所覆盖。

　　真正重要的是卡瓦格博峰所在的山脉。这座压倒性的高山，将它与高黎贡山的克尼冲普山分开，这是季风的东部界限，所以澜沧江—金沙江分水岭的性质完全改变了。

　　在菖蒲桶南部，怒江以西没有真正的大屏障。山脊重重叠叠，一直延伸至阿萨姆平原，但没有一座山脊足够高到可以遮挡整个国家，使季风望而却步，并严重影响怒江河谷的降雨。

　　澜沧江裂谷是如此的狭窄，雨水似乎从它的上方掠过，并在更远的东部的山脉和平原上降落。所以，这条河继续在干涸的、裸露的悬崖之间蜿蜒流过。在金沙江以南大约50英里（80公里）的一段区域，也就是所谓的雨带，澜沧江峡谷支撑着任何接近森林的东西，甚至包括占据中间溪谷的茂密植被。其存在也不是因为有丰沛的降雨，而是因为存在一个强烈辐射区域。那里的夜间有浓重的露水，太阳一进入山谷，它们就会受到保护，而不会被立刻蒸发掉。因此，当我们在这片被深深侵蚀的土地之外徘徊的时候，没有必要进一步探讨这个问题。

　　然而，紧靠干旱地区的雨带却有点令人费解。如果它继续向南，当山脊往西越低，山谷的降雨量就越大，这不难理解。但事实并非如此，正如前面所说的那样，它不是第二个干旱地区。因为第二个干旱地区在正在讨论的地域范围之外，而"干旱地区"一词从此就局限于位于白雪皑皑的山脊之间的干旱山谷，这些山谷很快就注定要在西藏消失。

　　干旱地区的降雨量很少，每年几乎不超过5英寸（12.7厘米）。当地的风使情况进一步恶化，它们在整个夏天里按照信风（trade-wind）的规律把三个山谷都吹了起来，午后不久就开始了，午夜前才停止。这种干燥的风是从高山上直接倾泻而来的冷空气，以填补白天狭窄山谷强烈的加热所造成的局部真空。事实上，这几乎总是一种上谷风，这可能是因为随着我们向北推进，峡谷越来越收缩，从而使真空在这个方向上

变得越来越完整。

　　夏天的几个月里，我曾在怒江山谷和澜沧江流域的干旱地区旅行，在蔚蓝的天空下沿着一条蜿蜒的河流路线，行走在如天篷似的树荫下面，望着山间的云层迅速由东向西聚集，直到山峰隐藏在令人眩目的暴雨中。有一次，在澜沧江流域羊咱的山谷中，这地方几乎正好是这个雨带与干旱地区的交界处，我看到了一个奇特的景象。早晨 7 点，头顶上蓝色的天空向北延伸，直到目光所及之处，云团在南边聚集，沿着山谷向下，山上下着大雪，山顶被完全掩盖。当时一股狂风正吹过山谷，云层慢慢飘过。一个小时后，就在我们南边有一团破碎的云。到了 10 点钟，几乎是在头顶上有一股积云。它们挣扎着，似乎有一个物理屏障使它们无法越过，强行把它们挡在后面。北边的天空蔚蓝无云，正午时分，几滴零散的雨滴落在了羊咱。我沿着河走了几英里，发现河上乌云密布，下起了一场持续不断的毛毛雨。但北方的天空仍然是蓝色的，尽管有几缕云终于成功地越过了分界线，但在胜利的同时云层也在迅速地减少。到了下午，有更多的云向屏障涌来，聚集在山谷两侧的山顶上，但是在这条河的上方，天空仍然是蓝色的。

　　这一现象很好地说明了这些平行的山脊在决定雨幕南北山谷的降雨量方面所起的作用。

　　我已经提到澜沧江以东的雪线是高海拔地区以及该分水岭上的山峰和山口的高度。毫无疑问，问题是目前的澜沧江—金沙江山脊是否会像澜沧江—怒江山脊一样，接收大量的降雨。以前认为没有任何冰川存在的地方，现在也许会有雪地和冰川。这是一个重要的考虑因素。因为在爬过许多山峰之后，我确信在许多山谷中确实有过冰川。从分水岭立即下降的首先是悬谷，它们的上端逐渐上升变得越来越陡，朝向冰斗（cirque），形成奇特的"踏面和立面（tread and riser）"结构。谷底到谷的源头是以三四级台阶的距离大幅度地上升的，而且溪流通过一段平坦的沙石和鹅卵石地带，缓慢地流淌，很快就会在一堆巨石上翻滚，流向"下一层"。几乎在每个山谷中都有一些小湖泊，它们处在深深的岩

蓝花绿绒蒿的原乡
——清末英国博物学家的滇西北及川康纪行

石盆地中，在大的悬谷中可能多达四到五个，每层一个；在较小的山谷中，通常只有一个在石堆底部。围绕着山谷的顶部，这里混乱成堆的岩石碎块被随意地堆积，山谷中四处可见的碎石可能是冰碛岩，但我找不到明确的痕迹。

这里有一个间接的证据也许可以用来证明先前提到的冰川。我说过一座大雪山，也就是位于阿墩子东南的澜沧江—金沙江分水岭，中国人称之为白马山的雪山，我在东竹林的路上很清楚地看到了它的冰川。瓶状的鼻口和末端的冰碛距离冰川脚下有一段距离，这表明它们处于退却状态，而且它们正在迅速后退，看不到很大的雪地，大量的岩石裸露出来。很明显，白马雪山的冰川只不过是它们以前的残迹而已。

在这一分水岭上有许多山峰上升到海拔 18000 英尺（5486 米）甚至更多，但提到的这两座山峰，每年大概有三个月没有下雪。如果降雨量增加一倍，情况就不会是这样了。如果后来消失的冰川曾经填满过这些山谷，那么它们的消失几乎可以肯定是由于降雨量的减少。

现在，如果我们想象一下，高耸的澜沧江—怒江分水岭被风吹到，风将达到下一个东部的山脊，即澜沧江—金沙江分水岭，这里将受到暴雨的侵袭。如前所述，澜沧江—怒江的积雪深度在 6 月份是海拔 13000 英尺（3962 米），11 月份是海拔 12000 英尺（3658 米），因此有充分理由认为这一侧的雪线不会超过海拔 16000 英尺（4877 米）。

基于这些原因，我认为澜沧江—怒江分水岭在澜沧江—金沙江分水岭之后，一直被抬升，直到目前相当高的高度。因此，我认为把整个地区挤压成这种显著形式的侧向压力来自西方，而不是来自东部。因为最后一座山脊被抬高，并赋予了一定程度的刚性以便进一步向东，自然是压力作用的一方。

对中国西部植物广泛分布的样态进行全面的调查并非不太可能，特别是真正的高山物种，连同分水岭山脊上的植物群区系进行仔细的比较，将有助于了解这些河流的历史。从这个角度来看待问题是有趣的，但我们需要比现在更多地去了解事实，才能得出明确的结论。尽管某些

广泛的原理已经明确地说明它们是值得参考的。

高寒植物群的突出特点是，它本质上——实际上完全是——北温带植物群区系，与杜鲁德的北部植物群（Drude's Northern Floral Region）相一致。

具有代表性的植物特征顺序为：毛茛科（Ranunculaceae）、罂粟科（Papaveraceae）、蔷薇科（Rosaceae）、虎耳草科（Saxifragaceae）、伞形科（Umbelliferae）、菊科（Compositae）、报春花科（Primulaceae）、龙胆科（Gentianaceae）、玄参科（Scrophulariaceae）和百合科（Liliaceae）。以下丰富的种类是我在其他地方从来没有见过的：杜鹃属（Rhododendron）、龙胆属（Gentiana）、虎耳草属（Saxifrage）、蝴蝶兰属（Phalaenopsis）、报春花属（Primula）、马先蒿属（Pedicularis）和紫堇属（Corydalis）。北部冰川带和北纬带的寒冬带（即包含北极和欧洲大部分地区）的形成特征也有这些山脉植物的典型特征，以高山植物群为代表的苔原"缓冲植物"，以针叶树和长有絮状树木为代表的森林，草地伴有高山牧场和高山草甸，长着矮小杜鹃花的荒原。这些植物的生长期持续四个月，澜沧江—怒江分水岭是从5月持续到8月，在澜沧江—金沙江分水岭是从6月开始持续至9月。在这方面，必须记住，我们的高山链与青藏高原有着直接的联系，形成了理想的迁徙线。

如果我们现在将澜沧江—怒江分水岭的植物区系与澜沧江—金沙江分水岭的植物区系进行比较，会得出一个明显异常的结论。因为夏天穿越这两个流域的旅行者几乎会毫不犹豫地宣布澜沧江—怒江分水岭的高山植被是这两个分水岭中比较丰富的一个。然而，我不认为这第一印象是正确的，因为在我看来，更仔细的调查结果似乎揭示了这样的一个事实：虽然澜沧江—怒江分水岭的物种在属（genera）上比较丰富，而澜沧江—金沙江分水岭的物种在种（species）上更丰富，但这两个山脊上的物种总数并没有什么差别。然而，即便如此，似乎有人也反对澜沧江—怒江山脊的物种突出于澜沧江—金沙江山脊。对于一组不同种类的植物来说，它需要更长的时间才能获得属性等级，而不

蓝花绿绒蒿的原乡
——清末英国博物学家的滇西北及川康纪行

夏季的怒江森林，澜沧江—怒江分水岭，海拔 8000 英尺（2438 米）

冬季的怒江森林，澜沧江—怒江分水岭，海拔 12000 英尺（3658 米）

是把它们归类为不同的物种。但假设它们在原地已经达到了一般的等级，这是一个毫无根据的假设。而从自然本质上看，完全有理由认为澜沧江—金沙江分水岭的高寒植物群在原地已经具有丰富的植物多样性特征。

同样，如果澜沧江—金沙江流域在很久以前确实收到了更大的降雨量，之后的降雨量实际上已经减少了，那么很自然地会这样来假设，在极度潮湿的气候下，许多适应这种气候的植物现在已经消失或在数量上随之大大减少。而这两条山脉，即我所关注的几种植物，它们是这两条山脉中常见的植物，证实了这一假设。

例如，硫黄色的全缘叶绿绒蒿（*Meconopsis integrifolia*）——一种

在潮湿气候下繁盛的植物，在澜沧江—金沙江山脊上非常稀少，仅限于几个条件好的地方，但在澜沧江—怒江山脊上，可以看到它布满整个草场。这种植物在四川北部和东部的山区都很常见，由此可以推断它们在山脊间逐渐减少直到在澜沧江—金沙江流域几乎完全消失。尽管我们当然有可能在那里发现一些，但它们不是以前广泛分布的物种残余，而是正在努力建立自己的种群植物。这些案例表明了调查的方向，我们需要对事实有更广泛的了解，才能证明任何重要的结论是合理的。

意义重大的是，在两个分水岭都有的植物，在怒江一边极为丰富，但是在金沙江一边通常比较罕见。但我们越接近植物的生长界限，这种差异就趋向于消失（顺便说一下，在澜沧江—金沙江流域是非常高的海拔），原因是在雨季期间，持续的薄雾笼罩在山顶，即使在没有下雨的情况下，高海拔下大量的露水也能使气候极其湿润。

因此，几种报春花属（*Primula*），如，山丽报春（*P. bella*）在澜沧江—金沙江分水岭海拔 15000 英尺（4572 米）到海拔 16000 英尺（4877 米）处与澜沧江—怒江分水岭海拔 13000 英尺（3962 米）到 14000 英尺（4267 米）处发生的情况几乎一样。这不仅意味着植物群在两面都是相同的（如果不是这样的话，差异将会非常显著），而且降雨极大地决定了这两座山脊植物群上的存在差异，相比较而言是高山带来的这种差异。在林带中更为明显，其下限完全由降雨决定。

同样，非常明显的事实是，澜沧江—怒江分水岭的植物群系基本上是夏季植物区系，在 6 月和 7 月达到繁盛，而澜沧江—金沙江分水岭是秋季植物区系，在 8 月至 10 月期间达到繁盛。这归功于降雨的季节性分布，也归功于 10 月份澜沧江—怒江流域开始降雪的事实。

在澜沧江—金沙江分水岭上，特别是在两种大量出现的植物种属虎耳草属和龙胆草属中，物种上比较有优势，可以作为气候变化的证据。在很大程度上，一个分水岭上的植物可以得到一片不属于自己分水岭的土地，而另一个分水岭则不允许这些植物的生长。我可以预期，随着冰川的消退，植物群将逐渐获得占据新版图的优势，这种优势带给它

与新的自然条件接触的机会。

然而，从植物学的角度来研究地质问题的整个想法，能够为研究开辟广阔的领域。因此，如果不搜集大量的事实来支持这个或那个论点的无目的推测是毫无用处的。我只是在有限的观察基础上提出了一些建议。在某些情况下，这些建议是不准确的。我很乐意接受批评，我必须让其他人知道它们是合理的或者是相反的结论。

在此，我将对一些科学问题做一个简短的总结，这些科学问题是对"深侵蚀之地"的一种联想。我深信不疑，这块土地拥有丰富的高山花卉、众多的野生动物、奇特的部落民和复杂的地形构造，它是亚洲最迷人的地域（the most fascinating regions of Asia）。在游历的这些年，我感到非常满足。我曾攀爬这里的崎岖的山峰，踏过这里的深雪，并与风雨和暴雪做斗争；我也曾在河流咆哮的深谷中漫游，最重要的是与那些坚忍顽强的部落的人们交往。这些过往使我的身体和心灵都无比欢愉，让我深深感受到了身体里每一条血脉的流动，每一根神经的安定舒缓，每一块肌肉的紧绷而放松不下来的状态。

附录一

以下是考察期间初步收集和不完整的植物列表。这些采集到的植物，标记有"+"号的是种子，它们现在由英国利物浦蜜蜂园艺有限公司培育，不多时就会上市。标记有"＊"的是新物种。

这份名单同时给了贝利·鲍尔弗（Bayley Balfour）教授、F.R.S. 和 W.W. 史密斯（Smith）先生，我很感激他们。他们也在爱丁堡植物园用种子培育植物，在那里也可以看到干燥的标本。

1. + *Aconitum hookeri*, Stap f.f. gibbo nectarii magis producto.
2. *Anemone obtusiloba*, Don.var.
3. + ,, *rupicola*, Camb.
4. *Callianthemum cachemirianam*, Camb.
5. *Caltha palustris*, Linn.
6. +*Isopyrum grandiflorum*, Fisch.
7. *Oxygraphis glacialis*, Bunge.
8. + *Podophyllum emodi*, Wall.
9. *Ranuncalas hirtellus*, Royle.
10. *Souliea vaginata*（Maxim.）, Franch.
11. + *Trollius patulus*, Salisb.var.
12. ,, *pumilus*, Don.
13. *Arabis alpina*,Linn.,var. *rubrocalyx*,Franch.
14. *Braya rubicunda*, Franch.
15. *Cardamine granulifera*（Franch.）, Diels.

16. *Braya sinensis*, Hemsl.
17. ＊ *Cardamine verticillata*, Jeff. et W.W.Sm.Sp.nov.
18. *Draba alpina*,Linn. var.
19. *Thlaspi yunnanense*, Franch.
20. *Arenaria forrestii*, Diels.
21. ,, *polytrichoides*, Edgew.
22. ,, *delavayi*, Franch.
23. *Lychnis nigrescens*, Edgew.
24. ＊ +*Silene rosaefora*, Kingdon Ward.Sp.nov.
25. *Geranium pylzowiannum*, Maxim.
26. *Astragalus yunnanensis*, Franch.var.
27. *Gueldenstaedtia vunnanansis*, Franch.
28. *Hedysarum sikkimense*, Benth.
29. *Caragana crassicaulis*, Benth.
30. *Astragalus wolgensis*, Bunge.
31. *Thermopsis inflata*, Cambess.
32. + *Potentilla articulate*, Franch.
33. +,, *fruticosa*, Linn., var. *armerioides*, Hook. f.
34. +,, *peduncularis*, Don. forma.
35. +,, *sanndersiana*, Royale, var. *jacquemontii*, Fr.
36. *Sedum* sp.
37. *Sedum* sp.
38. +*Saxifraga atrata*, Engl.
39. ,, *cardiophylla*, Franch.
40. ,, *micrantha*, Edgew.forma.
41. +,, *nigroglandilosa*, Engl.et Irmscher.
42. +,, *sibirica*, Linn.
43. ＊ + ,, *atuntsiensis*, W.W.Sm.Sp.nov

44. ＊ + ,, *consanguinea*, W.W.Sm.Sp.nov.

45. ＊ + ,, *flexilis*, W.W.Sm.Sp.nov.

46. ＊ + ,, *wardii*, W.W.Sm.Sp.nov.

47. +,, *finitima*, W.W.Sm.Sp.nov.

48. +,, *chrysanthoides*, Engl.et Irmscher.

49. +,, *purpurascens*（H. f. et T.）, var. *delavayi*（Fr.）,Engl.et lrmscher.

50. *Epilobium angustifolium*, Linn.

51. *Pleurospermum foetens*, Franch.

52. *Trachydium chloroleucum*, Diels.

53. ＊ + *Meconopsis wardii*, Prain.

54. *Parrya* sp.（Incomplete.）

55. *Corydalis balfouriana*, Diels.

56. ,, sp.

58. ,, sp.

59. ,, *pulchella*, Franch.

60. ,, sp.

61. ,, sp.

62. ,, sp.

63. ,, sp.

64. *Morina bulleyana*, G.Forrest et.Diels.

65. *Anaphalis xylorhiiza*, Schultz−Bip.

66. *Tanacetum tenuifolium*, J.Gay.

67. + *Cremanthodium decaisnei*, C.B.Clarke.

68.+ ,, *rhodocephalum*, Diels.

69. *Crepis rosulris*, Diels.

70. + *Lactuca souliei*, Franch.

7I. *Crepis umbrella*, Franch.

72. * *Saussurea querifolia*, W.W.Sm.Sp.nov.

73. * ,, *lorformis*, W.W.Sm.Sp.nov.

74. * + *Cremanthodium bupleurifolium*, W.W.Sm.Sp.nov.

75. + *Codonopsis conolunlacea*, Kurz.

76. ,, *tubulosa*, Komarov.

77. + *Pyrola atropurpurea*, Franch.

78. *Diapensia himalaica*, H.f.et T.

79. *Androsace chamaejasme*, Host.

80. ,, *delavayi*, Franch.

81. + ,, *spinalifera*, Franch.

82. + *Primula bella*, Franch.

83. + ,, *brevifolia*, G.Forrest.

84. + ,, *calliantha*. Franch.

85. + ,, *dryadifolia*, Franch.

86. + ,, *lichangensis*, G.Forrest.

87. + ,, *septemloba*, Franch.

88. + ,, *pulchella*, Franch.

89. + ,, *nivalis*, Pall.forma.

90. + ,, *sikkimensis*, Hook.forma.

91. + ,, *watsoni*, Dunn.

92. ,, *sphaerocephala*, Balf. f.

93. ,, *cernua*. Franch.

94. ,, *giraladiana*, Pax.

95. ,, *silacnsis*, Petitm.

96. * ,, *vernicosa*, Kingdon Ward.Sp.Nov.

97. ,, *serratifolia*, Franch.

98. + ,, *sibirica*, Jacq.

99. + ,, *sonchifolia*, Franch.

100. + ,, *franchetii*, Pax.

101. + ,, *vittata*, Franch.

102. *Gentiana aprica*, Dcne.

103. + ,, *ornata*, Wall.

104. + ,, *heptaphylla*, Balf.f.et G.Forrest.

105. ★ + ,, *wardii*, W.W.Sm.Sp.nov.

106. ,, *georgei*. Diels.

107. ,, *cyananthiflora*, Franch.

108. *Pleurogyne oreocharis*, Diels.

109. *Gentiana decorata*, Diels.

110. ★ + ,, *atuntsiensis*. Sp.nov

111. + *Cynoglossum amabile*, Stapf. et Drummond.

112. *Tylophora* sp.

113. *Eritrichium* sp.

114. *Myosotis hooker*, Clarke.

115. *Mandragora caulescens*. Clarke.

116. *Lancea tibetica*, Hook.f.et Thorns.

117. ★ *Pedicularis atantsiensis*, Bonati.Sp.Nov.

118. ,, *cephalantha*, Franch.

119. ,, *cibaria*, Maxim.

120. ,, *cranolopha*, Maxim.

121. ,, *densispica*, Franch.

122. ,, *elwesii*, Hook.F.

123. ,, *gyrorhyncha*, Franch.

124. ,, *lamellata*, Jacquem.

125. ,, *lachnoglossa*, Hook.F.

126. ,, *leiandra*, Franch.

127. ,, *lineata*. Franch.

128. ,, *longiftora*, Rud.

129. ,, *macrosiplion*, Franch.

130. ,, *oederi*. Vahl.

131. ,, *prezwalskii*, Maxim.

132. * ,, *pseudo-ingens*, Bonati.Sp.Nov.

133. ,, *rex*, Clarke.

134. ,, *rupicola*, Franch.

135. ,, *siphonantha*, Don.

136. ,, *strobilacea*, Franch.

137. ,, *superba*, Franch.

138. ,, *yunnanensis*, Franch.

139. + *Didissandra lanuginosa*, Clarke,var. *lancifolia*, Franch.

140. * *Nepeta complanata*, Dunn.Sp.Nov.

141. + *Phlomis rotata*, Benth.

142. * *Scrophulariaceae*（undetermined）.

143. *Polygonum forestii*, Diels.

144. ,, *sphaerostachyum*, Meissn. Forma.

145. *Euphorbia stracheyi*, Boiss.

146. *Cephalanthera falcata*, Lindl.

147. * *Cypripedium wardii*, Rolfe. Sp.nov.

148. ,, *tibeticum*, King.

149. ,, *arietinum*. Raf.

150. ,, *guttatum*, Schwarz.

151. * *Listera wardii*, Rolfe.Sp.nov.

152. *Oreorchis foliosa*, Lindl.

153. * *Nervilia tibetensis*, Rolfe.Sp.nov.

154. *Roscoca alpina*, Royle.

155. *Allium monadelphnm*, Turcz.var.

156. *Fritillaria souliei*, Franch.

157. ,, *delavayi*, Franch var.

158. + *lilium lophophorum*, Franch.var.

159. *Lilium lophophorum*, Franch.var.

160. *Lloydia forrestii*, Diels.

161. ,, *serotina*, Rchb.,var, *trifolia*, Franch.

162. ,, *tibetica*, Baker.

163. *Ophiopogon wallichianum*, Hook. F.

164. *Streptopus amplexifolius*, DC.

165. *Liliaceae*（undetermined）.

166. *Iris kumaonensis*, Wallich.

167. *Juncus longistamineus*, Camus?

168. ,, *sikkimensis*, Hook.F.

169. *Botrychium lunaria*, Iinn.forma multifida1.

170. *Woodsia hyperborea*, R.Br.

171. *Morina delavayi*, Franch.

172. ＊ + *Androsace wardii*, W.W.Sm.Sp.nov.

173. + *Meconopsis speciosa*, Prain.

174. + ,, *rudis*, Prain.

175. + ,, *pseudointegrifolia*, Prain.

176. +,, *integrifolia*, Franch.

177. *Hedysarum* sp.

178. + *Primula pulchelloides*, G. Forrest.

179. *Campanula colorata*.

180. + *Amahiome argute*.

181. + *Incarvillea* sp.

182. + *Oxalis* sp.

183. + *Eremurus chinensis*.

184. + *Stellera* sp.
185. + *Paeonia delavayi.*
186. + *Senecio dictiyoneurns.*
187. + *Aster delavayi.*
188. + *Rodgersia* sp.
189. + *Wikstroema* sp.
190. + *Sophora viciifolia.*
191. + *Rosa* sp.
192. + *Rubus* sp.
193. + *Rhododendron* sp.
194. + *Androsace bulleyana.*
195. + *Lilium giganteum.*
196. + *Aconitum* sp.
197. + *Delphinium yunnanense.*
198. + *Clematis montana.*
199. + ,, *delroyi.*
200. + ,, *splendens.*

附录二

　　以下是考察期间收集的小型哺乳动物名单。这些标本现藏于自然历史博物馆，由托马斯（Oldfield Thomas, F.R.S.）先生鉴定和描述［（见《自然历史年鉴和杂志》（Annals and Magazineof Nataral Hisory）第九卷，1912年5月］。感谢他们允许我附加以下这个名单。

　　带"＊"的是新物种。

　　1. 鞭毛虫亚种（Scaptonyx fiusicaadatms affinis. Sub sp. nov.）

　　♂　栖息地的生态是长满苔藓的冷杉林中，海拔14000英尺（4267米）。

　　2. 土拨鼠（Marmota robusta.）

　　♀　幼崽　在海拔15000英尺（4572米）的高度射击它。

　　3. 鼠科（Ebimys confucianus.）

　　♀　栖息地在海拔11500英尺（3505米）。

　　4. 鼠科（Apodomus speciosus latronum.）

　　♂和♀都栖息在海拔12000英尺（3658米）。它是最常见的田鼠，在阿墩子周围都有。

　　5. 鼠科（Apodemus chevrieri.）

　　♀　栖息地在海拔12000英尺（3658米）。

　　6. 鼠科（Microtus irene.）

　　♂和♀都栖息在海拔15000英尺（4572米）。

　　7. ＊田鼠（Microtus wardi. Sp.nov.）

　　♂　栖息地在海拔13000英尺（3962米），澜沧江—怒江分水岭。

这只田鼠被怒江峡谷的傈僳族人捕获并吃掉。

8. ＊鼠科（*Microtis custos*. Sp. nov.）

♂和♀都栖息在海拔 12000 英尺（3658 米）。最常见的田鼠，在阿墩子周围都有。

9. 灰鼠兔川滇亚种（*Ochotona roylei chinensis.*）

♀ 栖息地在海拔 16000 英尺（4877 米）。最高级的哺乳动物，仅在几个月前由贝利上尉在打箭炉发现。

译后记

　　作者英国人弗兰克·金敦·沃德（1885—1958年）作为博物学家，在英国被称为植物学家、探险家、植物收藏家和作家等。于1911年来到滇康藏地区进行耐寒植物的采集工作，跨越金沙江、澜沧江、怒江、独龙江四江流域，对金沙江、澜沧江、怒江三江并流地区及独龙江地区进行了科学认识。这是他的第二部著作（The Land of the Blue Poppy），1913年由剑桥大学出版社出版。该书由19章构成，主要描述了他在滇藏三江并流地区及川康地区调查的经历，记述中不仅仅有植物学，还涵盖民族、民俗、地理、经济、政治、文化、风土人情等方面的第一手实地调查内容，并把沿途拍摄的照片插入文中，用优雅的文笔把一些地方的趣闻逸事生动地展现出来。作为游记文学作品，该书也是一部可读性很强的精致之品。他的植物学知识，受到其父亲马歇尔·沃德（Harry Marshall Ward，1854—1906年）的影响，而能够进行植物学的研究。他的父亲是英国剑桥大学植物学教授，于1906年去世，享年58岁，故而书前有纪念文字："为了纪念我父亲，这本书热情地奉献给哈里·马歇尔·沃德，剑桥大学植物学博士，1895—1906年"。

　　他来到滇西北时年26岁，开展了卓有成效的野外工作。此后，他一直把调查研究重点放在中国滇川藏、印度阿萨姆地区、缅甸北部等地，取得了引人注目的卓越成绩。根据其后人所建的网站"金敦·沃德（1885—1958年）：探险家、植物收集家和作家（Frank Kingdon-Ward Explorer, plant collector, and author 1885–1958。http://www.french4tots.co.uk/kingdon-ward/bibliography.php）"的介绍，1910

蓝花绿绒蒿的原乡
——清末英国博物学家的滇西北及川康纪行

年开始出版他的第一部著作《去往西藏》（On the Road to Tibet）以来，共计出版著作 25 部。除了本译书之外，还有《在遥远的缅甸：在缅甸和西藏边境探险和研究的艰苦历程记录》（In Farthest Burma: The Record of an Arduous Journey of Exploration and Research Through Frontier Territory of Burma and Tibet,1921）、《神秘的滇藏河流》（Mystery Rivers of Tibet,1921）、《从中国到缅北坎底傣龙》（From China to Khamti Long,1924）、《寻找植物的浪漫》（The Romance of Plant Hunting,1924）、《雅鲁藏布大峡谷之谜》（Riddle of the Tsangpo Gorges,1926）、《大家都喜爱的杜鹃花》（Rhododendrons for Everyone,1926）、《采集植物在世界的边缘》（Plant Hunting on the Edge of the World,1930）、《野外的植物采集》（Plant Hunting in the Wilds,1931）、《隐现的东方》（The Loom of the East,1932）、《西藏的植物猎手》（A Plant Hunter in Tibet,1934）、《园艺浪漫》（The Romance of Gardening,1935）、《植物猎人的天堂》（Plant Hunter's Paradise,1937）、《阿萨姆历险记》（Assam Adventure,1941）、《现代探险》（Modern Exploration,1945）、《关于地球：地理学导论》（About this Earth: An Introduction to the Science of Geography,1946）、《岩石园艺的常识》（Commonsense Rock Gardening,1948）、《缅甸冰山》（Burma's Icy Mountains,1949）、《杜鹃花》（Rhododendrons,1949）、《文明的脚步》（Footsteps in Civilisation,1950）、《曼尼普尔的植物猎人》（Plant Hunter in Manipur,1952）、《浆果宝藏：花园里秋冬色彩的灌木》（Berried Treasurec: Shrubs for Autumn and Winter Colour in Your Garden,1954）、《重返伊洛瓦底江》（Return to the Irrawaddy,1956）、《植物朝圣》（Pilgrimage for Plants,1960）。他所收集的植物，现在引种生长在英国的皇家植物园爱丁堡（Royal Botanic Gardens Edinburgh）、邱园皇家植物园（Royal Botanic Gardens Kew）、尼斯植物园（Ness Botanic Gardens）等处，受到英国人民的挚爱。这些高

译后记

山植物包括罂粟科的美丽绿绒蒿（Meconopsis speciosa）、霍香叶绿绒蒿（Meconopsis betonicifolia）等，以及黄杯杜鹃（Rhododendron wardii）、巨伞钟报春（Primula florindae）、卓巴百合（Lilium wardii）等种类繁多的大美花卉。鉴于他的贡献，英国授予他多个奖项。他在西方园艺界被认为是20世纪最后一位伟大的植物猎人（the last of the great plant hunters）。这些难得的调查记录，主要面向西方读者，我国学者还未完全把握，需要对其翻译及研究。

由于他的成果丰硕，西方学者对他展开了多样化的研究，著作如下：考克斯（E.H.M.Cox）《中国的植物狩猎：中国植物探索史及西藏游记》（Planthunting in china: A history of Botanical Exploration in China and the Tibetan Marches, 1945年伦敦柯林斯出版，又见牛津大学出版社1986年版）、查尔斯·莱特（Charles Lyte）撰写的传记《弗兰克·金登·沃德：最后的大植物猎人》（Frank Kingdon-Ward: The Last of the Great Plant Hunters, John Murray Publishers, 1989）、约翰·怀特黑德（John Whitehead）编辑的沃德著书选集《喜马拉雅魅力：沃德著作选集》（Himalayan Enchantment: An Anthology, Serindia Publications, 1990）、罗纳德·考尔巴克（Ronald Kaulbak）《西藏的艰难旅程》（Tibetan Trek, Cosmo Publications, 2002）等，有力地推进了对金敦·沃德的全面研究。

就本书来说，金敦·沃德主要穿越在滇西北四江流域并且对其进行了全面描述，有些则是一些惊心动魄的罕见旅行描述。他在四江流域走得最远、走得最深，同时研究重点集中在三江并流地区，可说他是科学记录该地域的领先人之一。对于西方学者来说，热衷于探索滇西北未知的世界，虽然前有1893年英国戴维斯少校一行人和1895年法国奥尔良王子一行人来滇探索从印度通往云南之道，具有西方帝国主义者殖民倾向的调查性质，但对整个滇西北地域的科学认识还不全面。金敦·沃德的调查记录发表以后在学界引起了高度重视，他的踏勘记录迄今为止

蓝花绿绒蒿的原乡
——清末英国博物学家的滇西北及川康纪行

还被认为是不可多得的珍贵资料。金敦·沃德的这些著书都是他的实地调查笔记,不仅有对植物采集的记录,而且还涵盖许多人类学的调查研究,对我国金沙江、澜沧江、怒江、独龙江、太平江(大盈江的古称)等江河流域及东喜马拉雅地域的滇藏、川康,缅甸北部、印度阿萨姆地区等进行了大量的记述,留下了不可多得的第一手资料,可以称为植物学、地理学、民族学、人类学等还尚未完全知晓的大数据宝库。

本书书名冠以"蓝花绿绒蒿",体现了非常鲜明的个性化。通过描述高海拔盛开的寒地蓝色绿绒蒿,可以看出他对东喜马拉雅蓝花和这种蓝色色调情有独钟,是他心中最美的花儿,一个地域当之无愧的旗舰物种,花儿蓝得如此独特,把其看成是世界上最美的花。这意味着他对这片神奇的地域有着无限美好的向往。西方社会通过阅读他的著述,了解了蓝色绿绒蒿的特性,让这个美丽的花儿有了极高的知名度,唤起学术界对它持续的关注,引发人们对它的好奇心。

他用双脚丈量着高海拔的白马雪山、梅里雪山等雪山群及冰川和低海拔的河谷、峡谷等,经历着极寒之地的高原与江边河谷的燥热,体验着严酷的自然环境和观察着人们的生存生活。通过对植物、人文的考察,各种事物交织在一起,让他无比热爱地这片大地。他在文尾充满感情地说:"这块土地拥有丰富的高山花卉、众多的野生动物、奇特的部落民和复杂的地形构造,它是亚洲最迷人的地域(the most fascinating regions of Asia)。" 这个也是他对探险记录研究的一个总结。

他的调查时间正值清末向民国转换时期,他的调查研究不仅对作为记述地方历史文化的一个断面具有重要的参考价值,而且在探查大香格里拉地域及了解云南植物上具有珍贵的资料作用。至今,他探查的有些地方对我国来说,有些还是未知的,还有待科考团队按他的考察路线,进一步核实及探究。100多年前神秘的四江流域地带,缺乏系统的科学性记述,而1911年英国人金敦·沃德作为植物采集家跋山涉水把这片地域介绍给了西方,我国相反对此却知之不多。故而,该书的价值就不

译后记

言而喻了。他第一次对中国云南西北部、西藏东南部、川康及缅甸北部的调查，虽然他拍摄了诸多照片，可只残留下本书中的61张，其他的都遗失了。这些留存的老照片对于了解这一地域有重要的价值。当然文中也有一些作者的一家之言及私见，需要认真判读。另外，文中附有5幅示意地图，限于篇幅未能收录。地图名称为：图1：关键图（来自英国剑桥大学出版社），展示了横跨中国西藏、缅甸和阿萨姆地区的关系，并绘制了大规模的草图（大比例尺示意图）；图2：从腾越到维西的往返示意图（参看第二、三、十五、十六章）；图3：金敦·沃德之路 穿越怒族地区到达澜沧江（1911年）地图说明了从阿墩子到怒江和怒江的旅程〔比例尺：每英寸4英里（6.4公里），由皇家地理学会提供〕；图4："旅行示意图"说明：①绕行阿墩子的旅行，②到怒江，③到金沙江；图5：简图说明往返巴塘的路线。

金敦·沃德比美国人洛克（1884—1962年）还早11年进入三江并流地区进行考察，洛克在1922年进入云南，以丽江为中心展开植物收集工作，对三江并流地区进行了记述，完成著作《中国西南古纳西王国》（云南美术出版社1999年版）。洛克的探险经历已经为大家所周知，而由于对金敦·沃德的介绍不足，他的初次滇藏调查，不被国人周知，而只知道一些散碎的情况。金敦·沃德第二次1913年来到三江并流地区及西藏东部进行调查，2002年出版《神秘的滇藏河流：横断山脉江河流域的人文与植被》（四川民族出版社2002年版），该版本在1933年有杨庆鹏的第一个译本，题名《西康之神秘水道记》。通过这样的译介，对他的调查内容才知之甚详。可见，我国学者对金敦·沃德著书有高度的关注。

云南之地理、民族、动植物等的多彩缤纷，在金敦·沃德的笔下体现得淋漓尽致。滇西北四江流域地带那独特的雪峰、群山、森林、大江大河、高山湖泊、浩瀚之星空和多样的民族等，不一样的物种、不一样的风景、不一样的人群，通过他的实地踏勘和体验给我们呈现出了不一

样的想象和视角。这些地域世界中最复杂的要素组合在一起,让金敦·沃德为之流连忘返。金敦·沃德的这部著述,通过其独特的观察和细腻的描述,从不同的侧面呈现了对滇川藏植物、动物、民族文化、生态环境、地质地貌等种种的样态,是不可多得一部著作。他在1911年从缅甸入境,经腾冲、保山、大理、丽江、中甸,到达阿墩子。他以阿墩子作为中心,对滇西北第一次进行了广域的大踏勘和植物采集活动,发现了许多植物新品种。他所去过的地方,有些地方至今尚未有研究者进入,成为研究的空白区。由于滇西北地区的魅力无穷,之后,他于1923年再次进入阿墩子,展开植物采集活动。通过两次的植物采集活动,他先后采集了大量的植物标本、种子和苗木及动物标本等,发送到英国。他的调查不仅仅是在植物采集方面,对途经的地方都做了详细的记录,包含民族、风俗习惯、气候地貌、物产交易、风土人情等,跨越金沙江、澜沧江、怒江、独龙江四江流域及康藏。他把旅途中的所见所闻用生动形象的语言来描述,把滇西北地区的秘境及川滇藏的事情介绍给了世界,把滇西北地区的真容和极具吸引力的一面展示给西方世界,使其成为一个重要的知名地区,成为西方了解这一地域的一部重要的参考书。金敦·沃德撰写的著作在西方产生了很大的影响。深受其影响的人物是美国植物采集家约瑟夫·洛克,他于1922年进入云南,以丽江作为根据地展开对滇西北的植物采集及民族调查活动。他按照金敦·沃德的部分调查路线再次进行了植物采集活动及对所到地域、所见所闻进行了记录。这些记录可参看《中国西南纳西古王国》第四章丽江迤西和西北部区域。迄今为止,他的调查还一直受到学界的广泛关注,并作为第一手资料而被学界利用。

　　此外,从金敦·沃德的著述中可以看到在西方对滇西北的调查中,有两位重要的开拓者,一位是英国的戴维斯少校,其著有《云南:联结印度和扬子江的链环(完整版)》(中文译本有和少英等译,云南大学出版社2017年版),另一位是法国的奥尔良王子,其著有《云南游记——从东京湾到印度》（中文译本有龙云译，云南人民出版社2001年版）。纵观上述西方探险家及植物采集家等来云南的调查记录，涵盖民族学、人类学的调研成果。和少英等指出："戴维斯的著书《云南：联结印度和扬子江的链环》被我国民族学、外交史、经济史、交通史等学术界公认为极具参考价值。在某些国家和地区甚至被有些学科视为经典之作，是研究19世纪末的云南社会状况、风土民情不可替代的参考图书。……是当时最广泛和详细的第一手田野调查资料……较客观地记录了云南社会历史发展的一个片断。"龙云在奥尔良王子的游记中指出："土著文化构成了本书的一个重要主线，是一幅少数民族文化的缩影图，是一个部落生活的大观园，是19世纪末期云南土著生活的活生生的画卷。奥尔良王子以西方旅行家的独特新颖的视角，给我们留下了珍贵的文化史料，折射出一个时代，一个地域，一种文化。"（2001：3）

笔者首次接触该书是在2001年日本留学期间，在撰写博士论文期间，因为调研地是上澜沧江地域，以维西为中心展开的实地调查，而西方学者的调研报告，首推金敦·沃德的这本书。日译本在1975年由日本学者仓知敬翻译，名为《蓝色罂粟之大地》。此后有一个念头就是想把该书译介给国内学者，但由于毕业后无暇顾及此事而搁置。在2017年，笔者虽然组织了一个金敦·沃德翻译同好会进行翻译作业，但由于种种原因推进不力而解散。此后，笔者重新组织成员开展此项工作，从一开始就改变以往的懒惰行为，每周定时定量逐字逐句进行翻译作业，而后进行集体讨论。在翻译过程中，通过研究方法的改进，大大提高了工作效率。笔者进行定稿，其中的劳苦甘甜不必言说。基于集体翻译的目的是训练及提高研究生的科研水平，笔者在指导学生及带领学生去往村落进行调研的时候，发现一个最大的问题是学生无法单独进行访谈及对所感事物不能进行细致的描述，也就是说需要加强学生基础学力的学习及提高，而通过翻译西方学者的调查经典可视为一个重要的研究起步。值得欣慰的是，通过本翻译，笔者达到了预期目的，可以说是起到了一

石二鸟的效果。

在翻译本书的同时，何大勇申请的2019年度国家社科基金西部课题"日本喜马拉雅地域人类学调查资料的编译与研究"（编号：19XGJ014）获得立项，对促进翻译作业起到了极大的鼓舞作用。当然，这也成为国家社科基金课题阶段性成果之一。从喜马拉雅地域来划分，云南地域被看作是东喜马拉雅地域的中心之一。金敦·沃德的调查记述，对东喜马拉雅地域的研究有着重要的参考价值，备受西方学者重视。日本方面已经译介了他的三部著作，日本学者非常重视他的研究成果，金子民雄认为金敦·沃德被喜马拉雅及藏学研究者认为是不可不知的一位学者。本书的译介将对立项课题起到锦上添花的作用，进一步拓展了课题研究的视野。承担翻译作业人员如下：何大勇（前言、目录、附录一、附录二、注释、译后记及全书统稿）、杨家康（第二、三、六、八、十、十二、十四、十五、十六章）、宋诗伊（第一、四、五、七、九、十一、十三章）、孙辛悦容（第十七、十八、十九章）。李平和樊修延进行了细致的校对，由于他们的工作使本书变得更加完美。翻译组人员克服重重困难，最终得以完稿，并呈现给读者。

本书是全译本，对原书中的照片做了一些适当调整，使其与文更相适应。作者对调查地的人名及地名、专有名词等，对藏语、纳西语、白语、傈僳语、怒语等，而采用音译的翻译方法来处理。附录一排列的学名，由于一部分植物，条件所限无法查到汉字学名，也许还未定名！所以附录一按原文抄录，未改动，作为参考资料提供给相关研究者。附录二中未查到学名之处，译者使用上一级分类"科"来表述。恳祈读者批评指正。本书翻译过程中，始终得到本书责编的支持、帮助和鼓励，谨在此表示衷心的感谢！末笔，感谢云南人民出版社帮助出版此书。

何大勇
2019年8月于昆明云南民大雨花湖畔